野望と忍びと刀

惚れられ官兵衛謎斬り帖②

鈴木英治

祥伝社文庫

目次

第一章　闇討ち

一

人を殺すのは初めてではない。
以前、一度、経験がある。
だから昂《たか》ぶらない自信があったが、そんな単純なものではなかった。
落ち着け、と自らにいいきかせる。
腰の刀にそっと手を触れた。
柄《つか》をつかむと、幼い頃から海が凪《な》ぐように気持ちが静まる。
父の形見の名刀である。
銘は兼継《かねつぐ》とある。迂闊《うかつ》にもまったく知らなかったが、鎌倉《かまくら》の頃の名工ということだ。

身幅はやや太く、刃文はまるで計ったかのように美しい互《ぐ》の目《め》を描いている。

柄を握ると、しっくりくる。体の一部と化したようだ。

目を転じ、空を見た。

今日は十二日だから、本来ならば満月に近い月が中天に見えるはずだ。

だが、一面を覆《おお》っている雲が見事に隠してしまっている。

夜が満ちてきたのを感じた。

すっくと立ちあがる。

夜の四つ（午後十時頃）にここまで来て、一刻（約二時間）以上、道脇の茂みにうつぶせていた。

幅一間《けん》（約一・八メートル）の道の向こう側に、半丈《はんじょう》（約一・五メートル）ほどの高さの塀が建っている。

道を横切ろうとして、足をとめた。

右側から、二つの提灯《ちょうちん》が近づいてきていた。酔った声が、夜のしじまを破ってきこえてくる。

言葉は江戸のものだ。

半丈の塀など、ないも同然だが、ここは万全を期したい。

足を忍ばせて茂みに戻った。

酔客は四人。いずれも侍である。供《とも》は一人として連れていない。

当然だろう。

この町にいるのは、みんな、一人で流されてきたようなものだ。

知った顔がいないか、泥のように横たわる闇を透かした。

話をかわしたことは一度もないが、四人とも顔見知りだ。

拍子《ひょうし》抜けしたが、ここで、声をかけるわけにはいかない。

早く行け、と念じるしかなかった。

だが、その思いはかなわなかった。

侍の一人が立ちどまったからだ。

侍は茂みに向かって小便をしはじめた。

わしも、わしも、と口々にいって、四人が同時に放尿しだした。

酒を飲むと小便が近くなってのう、とのんびりといっている。

茂みの奥にいたから小便がかかるようなことはなかったが、ときおり、密に茂った葉をすり抜けて、細かいしずくが飛んでくる。

それが顔にかかった。

殺意がわく。

四人のうち、二人は提灯を持ったままだから、やつらの一物《いちもつ》が目の先にぼんやりと見えている。

ここで刀を抜き、一瞬で四本の一物を切り取ってやったら、いったいどんな顔をするだろうか。

四人の小便はまだ続いている。あきれるほど長い。

ようやく一人目が終わると、それからは次々に終わった。

四人は再び道を歩きはじめた。提灯が横に揺れている。

なにがおもしろいのか、一人が下品な笑い声を発した。それに応じて、どっと笑いがわきあがる。

笑い声はなおも続いている。それが、波が引くように遠ざかってゆく。

二つの明かりの輪が角を曲がった。おぼろげな光がしばらく夜に黄色みを与えていたが、やがてそれも消えた。

それから半刻（約一時間）のあいだ、茂みのなかでじっとしていた。

先ほどの四人の侍のせいで、塀の向こうで眠っている者たちが、目を覚ましたかもしれない。

目を覚まさないまでも、眠りが浅くなったのはまちがいないだろう。

静かだ。どこかで梟《ふくろう》が鳴いている。塀の向こう側か。

ふと梟が鳴きやんだ。なにかの気配を感じたのか。

茂みにまで吹きこんできていないのに、風の動きが感じられる。

これは心が研《と》ぎ澄まされてきた、なによりの証《あかし》だろう。

茂みを出るや、塀に近寄った。

半丈の塀など、わけもない。忍び返しが設《もう》けられているわけでもない。

軽々と飛び乗った。

音もなく飛びおりる。

木々が深い。森とはいわないまでも、林のようになっている。

さすがに古刹《こさつ》だけのことはある。

境内《けいだい》も広い。

反対側の塀に向かって矢を放っても、よほどの強弓《ごうきゅう》を用いなければ、越えることはまずあるまい。

静寂《せいじゃく》が包みこんでいる。

梟は闖入者《ちんにゅうしゃ》に警戒の目を向けているのか、黙りこんでいる。虫の鳴き声もない。
この静けさが逆に厄介《やっかい》に感じられるのは、この寺で犬を飼っているからである。
犬は甲斐丸《かいまる》といい、夜のあいだだけ、縄でつながれている。庫裏《くり》のそばである。
人に会ってもほとんど吠《ほ》えることのない、おとなしい犬だ。
庫裏に近づいてゆく。
視野に三角の屋根が入りこんできた。
さらに足音を殺す。
犬が動いたのが瞳に映る。
だが、吠えない。
しっぽを振っている。
これまでにこの寺は何度も訪れており、すっかりなついている。
甲斐丸の喉《のど》をなでてやる。こうすると、猫のように喜ぶ。
手のひらをなめてきたところで、背中をさすった。
一心にさする。やさしくさすってやる。
次第に甲斐丸から力が抜けてゆく。地べたに腹這《はらば》いになった。
目がとろんとし、眠たそうだ。顔が地面についた。

さらにさする。

甲斐丸は眠りに落ちた。

なでるのをやめたら、目をあけたが、もう立ちあがる気力は失《う》せている。

目を閉じ、そのまま眠りはじめた。

立ちあがり、再び歩きだす。

左手に巨大な本堂の影がある。覆いかぶさってきそうな迫力がある。

その向こうに、数本の杉の木が立っている。大人が三人がかりで手を伸ばしても、届かないような幹の太さだ。高さは十丈（約三十メートル）ではきかない。

庫裏の戸口に立った。

耳を澄ませる。

人の気配は感じられない。

あとは学寮があり、そこで数人の若い僧侶が寝起きしている。

学寮は杉の大木の先にある。庫裏からは半町（約五十五メートル）ほど離れていた。

庫裏でなにが起きても、まず起きだすことはないだろう。

戸口には一応、錠《じょう》がおりている。

だが、錠など破るのはたやすい。

もっとも、一昔前は、錠などいらなかったときく。戸締まりする必要すらなかったそうだ。

戸口をあっさりとあけ、なかに足を踏みだした。

庫裏はさほど広くはない。

せいぜい三部屋くらいだ。

ここには四人が暮らしている。あるじの和尚とその内縁の妻、妾《めかけ》が二人である。

妾が同居していることなど珍しくないが、二人も、というのは坊主ではさすがになかなかいない。生臭《なまぐさ》坊主以外のなにものでもなかった。

このあたりは気持ちを楽にさせる。

式台をあがり、廊下を進む。

奥の左手に和尚の寝間がある。そこで足をとめた。

刀を抜く。鞘走《さやばし》る音はまったく立たない。

少し息を入れ、襖《ふすま》の向こう側の気配を探った。

穏《おだ》やかな寝息がきこえてくる。二つ。

今夜、和尚は内縁の妻と寝ているようだ。

二人の妾が眠っているのは、次の間である。

妾は、和尚たちを殺してから始末すればよい。

再び息を入れた。

よし、やるぞ。

引手《ひきて》にぴたりと指を当て、襖を横に滑《すべ》らせた。

二

良質の墨のような光沢を放っている。

厚手の海苔《のり》がたっぷりと巻かれていた。

食い気をそそる磯の香りが、鼻先をくすぐってゆく。

ふむ、こんなところにあるということは、紛《まぎ》れもなくわしに食べろといっているのだろうのう。

不意に目の前にあらわれた握り飯に、神来大蔵《じんきだいぞう》はなんの疑いもなく手を伸ばした。

ふむふむ。

ほどよく塩がきいている。しょっぱさだけでなく、塩自体が持つやわらかな甘みも、しっかりと感じ取れる。

海苔も、咀嚼《そしゃく》するほどに海の香りがあふれんばかりに口中に広がってゆく。

まったくすばらしいのう。いったいどこの塩と海苔なんだろうのう。いいものを選んでおるのう。

だが、この握り飯のうまさは、塩と海苔だけではなかった。

ふっくらと炊《た》かれた飯もだ。米の持つ旨《うま》みと甘さが、口のなかにじんわりとにじみだしてゆく。

いい塩梅《あんばい》に炊けておるのう。手練《てだれ》の技じゃのう。

大蔵はひたすら嚙《か》み締《し》め続けた。

うれしいことに、食べても食べても握り飯は小さくならない。

なんとも不思議な握り飯だのう。

このままずっと食べることができたら、どんなに楽しいだろう。

腹がふくれて、ほおずきのようにはじけ飛んでしまうかのう。

にたにたと頰《ほお》をゆるませ、目を閉じて、大蔵はうっとりと口を動かし続けた。

いきなり歯が、がちりと盛大な音を鳴らした。

なんだ、と思って見ると、手のうちから握り飯が消えていた。

ありゃりゃあ。あいたたたあ。なんだ、終わってしもうたんかいのう。

歯嚙みしたくなるほど残念だったが、小さくならない握り飯など、やはりこの世にありはしないのだ。

大蔵は素直にあきらめようとした。

右側から唐突に、かすかな物音と気配が届いた。

目を向けると、一匹の鼠《ねずみ》が床の上にいて、こちらをうかがうように見ていた。

あっ。

鼠は握り飯を抱えている。

おまえが取りおったのか。

こら、返せ、と大蔵は手を伸ばそうとしたが、すぐにとどまった。

鼠はやせこけて毛並みも悪い。情けなさそうで貧相な顔つきをしている。

まあ、いいかのう。

大蔵は腹をなでさすった。もう十分に食べた。

とりあえずはおまえにくれてやろうのう。だが、貸すだけだからのう。おなか一杯になったら必ず返してくれよ、のう。

鼠はこくりとうなずいて、握り飯を食べはじめた。

米の一粒一粒を、器用に歯ではがしては一心にかじっている。

さほどときを置くことなく鼠は満足したようで、かじるのをやめ、とことこと歩いてきて、よっこらしょとばかりに握り飯を大蔵の足元《あしもと》に置いた。

ほう、もうよいのかのう。おまえさん、ずいぶんと少食だのう。まあ、体が体だから仕方あるまいのう。

鼠がしきりに左側を気にしている。

なんだ、どうしたのかいのう。

大蔵はそちらに視線を当てた。

なにか物音がしている。頭のなかにしみこんでくるような音の立ち方だ。

いったいなんだろうのう。

大蔵は、はっとした。目をあける。

暗闇が眼前に広がっていた。

握り飯と鼠は夢だった。だが、物音はまだきこえている。

大蔵は上体を起こした。

布団は敷いているが、掻巻《かいまき》はつけていない。もともと暑がりで、梅雨《つゆ》がじきに明けようとしているこの時季は、薄手の着物一枚で十分だった。

ふむ、どこだろうのう。

大蔵は立ちあがった。

まさか盗人ではあるまいのう。

物音は、宝物庫のほうからきこえてきている。

あそこにはたんまりとお宝がおさまっているからのう。盗人がこれまで目をつけなかったほうがおかしいいんだろうのう。

わしの刀も、なん振りか置いてあるのう。

もし盗まれたら、たいへんだ。故郷から持ってきた刀もあるし、江戸で借金までして購《あがな》った刀もある。

いらぬかと思ったが、一応、用心のために大蔵は刀架から刀を取った。

腰高障子《こしだかしょうじ》を静かに横に滑らせる。

目の前に廊下がある。大蔵は足から力を抜き、能舞台の上を行くかのようにするすると進みはじめた。

大蔵の寝起きしているのは、社務所である。社務所は神社の事務を行う場所だが、大蔵はそこに一室を与えられているのだ。

裏口の戸が見えてきた。

大蔵は沓脱《くつぬ》ぎの上の雪駄《せった》を履《は》き、土間に降りた。

戸口のそばに立ち、じっと外の気配をうかがう。

相変わらず、かすかな物音がひそやかに続いている。

声もきこえてくる。急げ、といっているようだ。

やっぱり盗人のようだのう。

どうしてくれようか、と大蔵は考えた。

追い払うのはたやすいが、また懲《こ》りずにやってくるかもしれない。

だが、盗人相手にさすがに殺生《せっしょう》まではしたくない。

では、とらえるかのう。ふむ、それがよかろうのう。

つかまえて、町奉行所の者に突きだせばよいのだ。

親しくなった定廻《じょうまわ》り同心の沢宮官兵衛《さわみやかんべえ》の顔が思い浮かぶ。

いい男だのう。うらやましいのう。わしもあんな顔をしていたら、ちがう人生を送れているだろうにのう。

いや、と大蔵は気づいた。ここは神社だから町奉行所ではなく、寺社奉行の管轄になるのだ。

だが、今そんなことはどうでもいいことだった。

大蔵は戸をあけた。

夜気が入りこみ、体を包みこむ。

涼しい。

汗が引いてゆく。

このまま深く大きく呼吸したいくらいだが、自重《じちょう》した。

宝物庫は左側に建っている。三角の屋根の影と、横に突き出た二本の梁《はり》が夜空に浮かんでいた。

大蔵はそちらに向かって、慎重に歩を進めた。

ほんの十間（約十八メートル）も行かなかった。

全部で五人の男が、宝物庫の前にうずくまっている。

二人が扉をあけようと躍起になり、残りの三人があたりに油断ない目を配っている。いつでも引き抜けるように、刀の柄に手を置いている。

得物《えもの》はどうやら刀ではないようだ。長さからして長脇差《わきざし》かもしれない。

五人は身動きがしやすいように、黒装束《しょうぞく》に身をかためている。ご丁寧に、忍び頭《ず》巾《きん》までしている。

ふむ、まるで忍者だのう。

幼い頃から軍記物になじんできた大蔵は、本物を目《ま》の当たりにしたかのように、どきどきした。

あれが盗人なんかではなく、本物の忍びだったらどんなにいいだろうかのう。話をしたいのう。どんな声をだすのかのう。いや、さっききいた声はまったくそこいらの人と変わらなかったのう。

考えてみれば、人とは思えないような動きをするとはいっても、忍びも所詮は人でしかない。

常人と声がちがうはずもなかった。

それにしても、やつら、本当に宝物庫を破るつもりでおるのかのう。鍵は持っているのかのう。

一瞬、大蔵はどきりとした。宮司《ぐうじ》の親光《ちかみつ》のもとから鍵が奪われたのではないか、と思ったのだ。

親光の身が案じられたが、すぐに大丈夫だろうのう、と思い直した。

もし親光のもとから鍵が奪われたのだとしたら、やつらがあんなにあけるのに手こずることはあるまい。

大蔵が夢の鼠に教えられる前に、賊どもは宝物庫の扉をあけ、入りこんでいるにちがいなかった。

かちり、と音がした。

ほう、あけおったの。なかなかやるものだのう。

しかし、これ以上、許すわけにはいかなかった。

親光が社務所に居候《いそうろう》させてくれるのは、大蔵の腕を見こみ、用心棒の役目をしてくれることを期待しているからにほかならない。

大蔵は、ずいと踏みだした。五人との距離はすでに三間（約五・四メートル）もない。

「そこまれら」

いってから、ああ、と大蔵は知らず天を見あげた。

「今日もついてへんわ」

かっこよく、そこまでだ、といい放つつもりだったのに、肝心《かんじん》なところで舌を嚙んでしまった。

それでも五人の賊はどきりとして、大蔵のほうをいっせいに見た。

宝物庫の重い扉をあけようとしていた動きは、ものの見事にとまっている。

「そこまでだ」

あらためて大蔵はいった。今度は、言葉がなめらかに舌の上を通り抜けていった。

「おまえたち、おとなしくとらえられるなら、痛い目に遭《あ》わさんからのう、安心してよろしいぞ」

なにをいっているという目で五人が見つめている。

「わしが誰か知らぬかのう。世に隠れもなき天才剣士の神来大蔵とは、わしのことぞ」

五人の気がじわりと動いた。

「おっ、わしのことを知っているのかのう。うれしいのう」

五人の体に気が満ちてゆく。紛れもなく殺気だ。

「おっ、やる気かの。おまえたち、命知らずだの」

大蔵は刀をすらりと抜いた。鞘を腰紐《こしひも》のあいだにねじこむ。

「わしは、峰打ちなんて思い上がった真似はできんのでな、おまえたちを斬ることになるぞ。ただし、命に関わるような傷は決して負わさぬから、安心してよいぞ。だが、それでも、足や腕の一本はもらうことになるかもしれんのう」

大蔵は刀を振った。大気を裂く小気味よい音がする。

「ふむう、よい音だのう。さすがに名刀、摂津守国宗《せっつのかみくにむね》だけのことはあるのう。まったくほれぼれするぞ、のう」

笑いかけたが、五人はじっとしているだけだ。

「なんだ、どうしたのかの。体がこわばって動かんのかの」

それならば楽だのう、と大蔵は思い、五人との距離をさらに縮《ちぢ》めていった。

ほんの一間ばかりになり、刀を振りおろそうとした。五人の腕を少し斬るだけで、戦う気などきっとなくしてしまうだろう。

そうすれば、たやすくとらえられるにちがいない。

だが、大蔵の刀は空を切った。

あれま。

五人はすばらしい跳躍を見せて、宝物庫のそばを離れていた。

ほえー、やるのう。わしゃあ、びっくりしたぞ。

大蔵は思いきり目を見ひらいた。

「おまえたち、もしかしたら本物ではないのか。のう」

うれしくなって、語りかけた。

だが、五人から返事はない。冷ややかな瞳が鈍《にぶ》い光を帯びているだけだ。

「なんだ、冷たいのう」

引きあげるぞ。

賊の一人がささやくように口にする。

ほう、こいつが頭《かしら》かのう。

眉間《みけん》に小さな傷があるのに、大蔵は気づいた。

「その傷はどうしたのかの」

頭は一瞬、いぶかしげにしたが、再び、引きあげるぞ、といった。

「ああ、なんだ、帰ってしまうのか。話をしたいのにのう」

五人がぎくりとした。

「なんだ、なにを驚いているのかの」

大蔵は五人に強い視線を当てた。

「ああ、わしの耳か。幼い時分から、きこえはよかったの。しかし、本物の忍びに驚かれるとは思わなかったのう」

行くぞっ。

頭らしい男が顎《あご》をしゃくる。賊どもはいっせいに動きだした。

猿《ましら》のような動きで、あっという間にその場から消え去った。

すごいのう。

大蔵が追いかけたところで、追いつくはずもなかった。

軽《かろ》やかに箒《ほうき》を動かす。

境内は清浄で、ごみや塵《ちり》が落ちているわけではないのだが、こうして箒をせっせと使っていると、気持ちが晴れやかなものになってゆく。

それがあまりに心地よくて、大蔵は手をとめることができない。

「朝早くからご精が出ますね」

背後から声がかかる。

大蔵は振り向いた。

「ああ、これは親光どの」

おはようございます、と快活に挨拶《あいさつ》した。

親光が顔をしかめる。耳が痛そうにしている。

「どうかされましたかのう」

「いえ、なんでもありませぬ」

「居候の身、これしきのことは当然にござるよ」

「さようか。神来どの、とてもよい心がけでございますな」

親光が笑顔で近づいてくる。

「朝餉《あさげ》ができましたぞ。どうぞ、いらしてくだされ」

「ありがたし」

大蔵は箒を銀杏《いちょう》の大木に立てかけ、親光のあとについた。

親光とはなじみの武具屋で知り合った。一度、町道場の師範代の職を紹介してもらったが、そこは師範の跡取りが病から快復したことで、お払い箱になった。

行くところがない大蔵を親光は、置いてくれているのである。

席についた。

はやく食べたくてならない。あたりに漂う炊き立ての飯のにおいと味噌汁《みそしる》の香りがたまらない。

できれば箸《はし》を持って、ちんちんと茶碗を鳴らしたいくらいだ。

お待たせいたしました、といって親光の妻の昌代《まさよ》が、味噌汁を持ってきてくれた。

ほかほかと湯気があがっている。

「かたじけない」

「神来さま、今日もたくさんお召しあがりくださいね」

「ありがたし」

目の前に親光がいる。

「では、いただきましょう」

いただきます、といって大蔵は茶碗を手にした。

飯をかきこむ。

「うまい」

おかずは納豆《なっとう》と海苔、梅干しだけだが、大蔵にとってはこれ以上ないくらいのご馳《ち》走《そう》である。

味噌汁は豆腐とわかめだ。こちらも味噌にこくがあって実においしい。

なんでも、味噌は昌代の手づくりとのことだ。

なんにしても心がこもっておるものなあ。うまいはずよ。

大蔵は六杯の飯を胃の腑におさめて、箸を置いた。

「神来さま、もうよろしいのでございますか」

給仕をしてくれている昌代が不思議そうにきいてきた。

「もうけっこうでござるよ。腹八分目にしておいたほうがよいでしょうからのう」

「どこか体の具合でも悪いのではありませぬか」

「とんでもない」

大蔵は一笑に付した。

「なにもありませぬよ。体は壮健そのものにござる」

「そうでしょうなあ」

「親光どの、話がござる」

大蔵は声を落とし、目の前の親光に顔を寄せた。

「なんでござろう」

親光が顔を近づけてきた。

大蔵は唇をすぼめて突きだした。

「わっ」

親光があわててよける。

「そんなに驚かれぬでもよろしい。冗談でござるよ」

「はあ」

親光がこわごわ見ている。本気でびっくりされ、いやがられたことに大蔵は少なからず傷ついた。

「話というのは」

親光にうながされ、大蔵は話した。

「えっ、昨夜、賊が宝物庫に」

親光が驚愕《きょうがく》し、腰を浮かせる。そばで昌代も同じだった。

「安心してよろしい。なにも盗られませんでしたゆえ」

それでも親光は確かめずにはいられなかったようだ。鍵を持ち、宝物庫の前にあわてて走った。

そのあとを大蔵はついていった。

「鍵はあけられましたが、わしがちゃんと戻しておきましたよ」

「さようでしたか」

「昨夜、伝えようと思いましたけどのう、ぐっすり眠っていらっしゃる様子でしたのでな、今朝にしたのでござるよ」

「はい、それはかまいません。夜、知らされてもなにもできませんから」

親光が言葉を切った。

「賊は五人といわれましたが、何刻頃のことでしたか」

「あれは八つ（午前二時頃）すぎでござろうの」

「一番眠りが深いときですね」

「だが、わしがいる限り、決して宝物庫を破られるようなことはありませんぞ。安心してよろしい」

「神来どのにいらしてもらい、本当に助かりました。なあ」

同意を求められ、そばに来ていた昌代が深くうなずく。

「はい、まったくにございます。これからも神来さま、ずっといらしてください」

「ありがたし」

親光は、盗みに入られたことをこれから寺社奉行に届けるという。

「ついていきましょうかの」

親光がかぶりを振る。

「いえ、神来どのはこちらに。そのほうが手前も安心できます」

さようか、と大蔵はいった。

「それならば、親光どののおっしゃる通りにいたしましょう」

大蔵は三丈（約九メートル）の高さを持つ鳥居の前まで行き、親光を見送った。

しかし、昨夜のやつら、いったい何者かのう。本物の忍びにまさか会えるとは思いもせんかったのう。

親光にはきけなかったが、本物の忍びが狙《ねら》う物がこの神社の宝物庫にはあるということか。

それはなんなのか。

宝物庫には、鎧《よろい》や兜《かぶと》などのほかに、おびただしい数の刀や槍《やり》などの武具がおさめられている。

そのなかには、天下の名刀と呼ばれるものも、なん振りかあるときいている。

そういうものをやつらは狙ったのか。

きっとそうだろうのう。

ほかに大蔵には考えられなかった。

三

かすかに揺れている。

細かな雨に打たれているあじさいは、けなげとしかいいようがない。

水を含んだ紫色がしっとりとして、目に鮮《あざ》やかだ。

市中の見廻りの最中である沢宮官兵衛は足をとめてしばし見とれた。

「きれいですねえ」

うしろに控《ひか》える中間《ちゅうげん》の福之助《ふくのすけ》が感嘆の声をあげる。

官兵衛は振り向いた。少し濡《ぬ》れた頭から、一粒のしぶきが飛んでゆく。それが、福之助のかぶる笠《かさ》に当たった。

「福之助、おめえ、あじさいは好きか」

蓑《みの》を着こんだ福之助がうなずく。血色のよい頰がぷるんと弾む。

「ええ、好きですよ。いくつも花をつけるところが、なにか豪華な感じがして、とてもいいですねえ」

笠の紐を顎でがっちりと結んでいることもあって、顔の形がわずかに変わっている。頰はともかく、全体が引き締まっており、たくましく見える。

「豪華な感じか。いかにも金持ちの坊ちゃんがいいそうなことだな」

福之助は品川《しながわ》にある泉《いずみ》水屋という旅籠《はたご》の三男坊である。それがどうして官兵衛の中間になったのか。

福之助は、上司役に当たる与力の新田貞蔵《にったていぞう》に紹介されたのである。

貞蔵からは、これまでたいした説明を受けていなかった。なぜ福之助が、卒中で死んだ八太《はちた》の代わりとしてあらわれたのか、その答えは得られていない。

貞蔵の隠し子なのではないか。

官兵衛はそうにらんでいるが、確証があるわけではない。

貞蔵と福之助は似ていないが、そんな親子など山ほどいるから、二人に血のつながりがないということにはならない。

そのうち泉水屋に行ってみなければならないだろう。

そうすれば、なんらかの答えを掌中《しょうちゅう》にできるのではあるまいか。

「俺は、小さい頃、あじさいは好きじゃなかった」

官兵衛は福之助にいった。

「えっ、どうしてですかい」

福之助が問う。まだ中間になって間もないが、こういう言葉遣《づか》いにも、らしさが漂うようになってきた。

「見ちまったからだ」

「なにをですかい」

官兵衛は、顎を伝うしずくを手の甲でぬぐった。

「隣《となり》の娘さんだ。俺が四、五歳だった、もう二十年以上も前のことだから、今いくつになっているのかな。当時、十六、七だったか。あのあとすぐ、どこかへ嫁に出たって話をきいたような気がする」

「旦那、その娘さんのいったいなにを見ちまったんですかい」

「その娘さんは、庭のあじさいを散らしていたんだ。悲しそうな顔で桃色のあじさいをちぎっては、地面に叩《たた》きつけていた。娘さんの足元の地面は桃色に染まり、あじさいはすっかりはげちまった」

「へえ、あじさいを。その娘さん、どうしてそんなことをしたんですかねえ」

福之助がはっとする。

「嫁入りですかねえ、それとも、好きな男に袖にされたんですかねえ」

「そのどちらかだろうなあ。当時の俺には、さっぱりわからなかったが、ただ、きっとひどく悲しいことがあったんだなあ、と強く感じた」

官兵衛は静かな口調で続けた。

「おそらく意に添わない縁談だったんだろう。あじさいは憤懣《ふんまん》をぶつけられただけだろうから、かわいそうだったが、そのことはあの娘さんもわかっていたはずだ。明るい桃色が、自分の心の色とまったくそぐわなかったんだろうな。純な明るさが腹立たしくてならなかったのかもしれねえ。あの娘さんの気持ちがなんとなく伝わってきて、それから俺はあじさいが好きでなくなった」

「その娘さん、ほかに好きな人がいたんですかねえ」

「ああ、そういうことだろう」

「きっと、思い切らなければいけなかったんですね。確かに、結婚というものは本人同士ではなくて、家同士といいますものねえ」

福之助がしみじみという。

「福之助、おめえはどうなんだ。好きな娘はいるのか」

「い、いませんよ」

「なに、詰まってやがんだ」

「詰まってなんか、いやしません」

「おめえさ、やっぱり男が好きなんじゃねえのか」

「ちがいますよ」

福之助が憤然としていう。

「あっしは女が大好きなんですから」

そうか、と官兵衛はいった。

「まあ、そういうことにしておこう」

「旦那こそ、どうなんですかい。男が好きってことはさすがにないんでしょうけど、実はその娘さんに惚《ほ》れていたんじゃないんですかい」

「ふむ、逆襲に転じてきやがったか」

官兵衛はにやりとした。福之助の頭をごしごしとなでさする。

「俺がどうして男が駄目なんだって思うんだ。本当は、虎視眈々《こしたんたん》とおめえを狙っているかもしれねえぞ」

「ええっ」

福之助がのけぞる。

「まあ、だが、おめえのいう通りだろうな」

「なにがですかい」

「俺が惚れていたっていうことだ。やさしい娘さんだったからな。惚れていたというより、憬《あこが》れていたというのが正しいんだろうけどな。俺は何度もおんぶしてもらった。あたたかくてやわらかい背中でな、ふんわりといいにおいがするんだ。それに、子守歌がとても上手で、俺はうっとりと寝入った覚えが今もある」

ふと、福之助が不思議そうにする。

「でも、旦那はどうして娘さんがあじさいを散らしていたことを知っているんですかい。旦那のお屋敷から、隣のお屋敷のなかが見えるんですかい」

「ようやくそのことに気づいたか。だいぶかかったな」

「すみません」

「別に謝ることはねえさ。——娘さんの屋敷のなかは見えねえよ。高い塀がめぐっているからな」

「だったらどうして」

官兵衛は、目の前の血色のよい月代《さかやき》をこつんと叩いた。

「ちと考えてみな」

へい、と福之助が答える。

ほとんど間があくことはなかった。

「旦那は、木登りしていたんじゃありませんかい」

「うむ、正解だ」

官兵衛は満足してうなずいた。あじさいの前にとどまり続けていたことに気づいた。歩を踏みだす。

官兵衛たちがいるのは、縄張の一つである木挽《こびき》町である。

「やはり、あの娘さんに憬れていたんだろうな。いつしかおんぶされなくなったから、幼心に気になっていたんだろう。木に登っては隣の屋敷ばかり眺めていた」

「今、その娘さんがどうしているか、知らないんですね」

「隣も番所の同心の家だ。その気になればすぐにわかるが、娘さんのその後の消息があまり伝わってこなかったことからすると、よくある番所内同士の結婚ではなかったのではないかな」

「娘さんは、八丁堀《はっちょうぼり》の外に出たってことですかい」

「そういうことだ」

「今どうされているんですかねえ。気になりますねえ」

「おい、福之助。妙なこと、考えるんじゃねえぞ」

「えっ、なんのことですかい」

官兵衛は、福之助のまん丸の鼻の頭を指で弾《はじ》いた。

「とぼけるんじゃねえ。金に飽かせて調べようっていうんじゃねえのか。おめえの得意技だ」

「そんな、得意技だなんて。でも、その娘さんのことくらい、お足を使わずとも調べられますよ」

「おめえのいう通りだ。だが福之助、調べるのはやめとけ」

官兵衛はしっかりと釘を刺した。

「へい、よーくわかってやすよ」

福之助が元気よく答える。

「思い出は思い出のままってことでやすね」

「うむ、そのほうがいいことが多いからな。あの人に悪いことが起きたとは思えねえが、やはり、今はなにも知らねえほうがよかろう」

官兵衛は頭上を仰《あお》ぎ見た。

相変わらずどんよりとした空で、雨は降り続けている。だが、降り方はしとしとというほどでもなく、ぽつりぽつりというものに変わってきている。

雲も、南のほうでは薄まってきているようで、先ほどまでなかった太陽の明るさが感じられる。

「旦那、例年ならとうに梅雨明けって頃じゃないんですかねえ。今年はいつになったら明けるんですかねえ」

福之助がぼやく。

「天気っていうくらいで、雲の上に住む人たちの気分次第だ。まだ降らし足りないって思っているんじゃねえのか」

官兵衛たちは木挽町の界隈《かいわい》を歩き続けた。

「福之助」

振り向くことなく呼びかけた。

「まだ蓑は着けたままでいるのか」

「ええ、まだ降っていますからね」

官兵衛は手のひらを天に向けた。

「しかし、こんな蚊《か》の小便みてえな雨だぜ。幼子じゃねえんだから、とっとと脱いじまいな」

「旦那の命でも、こればかりは駄目ですからね」

福之助がいい張る。

「どうしてだ」

「おっかさんに、きつくいわれているからです」

「雨の日は蓑を決して脱ぐな、とか」

「いえ、体を冷やすなっていわれているんです。なにしろ、冷えは万病の因《もと》っていいますからね」

「おっかさんの言を忠実に守っているってことか。冷えは万病の因っていうのは確かにきいたことがあるが、いったいどんな病になるんだ」

「病とはちがうかしれませんけど、疲れやすくなったり、風邪を引きやすくなったりするようです。ほかにも肩こりや膝《ひざ》の痛み、腰の痛み、足のむくみ、下痢《げり》、眠れないといった症状が出るそうです」

「そうか。だが、この程度の雨に濡れただけで体が冷えるものか」

「冷えますよ。今日は、梅雨寒って言葉が一番ぴったりくる日じゃありませんかい」

「梅雨寒ねえ」

官兵衛は首をひねった。

「俺はそんなに寒いとは思えねえんだが。むしろ蓑のせいで汗をたっぷりとかいて、それが乾かねえのが体に毒のような気がするけどなあ」

「あっしは汗をかいていませんから、これでいいんですよ」

そうかい、と官兵衛はいった。

「おや」

そのとき官兵衛の耳は、男たちが発する荒くれ声をとらえた。

「どうかしたんですかい」

福之助がきいてくる。

「こっちか」

官兵衛は湿《しめ》った土を蹴《け》った。

うしろを福之助がついてくる。

げていた。

山門の前に、数名の町人がたむろしている。口々に、誰かをあざけるような声をあ

そこは十間ほどの奥行きがある行き止まりの路地で、正面に寺が建っていた。

官兵衛は角を右に曲がり、路地に入りこんだ。

「ここか」

「なんてぽかんとした野郎だ」

「昼間ってのに、こんなに薄ぼんやりしているのも、なかなかいるもんじゃねえぜ」

「眠っているんじゃねえのか。目がうつろだもんな」

「昼行灯《あんどん》ってのは、こういうやつをいうんだろう」

男たちの背後に、ゆっくりと官兵衛と福之助は近づいていった。

男たちはやくざ者とはいわないまでも、遊び人のようだ。

うしろからのぞき見ると、四人の町人が一人の武家奉公人の頭を小突いたり、肩を押したりしている。遊び人たちはなにがおもしろいのかへらへらと笑い合っている。

奉公人は中間である。まだ若い。十九の福之助と同じくらいか。

腰に脇差を帯びているが、抜こうとはしていない。小突かれるたびに、ふらふらと動いている。

なにをされているのか、自分でもわかっていない風情《ふぜい》だ。

弱い者を多勢《たぜい》でいじめているようにしか見えない。官兵衛は、やめろ、とあいだに入ろうとした。

だが、その一瞬前に足がとまった。

どうしてなのか、自分でも判断がつかなかった。

次の瞬間、中間の瞳が鋭くなると同時に、腰のあたりに光が走った。

大気を裂いて、脇差が稲妻《いなずま》のようにきらめく。

脇差は四度、宙を舞った。

ぱちりと音を立てて、脇差が鞘にしまわれる。

鮮やかな手並みとしかいいようがない。剣が得手ではない官兵衛では、とても太刀打ちできない腕前を、この中間は持っている。

宙に浮いていた四つの髷《まげ》が、毛虫のようにぼとぼとと地面に落ちる。

わあ。四人の男が悲鳴をあげ、仲間を指さし合って驚く。

全員が、自分の髷を落とされたことに気づいた。

あわわ。抜けそうな腰をなんとか持ちあげ、四人の男は声をだして、必死に走りだした。

四人が次々に、官兵衛にぶつかりそうになる。

官兵衛が町方同心であるのはわかった様子だが、四人とも足をとめることはなかった。

「す、すみません」

頭を下げるが、血相を変えたまま路地を駆け抜けてゆく。

あっという間に四人の姿は見えなくなった。

「おぬし、すごいな」

官兵衛は中間に声をかけた。もともと無礼をはたらいたのは男たちだから、官兵衛に咎《とが》めるつもりは一切《いっさい》ない。髷だけで済んだのは幸いといっていい。そのことは、男たちもわかっているのだろう。

「なにがですか」

中間がぼんやりと答える。

「なにがって、剣の腕前に決まっておろう」

中間がやんわりと首を振る。

「手前など、たいしたことはありませんよ」

「そうなのか」

「はい。上には上がいますから」

「それはそうかもしれんが、その若さでその腕前はなかなかいなかろう」

「そうですかね」

中間が微笑する。かわいげのある笑顔になった。

「でも、あんな屑《くず》みたいな連中、相手にするつもりはなかったんですよ。ちょっと頭のめぐりの悪い男を演じておけば、すぐに飽きてとっとと去ると思っていたんですが」

不意に、中間の瞳にぎらりと強い光が宿った。太陽が雲間から顔をのぞかせ、それが映りこんだのではないか、と官兵衛が錯覚したほどの強さだ。

「手前はもっと精進《しょうじん》しなければなりません。そうしなければ……」

そこで言葉が切れた。悔しげに唇を噛んでいる。

官兵衛はしばらく待ったが、中間に話しだす姿勢は見られなかった。

「おぬし、ここであるじを待っているのか」

中間からは、先ほどの悔しげな表情は消えている。

「さようです。あるじがこのお寺の住職の碁敵《ごがたき》ですので」

「名は」

「手前の名ですか。それとも、あるじのですか」

「両方きいておこう」

中間が辞儀する。

「あるじは若松丹右衛門《わかまつたんえもん》さま。手前は晴吉《はるきち》と申します」

「丹右衛門どのというと、若松道場の道場主だな」

「はい、さようです」

若松丹右衛門といえば、江戸でも五指に入るのではないか、といわれるほどの腕を誇る剣客である。

この若い中間は、丹右衛門の供として仕えている。

相当の腕前なのも当然だろう。丹右衛門に見こまれているのだ。

それにしても気になるのは、先ほどの悔しげな表情だ。

なにか目的があって、この若い中間は若松道場に入門し、剣術修行に励んでいるのではないか。

いったいなにが目的なのか。

脳裏《のうり》をよぎるのは、一つの言葉だった。

仇討《あだうち》である。

四

朝餉を食べさせてもらっているといっても、昼餉まで馳走になれるわけではない。大蔵が世話になっている宮司の親光には仕事があり、暇《ひま》になったところを見計らって、妻の昌代がつくる昼餉をかきこんでいるのである。

その相伴《しょうばん》にあずかるわけには、さすがにいかない。

さして由緒があるとも思えないが、老若男女《ろうにゃくなんにょ》を問わず、参拝客は意外にこの神社を繁く訪れている。

ほとんどの者が、お祓《はら》いや祈禱《きとう》をしてもらっているようだ。親光を見る参拝客たちの顔つきからは、全幅の信頼という感じが色濃く漂ってくる。

土地の神を鎮《しず》める地鎮祭に出かけることも多い。

ほかにも、神に捧げる舞や歌を披露《ひろう》することもある。笛なども、自分で奏《かな》でることができる。

親光の舞、歌、笛。いずれも大蔵は何度か目にしたが、相当のものである。

参拝客のうっとりした表情を見る限り、親光は霊力というのか、その手の力を持っているのはまちがいない。

大蔵自身、あまりそういうことは信じるたちではないが、この世には言葉では説明できない摩訶《まか》不思議なことがいくらでもあるのは、知っている。

大蔵の故郷の京では、その手の噂《うわさ》には事欠かない。大蔵の暮らしていた近所でも、いくつかあった。

雪が降ってきて枝に積もると、誰もいないのに必ず雪見の歌が頭上からきこえてくる欅《けやき》の大木。

雨上がりの昼すぎ、本殿に向かって参拝すると、耳元で鈴がきこえる神社。

強い風が吹く晩夏の晩、濡縁《ぬれえん》に座って夜空を眺めていると、風が途絶えた瞬間、満月を横切る狐《きつね》が見える寺。

新月の晩、火の入っていない五つの石灯籠《いしどうろう》に続けざまに灯りが揺らめき、ほんの数瞬で消える神社。

走って通り抜けると、必ず何者かに足を払われて転んでしまう狭い路地。

毎夜どたんばたんと何者かの発する物音が激しく、誰が住んでも、必ずすぐに出ていってしまう家。

いずれも大蔵は実際に見聞していないが、話してくれた者たちの目は、嘘をついているようには見えなかった。

どたんばたんとうるさい家など、親光ならば鎮めてくれそうな気がするが、どうだろうか。

それにしても、と大蔵は思う。あれだけの人がこの神社に押し寄せてくるというのは、それだけ悩める人が世間には多いということだ。

だが、いったいなにをそんなに悩むことがあるものかのう。

社務所の一室にあぐらをかいて座りこみ、鼻をほじほじしている大蔵には、正直、さっぱりわからない。くよくよ考えず、なんとかなるさという思いで暮らしていれば、本当になんとかなるものではないか。

大蔵は一時《いっとき》、金貸しから借りた金がかなりの額になってしまい、これにはだいぶ弱ったものだ。

だが、その金貸しが殺されるということが起こり、借金は一瞬で帳消しになったのである。

人の不幸を喜ぶたちではないが、あのときはぴょんぴょんと跳びはねたいくらいのうれしさだった。この世に神はまことにいると、心の底から思ったものだ。

そんな大蔵の目下《もっか》の悩みは、ただ一つである。

ふむう、というため息とともに腹をみつめた。それを合図にしたかのように、腹の虫が鳴く。

しばし待て、と大蔵はなだめるようになでさすった。

いくら霊力がすぐれているといっても、親光どのにこの空腹をなんとかするすべは、あるはずもないからのう。なんとかできるのは、昌代どののだけだもののう。

先ほどから、すぐそばの土間に置いてある水ばかり飲んでいる。小便もしたくなってきていた。

ふむ、いつまでもここにいても仕方ないのう。出かけるかのう。

暗い部屋にくすぶっていても、腹が満たされるわけではない。尿意が消えるわけでもない。

よっこらしょ、と大蔵は立ちあがった。

ふらりとする。もたれかかった柱が、ぎしと音を立てた。

これでは男として少々、情けないかのう。親光どのに空腹でも動ける体をつくってもらうかのう。

刀架の刀を取り、腰に差した。やはり気分がよい。

大蔵は部屋を出て、廊下をのそりのそりと歩きはじめた。

そういえば、昨夜はここを抜けて宝物庫に走ったのう。あの賊どもは、いったいなにを狙っていたのか。今のところ、宝物庫におさめられている天下の名刀を狙ったとしか考えられない。

外に出て、裏手の厠《かわや》に行った。

はあ、とため息が出るほど心地よい。

用を足し、厠の戸をあける。小鳥の声に誘われて、空を見あげた。

五月《さつき》晴れだ。

さて、どこに行くかのう。

当てもないが、とりあえず鳥居に向かって歩きはじめた。

今日、腰に帯びているのは、いつもの愛刀である。この神社の宝物庫には三振りの刀を預けてあるが、やはり一番に体にしっくりくる。

大蔵は、たっぷりと肉がのった顎に手をやった。歩くたびに、ぷるんぷるんと揺れる肉の感触が伝わる。

ふむ、あの刀のうちのどれかが狙われたということはないかのう。

肥後《ひご》の越中守鷹典《えっちゅうのかみたかのり》に美濃関《みのせき》の安藤長綱《あんどうながつな》、近峰宗六《ちかみねむねろく》というあまり知られていないものの、いずれもすばらしい刀工の作である。

もしあるとするなら、近峰宗六ではないか、という気がする。なにしろ、あの刀だけはまともな手立てで手に入れたわけではないからだ。

ほかの二振りは、ちゃんと金をだして買ったものだが、あれはちがう。

いま思い起こしても、どうしてあんなことをしてしまったのか、よくわからない。いや、わかっている。ただ、餞別《せんべつ》代わりにほしかっただけだ。

近峰宗六が狙われたのかのう。

いい刀で、ちょっとしたいわれがないわけではないが、だからといって盗む理由になるほどのことではない。作刀されたのは、戦国の頃ときいている。

だから、びっくりするほど遠い昔の作ではない。

武具商に買ってもらっても、せいぜい六、七両ばかりの値しかつかないだろう。売りにだされれば、十二、三両ほどだろうか。

今の大蔵には目がくらむような大金だが、あの刀がその程度の額で買えるなら、むしろ安いくらいだ。

だから、あの刀が狙われたとはちと考えにくい。

だとしたら、あとの二振りか。

越中守鷹典は十五両で購ったものだ。安藤長綱も同じような値で購入した。

狙われるような理由など、ないのではないか。

あの宝物庫には、百振り以上の太刀や刀がおさめられている。いずれも由緒正しい名刀ばかりだ。

やはり、やつらはそちらを狙ったとしたほうがずっと考えやすい。

ふと思いつき、きびすを返した大蔵は親光に頼み、宝物庫をあけてもらった。近峰宗六を腰に差す。朱塗りの見事な鞘でよく目立つ。礼をいって親光と別れた。

ふと、どこからか視線を感じた。大蔵は足をとめ、鳥居のほうを見やった。一人の男が鳥居の下に立ち、こちらを見つめていたように思えたが、すでに姿は消えていた。

今のはなんだろうかの。昨夜の忍びどもの一人かの。まあ、いいわいの。

大蔵はあまり気にしなかった。

敷石を踏んで、三丈の高さを誇る鳥居をくぐり抜けた。

立ちどまり、くるりと振り返る。

鳥居の横に立つ石でつくられた社号標《しゃごうひょう》には、貝地岳《かいじだけ》神社とくっきりと彫られている。

この珍しい名にどんな由来があるのか、親光にきいたことがある。

なんでも、四国のほうに貝地岳という霊峰があり、そこに本宮があるとのことだ。親光は一度、四国に渡ったことがあるそうだが、貝地岳という山がどこにあるのか、結局わからなかったという。

由来書にしたがい、一月《ひとつき》にわたって探したそうだが、見つからなかったらしい。十人近い土地の古老と呼ばれる者にもきいたが、知っている者はいなかった。

山が見つからないとは、不思議なこともあるものだ。いや、この日《ひ》の本《もと》の国にいったいいくつの山があるものか。名もない山もあるのではないか。

親光の霊力をもってしてもわからなかったというのは、無理のないことなのかもしれない。

貝地岳というのは、もともと修験《しゅげん》の山なのだそうだ。由来書には、ところどころ槍のように岩が鋭く突きだした峻険《しゅんけん》な山の図が描かれているときく。びっくりするような高さはなく、せいぜい二百丈（約六百メートル）ほどらしい。

大蔵は道に出た。ついこないだまでは、ここから二町（約二百二十メートル）ばかり行ったところにある剣術道場で師範代をしていた。

だが、道場主の跡取りの富之丞《とみのじょう》が病から快復したことで、大蔵はお払い箱になった。

師範代として雇われるにあたり、前金としてかなりの額を受け取っていたが、急にやめてもらうということで、それは返さずともよいということになった。

この世には奇特な人もいるものだのう、と大蔵にはひじょうにありがたかったが、もっともその金は、刀の購入代金にとっくに消えていた。返せといわれても、返せるものではなかった。

大蔵は道をとぼとぼと歩いた。好物の鰻《うなぎ》が脳裏をよぎる。

がつがつとかっこんだら、さぞうまかろうのう。沢宮どのと会わぬものかのう。あの御仁は気前がよいからのう。

最後に会ったときは命を救ったお礼ということで、鰻丼を十杯、食べさせてもらった。

さすがにあのときは、当分、鰻は見なくともよいという気分になったが、それは三日ももたなかった。すぐさま鰻丼が夢に出てきたものだ。

沢宮官兵衛に会うなどという都合のよいことは起きず、結局、なにも腹に入れないままに大蔵は日暮れを迎えた。

ひたすら江戸の町を歩きまわっていた。この町のことは、詳しく知っているわけではない。

歩きまわることで、どこにどんな食い物屋があるか、目星をつけていた。金ができたら、さっそく食べに行こうという店がいくつも見つかった。空腹でも動きまわれることがわかったのは、収穫だった。

それにしても、江戸の町には蕎麦《そば》屋が多い。

路上の馬糞《まぐそ》ほどに蕎麦屋があると耳にしていたが、確かにその通りだ。食い物屋の二、三軒に一軒は、まちがいなく蕎麦切りを供している。

江戸っ子というのが、いかに蕎麦切りが好きか、思い知らされた気分だ。

大蔵は蕎麦も好きだが、どちらかというとうどんのほうが好みである。喉越《のどご》しのよさと昆布《こぶ》だしの旨みがたまらない。考えたら、唾《つば》が出てきた。

同時に、腹が鳴った。

大蔵は腹をなでさすった。今日一日で、腹が少し引っこんだようだ。

背中と腹の皮がくっつきそうだの。やれやれ。

もういいだろう、ということで、大蔵は貝地岳神社に向かって歩きはじめた。昌代は夕餉の支度を終え、大蔵の帰りを待ちわびているにちがいない。

こんなにおいしそうな夕餉ができているのに、どうして大蔵さんはいらっしゃらないのかしら。

わかっておりもうすよ、と大蔵は昌代の面影《おもかげ》に話しかけた。

今すぐ帰りますからのう。しばしお待ちくだされや。

大蔵は、すでに食事をはじめたような幸せな気分になっている。

だが、その気持ちは一瞬にして吹き飛んだ。

背後に人の気配が煙のように立ち、殺気が全身を包みこんだからだ。

——なんと。

久しぶりに総毛立った。

大蔵は、振りおろされる白刃をかいくぐった。髷を飛ばされたかもしれない際《きわ》どさで、刀が通りすぎてゆく。

脳裏に浮かんだのは、昨夜の忍びどもである。

だが、目の前に立っていたのは一人。しかも侍であるようだ。すっぽりと頭巾で顔を覆っている。

薄闇のなか、切っ先がこちらを向いている。花びらのようにかすかに揺れていた。

「おまえさん、やるのう」

大蔵は首を振り、のんびりとした口調でいった。

「殺気を感じさせずに近づいてきたのは上出来だがの、斬るにあたって殺気を発してしまったのはしくじりだの」

侍の立ち姿は影として、薄闇のなかに溶けている。

「やるかの」

大蔵は鯉口《こいぐち》を切った。

頭巾のなかに感情のない二つの瞳が見えている。見覚えがない目だ。

「やめときなされ。何者か知らぬが、おまえさんでは勝てぬぞ。のう」

くっ、と頭巾のなかで侍が唇を噛んだのが知れた。

ざっと土がにじられる音が立った。侍が体をひるがえす。あっという間に、濃くなりつつある闇のなかに姿を消した。

「何者かいのう」

大蔵は首をひねった。命を狙われるような心当たりはない。それとも、昨日の宝物庫破りの邪魔をした仕返しか。

鳥居の下に立っていた男の姿を思いだした。

「あの男かの。とにかく江戸は物騒じゃの」

腹の虫が盛大に鳴いた。

「わかったわい。じき腹に入れてやるから、しばし待ってくれよ。のう」

大蔵は刀を鞘にしっかりと戻し、道をよたよたと歩きだした。

第二章　手練《てだれ》

一

ぴくりとした。

それが、自分の体がかすかにはねあがったのだと気づくまで、官兵衛は数瞬の間を要した。

そのあいだに目を覚ましていた。ほんのわずかにすぎないが、頭に重みがある。

これは昨晩、なじみの煮売り酒屋の『伊太次郎《いたじろう》』で酒を飲みすぎたからだ。役目を早く終えていったん屋敷に戻ったが、梅雨《つゆ》どきのひどい蒸《む》し暑さのなか、一日を働き抜いた体を癒《いや》してやりたくて、着物を着替えた官兵衛は屋敷を出て、縄暖簾《なわのれん》をくぐったのである。喉《のど》がうずいてならなかった。

『伊太次郎』ではいつもの京萬月《きょうまんげつ》という酒を頼んだが、やはり相変わらずの美酒だった。京萬月というくらいだから、京は伏見《ふしみ》の酒のようだが、実際には駿河《するが》の焼津《やいづ》近くの酒である。

焼津がどのような土地なのか、江戸を出たことのない官兵衛には皆目見当がつかないのだが、『伊太次郎』の店主の盛助《せいすけ》によれば、お伊勢《いせ》参りの際、上方《かみがた》に足を延ばした蔵元のあるじが、京で目にした満月の見事さに感じ入り、あんなに風流でやわらかな酒を醸《かも》してみたいという思いに駆られ、数年のあいだ、さまざまな努力を重ねた末、ようやく満足のいくものができあがった代物とのことだ。

そういう酒がうまくないはずがなかった。頭が重いのは飲みすぎたせいで、これもふつか酔いなのだろうが、頭を抱えたくなるような痛みは一切《いっさい》ない。

これは、京萬月が嘘偽《いつわ》りのない真っ当な手立てで醸されているからにちがいない。よい酒は悪酔いしない。

口に含むとふっくらと丸みがあり、一瞬、甘すぎるかと思えるほどだが、するすると舌の上を通る頃には辛《から》さがにじみ出てきて、すっときれがいい。喉越しがすばらしく、余韻《よいん》だけが口中に残る。

昨夜、さんざん飲んだにもかかわらず、喉の奥のほうがきゅんとうずいた。また京萬月を飲みたくてたまらなくなっている。だが、毎晩、あの量の酒を続けるのは体のためにもよくないだろう。

京萬月のことを脳裏《のうり》から払いのけるように、官兵衛は敷布団《しきぶとん》の上で寝返りを打った。天井がうっすらと見える。

右側は腰高障子《こしだかしょうじ》になっており、その向こうは廊下をはさんで雨戸が閉まっている。

——おや。

官兵衛は目を凝《こ》らした。天井を一匹のごきぶりが動いている。

まるで忍びだな、逆さまに貼りつけるなんて。

動きが妙に鈍《にぶ》く、草鞋《わらじ》を使って叩《たた》き潰《つぶ》すのも、素手でつかまえるのもたやすそうに見えたが、官兵衛のなかでなんとなく憐《あわ》れみがわいた。ここは武士の情けで、見逃してやることにした。

その気持ちが通じたわけでもあるまいが、ごきぶりは天井の隅《すみ》で動きをとめた。じっとうずくまるようにしている。

そこまで見届けて、官兵衛は目を閉じた。まだ眠り足りない。酒を入れた翌朝はいつもこうだ。

いま何刻だろうか。おそらく六つ（午前六時頃）になったばかりではないか。

それならば、出仕までまだ少し余裕がある。あと四半刻（約三十分）、眠ってもかまわないだろうか。その頃には、飯炊《めした》きばあさんのおたかもやってくるにちがいない。眠っている官兵衛を見れば、きっと起こしてくれるだろう。

そういうふうに考えたら、官兵衛は気持ちが安らかになった。すっと眠りに誘いこまれる。

どのくらい寝たものか。感じとしては、波が十度ほど寄せて返したくらいの時間にすぎないようだが、あるいはもっとたっているかもしれない。

かすかに、板のきしむ音が耳を打った。

官兵衛は薄目をあけた。先ほどよりずっと明るくなっている。四半刻は確実にたっていた。

天井が目に入る。先ほどのごきぶりは動かずに、まだそこにいた。

腰高障子の向こうに、人の気配がある。

おたかがやってきたのだ。

腰高障子越しに、こちらをうかがっている。官兵衛が熟睡しているかどうか、確かめているのだろう。

おたかとの取り決めで、どんな手立てを使ってもよいから官兵衛が寝ているところを襲って、ものの見事に押さえこみ、まいったといわせたら、金に糸目をつけずに最高級の着物を一着、あつらえてやることになっている。おたかはここしばらく執念の炎を燃やし続けているが、いまだに成功していない。

腰高障子が敷居に油でもしみこませたように音もなく滑《すべ》り、ゆっくりとひらいていった。官兵衛は気づかないふりをした。

忍びやかな気配が敷居を越え、近づいてきた。かすかに畳が沈みこむ。

まだ官兵衛とは半間《はんけん》（約九十センチ）近くを隔《へだ》てているはずだが、おたかはここからが驚くほど速い。とても七十近いばあさんとは思えない。

今日も、官兵衛が身構えようとする前にすでに覆《おお》いかぶさろうとしていた。この前は包丁を握っていたが、今朝は得物《えもの》を手にしていないようだ。

官兵衛の手首を狙《ねら》ってきた。おたかは関節を決めることもできる。

ただ逆手にした手首を反《そ》り返らせるだけだが、腕から肩にかけて激痛が走り、体をよじるだけで身動きが取れなくなる。これを決められたら、まいったしかいえなくなるのは明白だ。

捕物術に通ずるところがあり、官兵衛はすでにおたかに教わっているが、まだ完璧《かんぺき》におのれのものとはしていない。

官兵衛は布団の上をするりと動いて、おたかの手を逃れた。一瞬の動きにすぎないが、おたかは官兵衛を見失ったはずだ。あっ、と狼狽《ろうばい》の声が耳に飛びこんできた。

官兵衛はおたかの背後にまわりこんだ。羽交《はが》い締《じ》めにする。

だが、おたかは官兵衛の腕をつかみ、投げを打ってきた。官兵衛の体勢は崩れかけた。ここで投げられるのをこらえようとしたら、完全に手首を決められていただろう。最高級の着物はおたかのものになっていたはずだ。

だが、官兵衛は逆らわず畳の上に投げられた。おたかは、あれ、あらら、と頓狂《とんきょう》な声をだした。自分の思惑通りにいかず、面食らったようだ。

そこに官兵衛はつけこんだ。体をごろりと回転させて起きあがるや、おたかの腋《わき》の下にすばやく手を入れた。えい、と気合を発して腕に力をこめた。くるりと体を裏返しておたかが畳に背中と腰を打ちつける。

むろん、その瞬間には官兵衛は力を加減している。だが、起きあがることは許さず、馬乗りになっておたかの体をがっちりと押さえこんだ。

「どうだ」

おたかがじたばたする。しわ深い顔にさらに深いしわが刻みこまれる。

「冗談じゃないよ、こんなので勝ったなんて思ってほしくないね」

「ならば、これならどうだ」

官兵衛は少しだけ腕に力を入れた。おたかの骨張った肩が少しだけ縮《ちぢ》まる。

「く、苦しいよ、やめとくれよ、旦那。死んじまうよ」

「このくらいでは死なぬ」

「くそう、負けるもんか」

おたかが身もだえしようとする。だが、ほとんど体は動いていない。

「まいったか」

おたかはなにも答えない。ぐったりし、首を畳に落としている。

「また死んだふりか。無駄だ。二度と引っかからぬぞ」

それでも、おたかはぴくりともしない。白目をむいて、息をしていないのに官兵衛は気づいた。

さすがにやりすぎたかもしれない。すこぶる元気だといっても、七十近いばあさんなのだから。

だが、これも芝居かもしれない。油断は禁物だ。

「おい、おたか、大丈夫か」

官兵衛はおたかの上から、そろりとどいた。おたかの肩を揺さぶろうとした。

「隙ありっ」

鋭い叫び声が、官兵衛の顔面に浴びせられる。同時に官兵衛の手が手繰《たぐ》られた。老婆とは思えない力で、官兵衛はまたも投げられそうになった。

だが、こうくることは、官兵衛の予期のうちだった。逆に、おたかの手首をぐいっとひねりあげた。

「痛てててて」

うつぶせになったおたかが尻を高々とあげて、左右にしきりに振る。着物がはだけ、襦袢《じゅばん》と筋張った太ももが見えた。

今日は朝から厄日《やくび》か。

「まいったか」

「……まいった」

官兵衛はおたかの手を放した。おたかの尻がすとんと落ちた。

「あー、痛かった」

おたかが畳にあぐらをかく。

「旦那は手加減なしなんだから。まったく薄情な男だよ」

おたかが右の手首に、ふうふう息を吹きかけていう。

「ああ、腫《は》れあがっちまってるよ」

「医者に診《み》せるんだな」

「ほんと冷たいねえ。これでよく江戸の安寧を守ってるなんて、いえたものだわねえ」

おたか、と官兵衛は呼びかけた。

「飯にしてくれ。腹が空《す》いた」

「あら、旦那のほうから催促するなんて、珍しい。昨晩、飲んだのね」

「ああ、少しな」

「旦那の少しはすごいから」

おたかが裾《すそ》を直して立ちあがり、官兵衛を控《ひか》えめに見つめた。このあたりの挙措《きょそ》には、なんとなくだが、人の妻だったことを感じさせるものがある。

おたかは、官兵衛が以前、通っていた剣術道場の師範である千秋余左衛門《ちあきよざえもん》の妻だった。亡くなる前、余左衛門に枕元に呼ばれ、おたかのことをよろしく頼む、といわれたために、通いの飯炊きばあさんとして官兵衛は雇っていた。

おたかは女だてらに剣術を習いたくて千秋道場に入門したのだが、実家が貧乏御家人で束脩《そくしゅう》が払えないために、余左衛門の身のまわりのことをすることで剣術を教えてもらうことになった。剣術の資質を見いだされたおたかは余左衛門に厳しく鍛《きた》えられ、のちに妻となったのである。

「じゃあ、朝餉《あさげ》の支度、してくるからね。旦那、おとなしく待っているんだよ」

おや、とおたかが声を放った。視線は天井を向いている。先ほどのごきぶりがまだ隅っこにいた。

「こいつめ」

おたかが跳躍した。官兵衛が腰を抜かしかけたほど高く跳んだ。

次の瞬間、おたかの足がすっと音もなく畳を踏んだ。おたかは拳《こぶし》をかたく握っている。にやりと官兵衛に笑いかけてきた。もしここが夜の墓地だったら、官兵衛は卒倒していたにちがいない。

どうしてこんな女を余左衛門は妻にしたのか。神経を疑いたくなるが、考えてみれば、余左衛門も俗世から一人、浮いているようなところがあった。おたかと一緒にいるだけで、きっと心弾《はず》んだのだろう。

「旦那、見るかい」

拳を突きだしてきた。

「まだ生きているよ」

「いや、遠慮しておこう」

おたかが、官兵衛の声がきこえなかったような顔で頭をかしげる。

「味噌汁《みそしる》の具にちょうどいいんじゃないかね」

「やめてくれ」

おたかがにっとする。

「冗談に決まってるじゃないの。旦那はまったく冗談が通じないわねえ」

「おたかの場合、冗談とまじめとの境目がよくわからんのだ」

おたかが不思議そうに首をひねる。

「お師匠さんと同じことをいうわねえ」

あの浮世離れした余左衛門にそこまでいわせるなど、さすがとしかいいようがない。

おたかが廊下に出て、ごきぶりを握ったまま片手で器用に雨戸をあけはじめた。光が大波となって押し寄せてきた。官兵衛はまぶしくて目を閉じた。

「いい天気だねえ。雲なんか、どこを探してもないわ。まったく梅雨はどこに行っちまったのかしら」

官兵衛は目をあけた。慣れて、もうそんなにまぶしくない。

「ほら、行きな。もうお屋敷に入ってくるんじゃないよ」

おたかが手のひらをぱしんと一つ打った。

「旦那、じゃあ、支度をしてくるよ。おいしいのを食べさせてあげるから、期待して待ってなよ」

頼む、と官兵衛はいった。

おたかが廊下を去ってゆく。官兵衛は首を伸ばして廊下をのぞきこんだ。おたかがどすどすと歩いてゆく。よく腰の落ちた、どっしりした歩き方だ。

あれならば、と官兵衛は安心した。向こう十年、くたばることはあるまい。

水を入れずに炊いたのではないかと思えるほど、石のようにかたい飯の最後のひとかたまりをなんとか咀嚼《そしゃく》して、官兵衛はのみこんだ。喉仏が大きく上下したのが、自分でもわかった。

箸《はし》を膳の上に置き、茶を喫《きっ》する。ぬるく、あまり味が出ていない。顔をしかめたくなるが、ぐっとこらえた。

こんなものだろう、これ以上なにを期待するというのだ。

官兵衛はおたかの包丁の腕を当てにしていないから、腹も立たない。おかずは納豆《なっとう》で、これはおたかが行商人から購《あがな》ったものだから、包丁の腕はなんら関係ない。

味噌汁の具はわかめだった。味噌を入れすぎたようで、馬鹿に塩辛かった。もっとも、かたい飯のおかずにちょうどよかったから、むしろありがたいくらいだ。

官兵衛はすでに着替えを終えている。十手《じって》も袱紗《ふくさ》に包み、懐《ふところ》にしまい入れてある。刃引きの長脇差《わきざし》もかたわらに置いてある。

いつでも出かけられる態勢だ。このあたりは、幼い頃から亡き父に厳しくしつけられたたまものである。

「旦那、そろそろ刻限じゃないの」

向かいにきっちりと正座したおたかが茶をすすっていった。

そうだな、といって官兵衛はすっくと立ちあがった。

「遅刻はみっともないものな」

「遅刻は大丈夫でしょうけど、旦那は常に一番乗りを目指しているんでしょ。それが途切れちまうわよ」

そのとき屋敷に駆けこんできた足音がきこえた。表門は、おたかがすでにあけている。

玄関から官兵衛を呼ぶ声が響く。

「あら、あのかわいらしい声は、あのぼっちゃんじゃないの」

官兵衛は廊下を走るように進んだ。

おたかがいった通り、玄関にいたのは中間《ちゅうげん》の福之助だった。赤い顔をし、息を弾ませている。

「どうした。なにかあったのか」

「ええ、ありました。今朝、あっしはいつもよりずっと早く御番所に行ったんです。そうしたら、事件の届けがありまして、あわてて走ってきました」

「なにがあった」

官兵衛は重ねてきいた。福之助が深く息を吸う。

「殺しです」

二

両側を商家の塀に囲まれているせいで日当たりが悪く、苔《こけ》が這《は》うように生《は》えた湿《しめ》った土の上に、シダが生《お》い茂っている。濃い草のにおいが鼻をつく。

塀を乗り越えてきた朝日の切れ端が小さな日なたをつくり、そこだけは少し土が乾いていた。

その乾いた土の上に坊主頭がのり、うつぶせになった死骸《しがい》がうつろな横顔をのぞかせている。目は半びらきで、無念そうなよどんだ色を宿していた。

背中を貫いた傷口から流れ出た血が着物を伝ってかたまり、黒い土をさらに黒く見せている。

傷の大きさは、ほんの半寸（約一・五センチ）ばかりでしかない。

一瞬、瞑目《めいもく》した官兵衛は横に顔を向け、手招いた。

小腰をかがめ、眉《まゆ》だけが白くなっている男が官兵衛のもとに歩み寄ってきた。眉だけ取りあげてみると、年寄りのようだが、実際の年齢はまだ三十代半《なか》ばである。

名を當左衛門《とうざえもん》といい、木挽町あたりでは若い町役人だ。

官兵衛は、うつぶせている死骸に目を落とした。

「知った者か」

いいえ、と秋の大気のような明瞭《めいりよう》な声をだして當左衛門が首を振る。

「存じない方にございます」

「そうか。となると、この町の者ではないと考えてよいかな」

「はい、それでよろしいのではないかと」

當左衛門がちらりとうしろを振り返る。大勢の野次馬がいまだに押し合いへし合いしてこちらをのぞきこんでいた。数はむしろ増えているようだ。

當左衛門が官兵衛に顔を戻す。

「沢宮さまがいらっしゃる前に、勝手ながら、町の者たちにこの仏さまを存じているかどうか、きいてみました。しかし、この仏さまの身寄りなどを知っている者は、一人もおりませんでした。ああ、もちろん、誰一人として仏さまには触れておりませんん」

身元調べに時間がかかるのではないか。官兵衛にはそんな予感がある。

「——ああ、そうそう、沢宮さま、大事なことを忘れていましたよ」

當左衛門が声をあげ、死骸にやさしい目を当てた。

「この仏さま、どうやら人を捜していたようなんですよ」

「誰を」

うしろで、福之助も興味深げな視線を當左衛門に注いでいる。

「それが手前には、はっきりとわからないんです。申し訳ございません」

當左衛門がすまなそうな表情になった。

「男の人であるのは、わかっているのです。この仏さまは、人相書を手にこの界隈《かいわい》をまわっていたようなんですが」

人相書だと、と官兵衛は思った。死骸の懐に手を突っこみたい衝動に駆られた。しかし、検死医師がまだやってこない。

木挽町なら女医者の綾乃《あやの》が来ることになるのだろうが、医者による検死が終わるまで、死骸には一切触れてならないという決まりが厳としてある。官兵衛に、その決まりを破るつもりはない。

「検死医師の手配は」

當左衛門にたずねた。

「はい、もうすんでいます。綾乃さんに使いを走らせました」

「それならばじき来るな」

綾乃の診療所がある浜松町《はままつ》の方角へ目を向けてから、官兵衛は新たな問いを當左衛門に発した。

「おめえさんは、その人相書を目にしたのかい」

いいえ、と當左衛門が首を横に振る。

「捜していた男の名もわからねえのか」

官兵衛が問いを重ねると、當左衛門が困ったような顔をした。

「一兵衛《いちべえ》という者もいるし、幸兵衛《さちべえ》、達兵衛《たつべえ》という者も出てきまして。ほかの名を口にしている者もいます」

「どういうことだ」

「それは手前より、ほかの者のほうがよろしいでしょう」

當左衛門が野次馬のほうを向いた。一人の男に目をとめ、甚太郎《じんたろう》、と手招く。

甚太郎と呼ばれた男が、おいらかい、と確かめるように自らを指さした。當左衛門がうなずくと、のそのそと進み出てきた。ふんどしだけで、上半身は裸である。肩は山のように盛りあがり、胸は鎧《よろ》ったように分厚い。猪首《いくび》は大木が根を張ったようだし、太ももも丸太のように太い。

腕相撲を取ったら、一生、この男には勝てぬだろうな、と官兵衛は思った。

「甚太郎、こちらのお役人に、この仏さまがなんという人を捜していたか、話して差しあげなさい」

當左衛門が穏《おだ》やかにいう。へい、と大きく顎《あご》を引いた甚太郎は、死骸に向かってていねいに両手を合わせ、目を閉じた。表情が柔和《にゅうわ》で、どこか安らかに眠る赤子を感じさせる男だ。

甚太郎が目をあけ、顔をあげた。

「あっしには、この仏さまは人相書を指さして、八兵衛《はちべえ》というんだが知りませんか、ときいてきたように感じました」

もごもごしたしゃべりではなく、意外にはっきりした話し方だ。

「八兵衛か。おおかたそういうような名なんだろう。おめえさん、人相書を見たか」

「ええ、見ましたよ」

「どんな男だった」

甚太郎が唇をなめ、再び目を閉じた。面影《おもかげ》を目の前に引き寄せようとしている。

「一言でいうと、ふてぶてしい面《つら》つきをしていましたね」

まぶたをひらいて甚太郎がいう。

「どんぐりのような形をしたまなこに薄い唇が前に突きだし、鼻筋が通って、頬《ほお》はややふっくらしている。ああ、そうだ。鳥が羽ばたいているように、耳が前を向いていましたよ。……あっしが思いだせるのは、こんなところでしょうか」

福之助が矢立を取りだし、一枚の紙にそれを書きつけている。

なにもいわずとも、こういうことが自然にできるようになった。福之助の真剣な顔つきを目《ま》の当たりにして、官兵衛は満足だった。

「人相書に描かれている人は、お侍ではないかとなんとなく思いました。なにかあっしら町人にはないようなものがありましたしね。こっちの腕も、相当のものじゃないかって気がしましたよ。人相書からは、そんな迫力が伝わってきました」

仕草で刀の構えをつくった甚太郎が、瞳に力をみなぎらせていった。

侍か、と官兵衛はつぶやいた。遣《つか》い手といえば、この男を殺した者も紛《まぎ》れもなくそうだろう。なにしろ、背後から心の臓を一突きなのだ。

「人相書の男に見覚えは」

官兵衛はなおも問うた。

「いえ、ありません」

官兵衛は、がっちりとした肩をやさしく叩いた。

「ありがとうよ。いろいろとよく思いだして話してくれたな。とても助かった」

そうですか、と甚太郎がうれしそうな笑みを見せた。幼子を思わせる、無垢《むく》な笑顔である。どこか神来大蔵に通ずるものがあった。

もう少したずねてもよいか、と官兵衛はいった。はい、もちろんです、と甚太郎が元気よく答える。

「この仏は、人相書の男をどうして捜しているか、口にしていたか」

「あっしも気になったんで、きいたんですけど、なにやら、ある刀のことで人相書の人に今一度会いたいというようなことを口にしてましたね」

刀か、と官兵衛は思い、死骸に視線を当てた。身なりからして、侍のように見えない。刀も差していない。

かといって、町人のようにも思えない。坊主頭にしていることから医者のように見えないこともないが、十徳《じっとく》を羽織っているわけでもない。

それならば坊主そのものかもしれなかったが、体からにじみ出る抹香《まっこう》臭さはまったくなく、官兵衛は、ちがうのではないかという感触を抱いた。

着ている物は悪くない。渋い朱色の絹の小袖《こそで》に柿色の袴《はかま》をはいている。着物は上下ともしっかりと手入れはされているが、どこかくたびれた感は否《いな》めない。

よほど長いこと、大事に着ているのが知れた。着物自体はよいものだが、この仏があまり裕福でないのは明らかだろう。

それにしても、と官兵衛は内心で首をひねった。この仏は正体がさっぱりわからない。これまでの経験から一目見れば、身分などすぐに覚《さと》れたものだが、この仏は勝手がちがう。

顔をあげ、甚太郎に目を戻した。

「刀といったな。この仏は刀を捜しているようだったのか」

「はい、あっしはそういうふうに感じましたよ」

そうか、と官兵衛はうなずいた。

「この仏は、どんな刀を捜しているか、口にしたか」

甚太郎がかぶりを振る。

「いえ、おっしゃいませんでした。きっと、あっしに話しても仕方ないと思ったんでしょう」

すぐに言葉を継いだ。

「もしかすると、人相書の男がこの仏さまのもとから刀を持ち逃げしたんじゃないでしょうか」

官兵衛はにっこりした。

「ふむ、なかなか鋭いな」

「じゃあ、お役人も同じことをお考えになったんですか」

まあな、といって官兵衛は微笑を浮かべた。

すぐさま表情を引き締めた。

「この仏のことで、なにか気づいたことはねえか」

「上方の言葉を使っていましたよ」

甚太郎があっさりといった。

「上方のどこから来たか、いっていたか」

「どことはいってませんでしたけど、あっしは京の都ではないかって思いました」

「どうしてだ。上方の言葉は、どこも似たようなものだろう」

「あっしは一度、近所の皆とお伊勢参りに行ったことがあるんですけど、京にも足を延ばしたんです。そのとき、そこかしこからきこえてきた言葉によく似ていました。やわらかさが、この仏さまが口にしていた言葉にそっくりでしたね」

「甚太郎さんのおっしゃる通りですよ」

うしろから、福之助が口をはさんできた。

「どういう意味だ」

鋭く振り返って官兵衛はたずねた。

「あっしの実家がどういうところか、旦那にはいうまでもないですけど――」

品川宿の泉水屋という旅籠《はたご》である。三千もの遊女を抱えるといわれる宿場でも、ひときわ大きな旅籠であるのは紛れもなく、毎晩、江戸から押し寄せる男たちで相当ににぎわっているようだ。

「うちへは江戸から遊びに来る人がやはり多いんですけど、旅籠ですから、上方からくだってくる人も大勢、泊まるんですよ」

福之助のいいたいことが、官兵衛にもわかってきた。しかし、話の腰を折るような真似はしない。

「上方と一口にいっても広くて、京や大坂、奈良《なら》、紀州《きしゅう》、播州《ばんしゅう》などはそれぞれ自分たちの言葉を持っているそうなんですよ。あっしらがきくと、確かにどれも同じようにきこえるんですけど、向こうの人にいわせると、全然ちがうそうなんです。そのなかでも京の都の言葉だけは、別格で、あっしらにもちがいがわかるような気がしますね」

「気じゃありませんよ」

甚太郎が断言する。

「京の言葉は、本当に響きがちがうんですから。一千年以上もこの国の都であり続けている町の言葉ですからね、よそとはちがって、なんというか、雅《みやび》なんですよ。あっしは京の都では、何度もうっとりしたものです」

京の都といえば、遊びどころはなんといっても島原《しまばら》だろう。江戸の吉原《よしわら》と並び称される遊郭《ゆうかく》である。安くはないだろうが、甚太郎はせっかくの上方行きということで、悔《く》いが残らぬように登楼《とうろう》したのかもしれない。

「そこまでいうんだったら、この仏が京から来たというのは、まちがいねえという気になるな」

官兵衛はいって腕組みした。

この仏は京の都からやってきて、とある刀のことで侍とおぼしき男を捜しだそうとしていた。そして手練《てだれ》に亡き者にされた。

刀は名刀といってよいものだろうか。京の都には、千両もの値がつく名刀がごろごろしているという話も耳にする。

「今一度といったということは、仏さんは人相書の男に会ったことがあるんだな」

官兵衛は独《ひと》り言《ごと》を漏《も》らした。甚太郎が太い首をのっそりと動かす。

「はい、そういうことでしょう」

官兵衛は顔を向けた。

「最後にもう一つききてえんだが、見せ終わった人相書をこの仏はどうした」

「ていねいに折りたたんで、懐にしまいましたよ」

またも官兵衛は、死骸の懐を探りたくなった。だが、ここは我慢するしかない。

その思いを察したかのように、綾乃が姿を見せた。小者《こもの》の達吉《たつきち》が薬箱を持ち、つきしたがっている。

「手間を取らせてすまなかった。いろいろと話をきかせてもらってありがたかったぜ。――今日は仕事は」

「これからですよ。この近くの河岸《かし》で、舟からの荷下ろしです。舟はじき着く頃でしょう。ちょうどいい頃合いですよ」

甚太郎には、これで引き取ってもらった。

すみません、お待たせしました、といって足早に近づいてきた綾乃が頭を下げた。よほど急いできたのか、顔が上気し、息づかいがやや荒い。官兵衛を見あげる目がしっとりと潤《うる》んでいる。

「よく来てくれた」

万感の思いをこめて、官兵衛はいった。

「遅くなって申しわけありません」

小腰をかがめながらも、綾乃が笑みを浮かべる。死骸を前にしていなかったら、もっと華やかな笑顔になっていたのだろうが、それでも隠しきれない喜びが頰のあたりにあらわれていた。

やはりこの女は、と官兵衛は目鼻立ちのととのった女医者を見つめた。俺に惚《ほ》れているのか。

それに対して自分はどうなのか。むろん、よい感情を抱いていないわけがない。だが、綾乃といると、なんとなく気分が落ち着かない。それが相性の悪さのような気がして、前に踏みだせない。

「往診が長引いて、診療所に戻ったら、自身番からの使いの方が待っていらっしゃいました。使いの方に場所をきいて、あわてて駆けつけました」

「往診のほうは大丈夫かい。大事、なかったか」

「はい、そちらはもう。暑いからって水を飲みすぎて、おなかを壊したんです。薬を処方してきましたから、すぐ快方に向かうはずです」

息をととのえるように、綾乃が軽く胸を押さえた。ごくりと唾《つば》をのんで、福之助がその仕草をじっと見ている。

「おい、おめえ、不届きなこと、考えているんじゃねえだろうな」

官兵衛は、ちんまりとした顔にくっついている小さな耳にささやきかけた。目を近づけると、耳のうしろまで真っ黒に日焼けしているのが知れた。

びっくりしたように福之助が官兵衛を見つめる。

「不届きなことって、いったいなんのことですかい」

「声がでかい」

「あっ、すみません」

「まあ、考えてなきゃいいんだ」

官兵衛は福之助の鼻の頭を指先でなでるように弾《はじ》き、綾乃に視線を流した。

「さっそく頼む」

承知いたしました、といって綾乃が死骸の前に腰をかがめる。小者の達吉が横に控える。

官兵衛と福之助は、検死の邪魔にならないように二間（約三・六メートル）ほど離れた。

合掌《がっしょう》してから、綾乃は熱心に死骸をあらためはじめた。特に傷口が気になるのか、熱心に目を当てている。

流れのない川に落ちた鞠《まり》が、半町ほど下流に運ばれたくらいの時間がたった頃、綾乃が顔をあげて官兵衛を見た。

官兵衛は福之助とともに近寄った。

「まず殺された刻限からきこうか」

立ちあがった綾乃が、はい、と形のよい顎《あご》を上下させる。

「昨日の暮れ六つ（午後六時頃）から四つくらいのあいだではないかと思います」

「暮れ六つか。この裏路地では、そんな刻限でも人通りはぱったりと絶えるだろうな。夜が更ければ、人っ子一人、通らねえ」

そうでしょうね、というように綾乃がうなずき、あたりを見まわす。相変わらず野次馬は数を減らしていない。むしろ美形の女医者の登場で、さらに増えている気配さえある。

「死因は」

これは、きかずともはっきりしていたが、会話の調子を取るためにも口にしておいたほうがよい。

綾乃が顔を官兵衛に戻した。

「心の臓を背後から貫かれたことによるものです」

「得物は」

綾乃が迷ったようにいいよどむ。

「どうした、刃物じゃねえのか」

綾乃が白い手のひらをおとがいに当てる。

「私も最初は、脇差か匕首《あいくち》の類かと思いましたが、どうもちがうようです」

「ちがうとしたら」

傷口に視線を当てて、官兵衛はたずねた。

「矢ではないかと思いましたが……」

「矢かい。仮に矢だとして、体に突き刺さってねえのは、犯人が抜いて持ち去ったためか。矢は矢羽根の巻き方などに特徴があって、誰の矢かわかるってこともあるから、持ち去ったのは考えられねえことではねえな。だが、綾乃どの」

官兵衛は呼びかけた。

「矢ではないと考えているようだな」

「はい、矢尻《やじり》を引き抜いたのだとしたら、傷口がもっとずたずたになるのではないか、と思いますが、そこまではなっていません。ただし、匕首や脇差を引き抜いたときのように、なめらかさのある傷でもありません。傷が少し荒くなっているのは、矢でもない、匕首や脇差でもない、別の得物によって、この仏さまが殺《あや》められたからではないでしょうか」

「刀の類ではなく、矢でもねえ。あと、残っているのはなんだ」

「鉄砲でしょうか」

福之助がうしろからいう。

「いや、鉄砲じゃねえな」

綾乃も同意を見せる。

「俺が定廻《じょうまわ》りを拝命してから、さほどときがたっているわけじゃねえからかもしれねえが、これまで一度も鉄砲で殺《や》られた仏というのは見たことがねえ。だが、これは鉄砲による傷じゃねえ」

「どうしてわかるんですかい」

「鉄砲の玉というのは、鉛《なまり》の玉だ。それが火薬の爆発によってできる風に押しだされて、勢いよく筒先から飛びだしてゆくんだ。鉄砲の玉にもいろいろ大きさがあるようだが、最もよく使われる四匁《もんめ》玉ですら、まともに当たったら、体をずったずたに引き裂く大穴があくそうだ。こんなに小さな傷ではすまねえ」

その通りです、というように綾乃が顎を深く引いた。

「でしたら、手裏剣《しゅりけん》というのはどうですかねえ」

福之助が新たな意見を口にした。

「手裏剣というと、十字になったようなやつのことか」

「十字になっているものもあるし、八方手裏剣というものもあります」

福之助の言葉をきいて、綾乃が思いついた顔つきになった。

「棒手裏剣も考えられます」

官兵衛もその名は耳にしたことがある。

「長いもので六寸（約十八センチ）くらいあるときいたことがあるが、おおよそ三、四寸ばかりのものが多いそうだな。棒手裏剣だと、こういう傷ができるものか」

官兵衛は綾乃にただした。

「できると思います。棒手裏剣にはいろいろ形状がありますから」

だったら、と官兵衛はいった。

「棒手裏剣によってこの仏は殺られたと考えて、調べを進めることにするぜ」

綾乃が、それでけっこうです、というように首を動かした。

「棒手裏剣というと、どんな者が使うんだ」

官兵衛は誰にともなくいった。

「やっぱり忍びじゃないんですかい」

官兵衛は福之助にむずかしい顔を見せた。

「今の世に忍びかい。戦国の昔ならともかく、考えにくいことこの上ねえが、なんにしろ先入主は禁物だ。実際に、忍びの末裔《まつえい》は今もいるし、忍術を今の世に伝えている流派の者もいる。そういうところを当たってゆくのが、いいだろうな」

この手の話は検死医師の前ですることでないのに、官兵衛は今さらながら気づいた。

「綾乃どの、かたじけなかった。引きあげてもらってかまわぬ」

わかりました、といったが、切なげな色が綾乃の頰を横切っていったのを、官兵衛は見逃さなかった。

「探索のお邪魔をしてはいけませんね。では、これで失礼いたします」

綾乃は、じっとかしこまるようにしていた小者の達吉をうながし、その場を立ち去ろうとした。

「綾乃どの、助かった。またよろしく頼む」

官兵衛はあらためて礼をいった。いわずにおれなかった。

「ありがとうございます。私でよければ、また呼んでください」

「腕のよい検死医師は、そなたしか知らぬゆえ――」

そこで官兵衛は言葉をとめた。これはいわずもがなのことだ。

綾乃が寂しげな微笑を浮かべる。

「では、これで」

一礼して、小者とともに歩きはじめた。野次馬の垣が二つに割れ、そこを二人は通り抜けてゆく。

「しくじったな」

姿が見えなくなる前に、官兵衛は小さくつぶやいた。

「なにをですかい」

のほほんとした顔の福之助にきかれた。

「なんでもねえ」

そのとき、官兵衛は、はっとした。横顔に強い視線を感じる。よい感情と思える視線ではない。じっとりと粘りけがあり、嘲笑めいたものが含まれているような気がした。

そちらに向かって、官兵衛はさりげなく顔を向けた。

飽かずにこちらを見ている者ばかりだ。だが、官兵衛に興味深げな目を浴びせているような者はいなかった。

それでも、勘ちがいとは思わなかった。

「旦那、どうかしましたかい」

「少し暑さにあたっただけだ」

「暑いのは一番好きといっていた割に、旦那はだらし——いえ、なんでもありません。あっしはなにもいってませんよ」

「気をつかわずともいいさ。俺はいうほど、暑さには強くねえ」

官兵衛は額《ひたい》の汗を拳でぐいっとぬぐうと、しゃがみこんだ。死骸の懐を探る。指先に引っかかるものはなに一つとしてなかった。

両の袂《たもと》にも手を突っこんでみた。こちらにもなにもない。

官兵衛は手ぶらで立ちあがった。

「なにもありませんかい」

「見ての通りだ」

「犯人が持ち去ったんですかね」

「それ以外、考えようがねえな。人相書が一番の目的だったかもしれねえが、実はこの仏が持っていた物が目当てで、殺したのかもしれねえ」

官兵衛は再び町役人の當左衛門を呼んだ。

「この仏はしばらく自身番に置いておいてくれ。身元がわかり次第、縁者を引き取りによこす。それまで頼む」

承知いたしました、と當左衛門はこころよく受けてくれた。

官兵衛は、絵の得意な福之助に死骸の人相書を描かせた。そのあいだに、當左衛門に問う。

「昨日の暮れ六つから四つのあいだに、このあたりで怪しい者を見かけた者はいねえか。あるいは、騒ぎをきいたような者は」

「手前も町の者にいろいろときいてみましたが、見たりきいたりした者は今のところ一人もおりません。これからも、きき続けるつもりでいます。なにかわかりましたら、すぐにつなぎを取るようにいたします」

頼む、と官兵衛は強い口調でいった。

福之助を見やる。もうじき人相書はできあがりそうだった。福之助は筆が速い。これはとてもありがたいことだ。

人相書ができあがった。よくやった、とほめると、福之助がうっとりした目で見つめてきた。

やはりこの男は、その気があるんじゃねえのか。

「どうかしましたかい」

福之助にきかれた。

「また暑さにやられたんですかい」

そういうことだ、といって官兵衛は墨の乾いた人相書を折りたたみ、懐にしまい入れた。

これをもとに、死骸の身元を探ってゆくことになる。とにかく身元をはっきりさせないと、なにもはじまらない。

官兵衛は福之助を連れ、歩きだした。この近くの町々を虱潰《しらみつぶ》しに当たり、どんなことでもよいから殺された男のことを丹念に拾い集める必要があった。


しかし、手がかり一つ得られないままに官兵衛たちは日暮れを迎えた。

町奉行所の前まで戻ってきて、官兵衛は福之助に向き直った。

「いいか、ゆっくりと休むんだぞ。金に飽かせて調べを続けようなんて、考えるんじゃねえぞ」

福之助がにっとした。

「わかっていますよ。あっしも今日は暑さにやられちまったようです。しっかり疲れを取りますよ」

それがいい、といって官兵衛は手をあげた。

「じゃあな」

大門のなかに足を踏みだす。福之助が深く腰を折っているのが、見ずとも知れた。

四半刻ほど書類仕事をして、官兵衛は同心詰所を出た。

提灯《ちょうちん》に火を灯《とも》し、町を歩きだす。日暮れとともに寝床に入る者がほとんどだが、いまだに行きかう者は少なくない。夜を迎えて涼しい風が吹き渡りはじめ、誰もが生き返ったような笑顔を見せている。今日がはじまるのは、これからだという表情をしていた。

官兵衛も、一杯やりたい誘惑に駆られた。だが、綾乃を見送ったときに感じた視線のことを思いだし、風に揺れる赤提灯を次々にやりすごしていった。

八丁堀に入る。ひときわ大きい屋敷は与力のもので、同心の屋敷はその五分の一ほどしかない。

あたりは闇に沈んでいた。ときおり響く蛙《かえる》の鳴き声が、重く漂う静寂《せいじゃく》の幕を揺らす唯一のものだ。

屋敷がうっすらと見えてきた。官兵衛は、おたかはもう帰っただろうな、と思いつつ歩を運んだ。夕餉の支度はしてあるにちがいない。飯は新たに炊いてくれただろう。梅雨どきから夏のあいだは、おたかは朝と晩、二度、炊いてくれるのだ。

屋敷に着いた。ほんのりと飯のにおいが漂っている。

官兵衛は提灯を消した。屋敷内に明かりがついているようで、じんわりと光がにじみだしている。おたかがまだいるのだろう。

た。

官兵衛はくぐり戸をあけようとした。

そのとき背後に殺気を感じた。なにか風を切る音がした。知らず身をかがめていた。

今まで頭があったところを通り抜け、くぐり戸に、なにかが音を立てて突き刺さった。すぐに引き抜かれる。

官兵衛は身をひるがえし、懐に手を差し入れた。十手を取りだし、構えた。

「何者だ」

大声を発した。

「たいした腕でないと思ったが、なかなかやるな」

くぐもった声が、闇の向こうから発せられた。男の声だ。

ぼんやりとした影が、三間ほど向こうに立木のように見えている。頭巾《ずきん》を深くかぶっている。

「何者だ」

官兵衛は再び同じ声をあげた。

「矢の話をしていたな」

少しばかり近づいてきて、頭巾の男がいった。布で顔が覆われているにもかかわらず、にやりと笑ったのが伝わってきた。

「しかし、あの男を屠《ほふ》った物が棒手裏剣であるのを見破ったのは、あの女医者と中間の手柄だな。間延びした顔をしているが、あの中間の頭のめぐりは悪くない」

影が、手にしているものを不意にぶらぶらさせた。

「得物はこいつだ。棒手裏剣に五間ばかりの長さの縄がついている。これは殺しにはなかなか都合のよいものぞ。離れたところからでも殺しができる。しかも闇に乗じてやれば、近くに人がいてもほとんどの者は気づかん。正直いえば、そういう場で殺しをしたことはまだないがな」

「おめえ、人相書の男か」

言葉遣いから侍であると見当をつけ、官兵衛はいった。

「そうだ」

男はあっさりと認めた。

「あの男をどうして殺した」

「あんな老いぼれ、殺さずともよかったが、ちょっとうっとうしかった。ある刀についてききに行っただけだ。なのにわざわざ江戸まで出てきやがって」

「刀というと」

「ちょっとおもしろい刀だ」

「その刀に関わることで、あの仏はおめえを捜していたんだな」

「そういうことだ」

「その刀に、なにがあるのだ」

「教える必要はなかろう」

「だったら、どうして俺に近づいてきた」

「決まっている」

男がわずかに声を高くした。

「命をもらうためよ」

さすがにぎくりとした。目の前の男は相当の遣い手だ。棒手裏剣の一撃目を逃れられたのは、奇跡としかいいようがない。

「どうしてだ」

この期《ご》に及んでも冷静な声が出たことに、官兵衛は意外な気がした。

「おぬしは亡き者にしておいたほうがいい。なぜか、そんな気がした」

「本当にやる気か」

「直感にはしたがっておいたほうがよかろう」

男が腰の刀に手を置き、踏みだしてきた。すでに鯉口《こいぐち》を切っているようだ。官兵衛は腰を落とした。刃引きの長脇差に触れる。こんなところで命を散らす気はない。

殺気の波が徐々に高まってゆく。それがあっけなく満ちた。無言で男が躍《おど》りかかってきた。

「そこまでだよ」

官兵衛の背中から声がきこえた。同時にくぐり戸があく。

官兵衛は、股《また》の下を人が抜けていったのを確かに見た。

白刃《はくじん》が落ちてくる。振りあげられる白刃も見た。

脳髄《のうずい》に響き渡る鉄の打ち合う音が夜空に吸いこまれる。落ちてきた白刃が途中で消え、もう一つの白刃が闇夜に届かんとするまで振りあげられた。

「旦那、大丈夫かい」

おたかだった。すばやく引き戻した刀を正眼《せいがん》に構えている。

「あ、ああ」

安堵《あんど》に声が震えた。

「旦那、動くんじゃないよ。こいつ、容易ならない遣い手だよ」

「なんだ、このばあさんは」

男があきれたような声をだす。

「ばあさんなのに、どうしてこんな腕を」

「あたしの亭主が誰か、調べな。それでわかるよ」

わかった、と男が頭巾を上下させた。

「そうさせてもらおう」

いうや、きびすを返した。あっという間に闇の壁の向こうに消えていった。

「何者だい」

わずかに息を弾ませて、おたかが官兵衛にきいてきた。

「何者か、わからぬ」

「どういうことだい」

「子細はなかで話す。とにかくおたか、助かった」

「あたしがいて、旦那、よかったね」

「まったくだ。だが、どうしてまだいたんだ」

官兵衛はくぐり戸を先に入らされた。

「一度は帰ったんだ。けど、飯を炊くのを忘れちまって、また戻ってきたんだよ」

「なんにしろ、本当に助かった。感謝する」

　官兵衛たちは屋敷内にあがった。

「じゃあ、一両ばかり、いただいておこうかね」

「金を取るのか」

「命の値《あたい》としては、安いくらいじゃないかねえ」

「確かにな」

　廊下を歩きつつ官兵衛は財布を取りだし、なかを探った。

「旦那、冗談よ」

　おたかがあっけに取られたようにいった。まだ抜き身を手にしている。気づいて鞘《さや》にしまう。鮮《あざ》やかな手並みだ。

「相変わらず馬鹿正直だねえ。そういうところが旦那らしいけどね。ところで旦那、食べられるかい」

　おたかが夕餉のことをたずねてきた。

「むろん」

　官兵衛は気張って答えた。

「やせ我慢だねえ。さっきは声を震わせていたくせにさ」

「震わせてなどおらぬ」

「そういうことにしておこうかね。それにしても、さっきの男、なぜ旦那を」

官兵衛は、台所に入ったおたかに話せることはすべて話した。

「そう、犯人があらわれたの。なかなかあることとじゃないわねえ。いったい何者かしら。あたしが同心だったら、とことん追いつめてやるのに」

「それは俺にまかせておけ」

「そうね、旦那なら、徹底して調べあげるわね」

官兵衛はそっと息をついた。ようやく気持ちが落ちつきつつある。

夕餉の膳がととのえられた。

「さあ、どうぞ」

ほかほかの飯に、熱々の味噌汁だ。あとは目刺《めざ》しが一匹に香の物である。

「うまそうだ」

官兵衛は箸を取り、茶碗を手にした。飯をかきこむ。

飯には芯《しん》があった。歯応《はごた》えがありすぎるくらいだ。

「どう」

おたかが顔をのぞきこんでくる。

「いつも通りだ」

官兵衛は平然と答えた。かたい飯が、生きているという実感をもたらしてくれている。こういうのをじっくり噛《か》めるのも、命があるからこそだ。

三

箸を置いた。

「どうでした」

台所に立っているおたかにきかれた。

「なにがだ」

湯飲みを手にして、官兵衛は問い返した。

上にあがってきておたかが腰に両手を当てる。

「旦那はいま、夕餉を食べ終えたばかりでしょう。どうでしたときかれて、答えるのは一つでしょうに」

「さっき答えたぞ。いつも通りだ」

「おいしかったの」

「うむ、まあまあだ」

おたかがあきれ顔をする。

「旦那はまったく、ほめるってことを知らないわねえ。そんなんだから、嫁の来手がないのよ。おいしかったものはおいしかった、と素直にいわなきゃ」

官兵衛は、目の前のしわだらけの顔を見つめた。

「つかぬことをきくが、お師匠は、おたかの料理をおいしいとほめてくれたのか」

もちろんよ、といって、おたかが胸を張った。

また前がはだけることにならぬだろうな、と官兵衛はどきどきした。一度そんなことがあったのだ。あんなしなびた乳房は、二度と目にしたくない。

おたかがじろりとにらむ。

「なんだ、その目は」

官兵衛がきくと、一転、にやりとした。丑《うし》三つ時の柳の下にいてもおかしくない笑い顔だ。

冗談抜きで、梅雨どきには似つかわしくない風がひんやりと部屋を抜けていった。

「旦那、いま期待したでしょ」

「なんの話だ」

「あたしの着物がまたはだければいいと思ったんでしょ」

官兵衛は目を鋭くした。

「そんなことは思っておらぬ」

おたかが、どこぞの裏店《うらだな》の女房のように右手を大きく振る。

「とぼけなくたっていいわよ」

「とぼけてなどおらぬ」

「残念でした。あたしの胸は、そうそうたやすく見られないのよ」

「全然見たくないから、いつまでも後生大事にしまっておいてくれ」

官兵衛は茶を喫した。顔をしかめそうになる。吐きだしそうになるほどの苦みが口中に広がった。

茶は濃いめが好みだが、いくらなんでもこれは濃すぎる。

「どう、お茶は。うまくいれられたと思うのだけど」

「ああ、好きな味だ」

官兵衛はなんとか飲みくだした。湯飲みを膳に置く。

「涙目になっているわよ」

そうかな、といって官兵衛は目尻を指先でぬぐった。

おたかがぺたんと前に座る。顔をのぞきこんできた。

「旦那、少しは落ち着いた」

官兵衛はにこりとした。

「ああ、おかげさんでな」

よかった、とおたかが微笑する。

「でも旦那もたいへんよね。切れ者だからって狙われるなんてさ」

官兵衛は顎をなでた。

「俺って切れ者かな」

「そうなんでしょ。この前だって、大きな事件を解決したばかりだし」

上杉謙信《うえすぎけんしん》の陣羽織をめぐって人殺しが起き、それは江久世《えくせ》屋という店の押し込み事件にもつながっていた（『闇の陣羽織』）。

「あれは、さほどむずかしい事件ではなかったと思うぞ」

「それよ、それ」

官兵衛は見返した。

「あの事件がむずかしく思えないってことは、やっぱり旦那は切れ者なのよ。あれだって、ほかの人じゃ、そうたやすく解決できた事件じゃなかったはずなのよ」

そうかな、といって官兵衛は首をひねった。

そうよ、とおたかが力強くいう。

「旦那、襲われたこと、御番所に伝えるの」

むろんだ、と官兵衛はうなずいた。

「今から新田さまのお屋敷に行こうと思っている」

「今から」

おたかが案じ顔になる。

「大丈夫なの」

「近いから大丈夫だろう。それに、あの男はおたかが追い払ってくれた」

「追い払ったといっても、また舞い戻ってくるかもよ」

おたかが思いついた顔になる。

「あたしが新田さまのお屋敷まで用心棒についてあげるよ」

官兵衛は喜色をあらわにした。

「そりゃ、助かる。実をいうと、頼もうかと思っていたんだ」

おたかがにこにこする。

「旦那はほんと、素直でいいわあ。そういうところがあたし、大好きよ。抱き締めたくなっちゃうもの」

本当に手を伸ばしてきた。おたかの腕が官兵衛の首に巻きつく。官兵衛は払いのけ、あわててうしろに逃れた。

おたかが憤然とする。

「あら、逃げるなんて、相変わらず失礼な男ね。あたしがあと十年若ければ、逃げるなんて真似、させないのに」

おたかは七十近いばあさんだ。二十年若くても、官兵衛は逃げる。

「おたかは十分に若いぞ。二十五の男を押し倒そうとするんだからな」

「押し倒しきれないところが、甘いわね。あたしも歳を取ったわ」

不意に、おたかがあたりに鋭い視線を走らせる。

「もう戸締まりはしてあるっていっても、あの手の男は、雨戸なんてないものにするすべを心得ているものだからね。旦那、新田さまのお屋敷の往き帰りはいいけれど、横になったとき、寝首を掻《か》かれないようにね」

官兵衛はさすがにぞくりとした。

「これからしばらく泊まりこんであげようか」

「かまわぬのか」

「お安いご用よ」

おたかが軽くにらんできた。

「部屋は別々よ」

「当たり前だ」

「忍んできても、あたしは突っぱねるからね、悪く思わないでね」

「ああ、その辺の心配はまったくいらぬ。しかし、さっきは俺を押し倒そうとしたのに、どうして忍ばれるのがいやなんだ」

「あたしは自分で押し倒すのが好きなのよ。それが醍醐味《だいごみ》なの」

官兵衛はおたかをしげしげと見た。

「まさかお師匠もそうしたんじゃないだろうな」

おたかが、なつかしそうに柔和に目を細める。そんな顔をすると、どこか天女《てんにょ》に通ずるものが感じられるから、このばあさんは不思議だ。

「当たり前じゃない。あたしは千秋道場に住みこんでいたのよ。ずっとお師匠さんと一緒に暮らしていたのに、お師匠さんたら奥手で、一切あたしに手をだそうとしないから、業《ごう》を煮やして、ある晩、あたしからお師匠さんの部屋に押しかけたの」

おたかがくすりと声を漏らす。ずいぶんと楽しげな表情だ。

「お師匠さん、びっくりしてたわ。体なんかかちかちになっちゃってね。かわいいものだった」

官兵衛はいぶかしげにおたかを見た。

「あの、つかぬことをきいてよいか」

「なんでもどうぞ」

「つまり、お師匠はそのときまで女を知らなかったということか」

そうよ、とおたかがあっさりと肯定する。

「剣術一筋できたお方だから、女は断っていたも同然だったみたいよ」

そういえば、上杉謙信も生涯不犯《ふぼん》を毘沙門天《びしゃもんてん》に誓《ちか》い、それと引き換えに戦《いくさ》において不敗を得たという話だ。

「お師匠は、そのときいくつだったんだ」

「あたしよりちょうど二十上だから、三十七歳だったわ」

「その歳で女を知らなかったのか」

「そうらしいわ。しかし、たまにそういう人、いるみたいよ」

そういうものかな、と官兵衛はいった。

おたかが夢見るような顔をしている。

「それから先、お師匠さん、たいへんだったのよ」

「たいへんてなにが」

もしかしたら、という思いを胸に抱きつつ官兵衛はたずねた。

「あたしに夢中になってしまってね。昼も晩もしたがるの」

官兵衛はげんなりした。正直、ききたくなかった。千秋余左衛門という人は、謹厳《きんげん》実直《じっちょく》を絵に描いたような人だった。それが、しなびたなすびのような乳房を持つおたかの体にむしゃぶりついていたとは。

おたかがにらんでいる。

「旦那、なにか勘ちがいしているんじゃないの。今でこそあたしは、息の抜けたほおずきのようにしぼんじゃってるけど、千秋道場に入門したての頃は、ぴちぴちのはりだったのよ」

「ああ、そうか。十七歳だったな。十七でしなびたなすびでは、人生、終わっているものな」

「しなびたなすびってなによ。相変わらず口が悪いわねえ」

官兵衛はすっくと立ちあがった。刃引きの長脇差を腰に差す。

「行くの」

「ああ、あまり遅くならぬほうがいいだろう」

「そりゃそうね」

おたかもすばやく立った。帯に千秋余左衛門の形見の名刀をねじこむ。

さすがに遣い手だけのことはあり、身ごなしがきびきびしており、隙がない。先ほど、謎の男と刀を合わせたことで精気が宿ったというのか、さらに敏捷《びんしょう》さを増しているようだ。体の動きだけ見ていると、とてもばあさんではない。

官兵衛とおたかは玄関を出、敷石を踏んで門のところに来た。おたかが目を閉じ、外の気配をうかがう。

「うん、誰もいないね」

くぐり戸を静かにあける。木のきしむ音が夜に吸いこまれてゆく。

湿り気を帯びた生ぬるい風が入りこんできた。足元から土埃《つちぼこり》がわずかに舞いあがり、裾に絡《から》んだ。

おたかはすぐにはくぐり戸を抜けず、うっすらと見える道に視線を当てている。しばらくじっとしていた。

「うん、本当にいないね」

確信できたようだ。おたかがくぐり戸を出た。背中を見せて手招きする。左手はしっかりと刀の柄《つか》に置き、鯉口を切っているようだ。

その姿は実に頼もしかった。

官兵衛はおたかの背後に立った。くぐり戸を閉める。音は立たなかった。

おたかが提灯を灯した。光輪があたりをほんのりと浮かびあがらせる。頼りない灯りだが、向かいの屋敷の門の奥まったところまで、光は届いている。

「よし、行くよ」

おたかが歩きはじめる。もし襲いかかられたら、即座に提灯を捨て、刀を抜ける姿勢を取っている。

なんといっても千秋道場では免許皆伝の腕前である。金で免許皆伝を買える道場が多いなか、千秋道場は実力でしか免許皆伝はなされなかった。

つまり、おたかの実力は本物だ。これ以上の用心棒は望みようがなかった。

いや、どうだろうか。

神来大蔵の、のほほんとした顔が脳裏に映《うつ》りこんだ。あの男の正体はいまだに知れない。大蔵もとんでもない腕前だ。おたかとどちらが強いのだろう。

道場で立ち合うところを見てみたかった。金を払ってもよいくらいだ。

実際に、宣伝の仕方によっては大勢の見物人が集まるのではあるまいか。今は町人たちの剣術熱もすごいし、腕達者に対する憧憬《しょうけい》の念も強い。見たいと思う者は、大勢いるにちがいない。

「着いたよ」

おたかが提灯をまわし、官兵衛を照らした。官兵衛は目の前の屋敷を見た。まわりの屋敷よりだいぶ広い。

官兵衛は長屋門の前に立った。おたかが官兵衛の背後にまわり、あたりに厳しい目を放ちはじめる。

官兵衛はくぐり戸をほたほたと叩いた。風が吹き渡り、梢《こずえ》を騒がせる。

「どちらさまで」

くぐり戸の右側の上に設《もう》けられた小窓が小さくあき、ちんまりと、しわ深い顔がのぞいた。丹造《たんぞう》という門番のじいさんである。

官兵衛はまず名乗った。

「夜分申しわけないが、新田さまにお会いしたい」

「少々お待ちください」

丹造が窓を閉める。足音が遠ざかってゆく。

また風が吹いた。官兵衛は空を見あげた。月もなければ星もない。

風は雨のにおいをはらんでいる。じき降りだすだろうか。

降る前に屋敷に帰りたかった。いくらおたかが剣の達人といっても、雨のなか襲い来る者の気配を覚るのは、並大抵のことではないだろう。

「降ってきたね」

うしろでおたかがつぶやいた。官兵衛は手のひらを上に向けた。確かにぽつりぽつりと冷たいものが落ちてきている。

「今はたいした降りじゃないけど、四半刻のちには本降りになるよ。それまでに用件を済ませちまったほうがいいね」

わかった、と官兵衛はいった。

門の向こうに足音が戻ってきた。くぐり戸がひらいた。どうぞ、といって丹造が辞儀する。

「お会いになるそうでございます」

官兵衛とおたかは、客間に通された。誰もいなかったが、すでに茶の用意がされていた。官兵衛とおたかは、二つの湯飲みが並んでいるその前に正座した。

鞘ごと帯から取りだした刀を、おたかが自身の右側に置いた。官兵衛もおたかにならって長脇差を同じようにした。

すぐに貞蔵がやってきて、官兵衛たちの向かいにどかりと腰をおろした。脇息《きょうそく》にもたれかかる。寝巻姿といってよい。

「もう寝ようと思っていたのでな、こんな格好ですまぬ」

いえ、と官兵衛はやわらかくかぶりを振った。

「どうした、官兵衛。しかもおたかも一緒とは、珍しいことがあるものよ」

貞蔵が身を乗りだし、笑いかけてきた。

「もしや、一緒になりたいのです、といいだすのではなかろうな」

おたかがにっこりする。

「はい、その通りにございます。お許しをいただけますか」

貞蔵が一瞬、目をみはる。

「わしとしたことが、本気にしかけたわ。眠いとどうもいけぬな」

もともと貞蔵は夜が早い男だ。

「手短に申しあげます」

先ほど起きたことを貞蔵に告げた。貞蔵が目を見ひらく。眠気が飛んだという顔つきである。

「まことか。なるほど、だからおたかを同道してきたのか」

「はっ、それがし一人では、こちらに足を運ぶのは無理にございますゆえ」

貞蔵が表情をゆるませる。

「相変わらず正直な男よな。おぬしが皆に好かれるのは、そういう裏表のなさが最大の理由かもしれぬ」

すぐに顔を引き締めた。

「しかし、おぬしを狙うなど、これは番所に対する挑戦よな。許せぬ」

憤怒《ふんぬ》の顔つきになった。

「官兵衛、必ずとらえろ」

はっ、と官兵衛は両手を畳にそろえた。本音をいえば、今からでも捜しだしたい。だが、それは無理なことだ。今日はたっぷりと眠りをとり、明日からあの男を追う。そして、必ず引っ捕らえる。あの憎たらしい顔を、この目でじっくりと見てやるのだ。

「許せぬ。断じて許せぬ。人を殺しておいて、つかまるのが怖いから、先に腕利《うでき》きの同心を亡き者にしてやろうなどというのは、言語道断よ。もはやその男は人ではない。ただ、この世を生きているというだけにすぎぬ」

貞蔵が官兵衛に厳しい視線を浴びせる。

「そんな馬鹿者をいつまでも放っておくわけにはいかぬ。官兵衛、一刻も早くその者をとらえ、わしの前に連れてこい」

「承知いたしました」

官兵衛は目をあげた。

「新田さまも、ご用心されたほうがよろしいかと存じます」

貞蔵が眉根を寄せる。

「わしも狙われると申すか」

「新田さまがおっしゃったように、かの者は、なにをしでかすかわからぬ者にございます。ご用心に越したことはないものと」

うむ、と貞蔵が顎を上下させる。

「気をつけることにしよう。常に多勢《たぜい》の供《とも》をつけることにする」

「それがようございましょう」

官兵衛とおたかは、これで貞蔵の屋敷を辞去することにした。

門のところまで貞蔵がやってきた。

「降っているのか」

先ほどより強くはなっているが、まだ傘や簑《みの》が必要なほどではない。

「官兵衛、気をつけろ。おぬしがいなくなったら、北町奉行所は大いなる痛手をこうむることになるゆえな」

「ありがたきお言葉にございます」

官兵衛は深々と頭を下げた。

おたかが門の向こうの気配を嗅《か》いでいる。むずかしそうな表情をしていた。雨のせいでわかりにくくなっているのだ。

五十を数えるほどのあいだ、じっとしていた。

「いないようね。一瞬、なにか気配が動いたような気がしたんだけど」

「大丈夫か」

貞蔵が危ぶむ。

「今はもう気配を感じませんから、おそらくは」

おたかがいまいましげにする。

「あっちが飛び道具でなかったら、気配を感じたときにこんな戸なんか蹴破って飛びだしていったんだけどね」

「蹴破るというのは穏やかじゃないな」

おたかがはっとする。

「申しわけございません」

「別に謝ることはない。おたかの気持ちは十分に伝わった」

ありがとうございます、といっておたかがくぐり戸をそっと引く。やや冷たさを覚える風が流れこんできた。

おたかが提灯を灯す。

「では、これにて失礼いたします」

官兵衛は貞蔵に辞儀した。

「うむ、気をつけてな」

官兵衛とおたかは外に出た。やや雨が激しくなった。

「やはり傘を持ってゆくか」

貞蔵がくぐり戸から顔をのぞかせた。

風を切る鋭い音がした。

「危ないっ」

きんっ、と鉄の鳴る音が闇夜に響いた。

提灯を投げ捨てたおたかがくぐり戸の前に立っている。抜き身を手にしていた。まるで稲妻《いなずま》を映じているかのような眼光だ。

「新田さま、早く門を閉めてください」

背後に向かって怒鳴るようにいう。

「わ、わかった」

くぐり戸があわてて閉じられる。ばたん、と音がした。

官兵衛も長脇差を抜いた。

「旦那、早くこっちに来て」

官兵衛はおたかの背中側にまわりこんだ。

おたかは身じろぎせず、眼前の闇をにらみつけている。声をかけるのも怖いくらいの迫力だ。

どのくらいの時間がたったものか。ふう、とおたかが吐息を漏らした。

「もう去ったようね。いないわ。それにしても、しつこい野郎ね。新田さままで狙いやがったわ」

提灯は燃え尽きている。強くなった雨に打たれて、すでに使い物にならなくなっている。

「旦那、今宵《こよい》は新田さまのお屋敷に泊めてもらいましょう」

その声がきこえたようで、そうしろ、と貞蔵がなかからいった。

あけますよ、とおたかが声をかける。官兵衛はくぐり戸をあけ、身を滑りこませた。おたかがすばやく続く。くぐり戸が丹造によって閉じられた。

「おたか、いま狙われたのはわしだな」

はい、とおたかが首肯する。

「おたかのおかげで助かった。かたじけない」

貞蔵がこうべを垂れる。

おたかが肩で息をする。

「間に合って本当によかった」

「では、まいろう」

貞蔵にうながされ、官兵衛たちは母屋につながる敷石を踏みはじめた。

官兵衛は一人、立ちどまり、うしろを振り返った。闇のなかにうっすらと見えているのは長屋門だが、脳裏には、覆面をしていたあの男の顔が映りこんでいる。

含み笑いをしていた。

官兵衛も笑った。旦那、どうしたの、とおたかが顔をのぞきこんできた。ひっ、と喉を鳴らす。

「旦那、なんて顔、してんのよ」

おたかがあとずさりかけて、足をとめた。ささやくように口にする。

「まったく、馬鹿な男ね。旦那を本気で怒らせちまった」

四

本気であろうと本気であるまいと、怒りに燃えあがっていようと、燃えあがっていまいと、仕事である以上、必ず犯人は突きとめる。それは当たり前のことにすぎない。

だが、こたびの犯人に関して話は別だ。やつはしてはならぬことをした。

それは、上司役の与力である新田貞蔵までも狙ったことだ。

――俺だけならまだしも。

官兵衛は怒りを抑えかねている。ほんのりと天井が見える程度の明るさが、四方が襖で閉めきられている部屋にもぐりこんできている。とうに朝がやってきているようだが、官兵衛の怒りは冷《さ》めるどころか、むしろ増していた。

やつの首根っこを引っつかんで土壇場に引きずりだし、自ら首を叩き斬ってやりたい。それもなまくら刀でだ。

切れ味鋭い刀では、やつに苦しみを与えることができない。鋸《のこぎり》引《び》きにするようにじわじわと殺してやりたい。

こういうとき、自らの冷酷さにどきりとし、おののくことがあるが、人というのは概して、残虐《ざんぎゃく》な気持ちを心のひだに貼りつかせているものだろう。それが自分の大事な人になにかあると、一気に剝《は》がれて外にでてしまうものにちがいない。

襖の向こうに人の気配が立った。

「……沢宮さま、お目覚めでいらっしゃいますか」

新田家の家士である。

「起きておりもうす」

官兵衛は大きな声を発した。ほとんど眠っておらず、新田家の者が用意してくれた上質の布団は乱れていない。

「朝餉の支度ができております。おいでくださるようあるじが申しております」

官兵衛は襖をあけた。家士が膝《ひざ》をつき、こうべを垂れている。

「ありがとう存じます。すぐにまいりますと新田さまにお伝えくだされ」

家士が一礼して廊下を去る。官兵衛は着替えをはじめた。着ている寝巻は昨晩、貞蔵が貸してくれたものだ。

「旦那」

横合いから低い声がした。まるで地獄の底から呼んでいるような声だ。官兵衛はぎくりとし、こわごわと顔を向けた。

隣の間の襖をほんのわずかあけて、顔をのぞかせているのは、おたかである。

「旦那、なにをそんなにびくびくしているのさ」

「これがびくつかずにいられるか。生首《なまくび》の幽霊がいるのかと思ったぞ」

おたかが音を立てて襖をあけ放つ。光がさざ波となって押し寄せ、足元を浸《ひた》した。まだ部屋全体を明るくするほどではない。

「まったく相変わらず失礼な男だねえ。幽霊なんてこの世にいるものかね」

官兵衛はおたかを見直した。

「信じておらぬのか」

「信じるものかね。だって一度も見たこと、ないんだから」

幽霊のほうも、おたかにはかなわないと思って、姿をあらわしづらいのではなかろうか。

「旦那、着替えが途中じゃないの。あたしゃ、とっくに着替え終えたわよ」

それは重畳《ちょうじょう》、と官兵衛はいいたかった。

「旦那に見せてもよかったんだけど、朝っぱらから鼻血をだされても困るものねえ」

誰がだすか。

「旦那、なかなか着替えようとしないのは、まさかあたしの目が気になっているからじゃないだろうね」

「気にはしてないさ。おたか、だが、襲わんでくれよ」

「そんなこと、するもんかね」

おたかがあさっての方向を向く。

「あたしゃ、旦那の着替えなんて、興味ないからね」

その言葉はこれまでの行状からしてまったく信用できなかったが、官兵衛はかまわず着替えを再開した。

着替えを終えた。おたかが寄ってきた。にやりとする。

「旦那、本当は触ってほしかったんじゃないの」

手を伸ばして、股間《こかん》をまさぐろうとする。

「やめろ」

官兵衛は手を振り払った。きゃっ、とおたかが小娘のような声をだす。

「旦那、なに、そんな怖い顔、してんのよ」

おたかがじっと見てきた。ははーん、と納得したようにいった。

「なるほど、まだ昨夜の怒りがおさまっていないのね。旦那は新田さまのことがよっぽど好きなのねえ」

「長いこと、世話になっているからな」

「とにかく朝餉をいただきに行きましょう。与力のお屋敷で、食事をするのは初めてだから、楽しみでならないわ。いったいどんなご馳走《ちそう》が出るのかしら」

門の手前で官兵衛は頭を下げた。

「では、これにて失礼つかまつります」

貞蔵が鷹揚《おうよう》にうなずく。

「うむ、気をつけて帰ってくれ。番所でまた会おう」

昨晩のことがあり、新田屋敷の門はあけられていない。

くぐり戸に耳を当てるようにして、おたかが門の向こう側の気配を探っている。夜が明けて四半刻程度しかたっていないこともあり、道を行きかう人はほとんどいないようだ。町奉行所に出仕するには、まだ幾分か早い。

「大丈夫のようね」

おたかが帯に差しこんだ刀の柄に手を置き、独り言のようにつぶやく。

「あたりかまわず殺気を放っているような馬鹿者はいないわ」

「よし、行こう」

官兵衛はおたかをうながした。

「ええ、行きましょう」

おたかがくぐり戸を手前に引く。涼しさを感じさせる風が流れこんできた。おたかがぶるりと体を揺り動かす。

「なんだ、なにか感じたのか」

貞蔵があわててただす。おたかが気恥ずかしそうにする。

「武者震いが出ちゃっただけです」

おたかがごくりと喉を鳴らす。官兵衛も息をのんだ。おたかが刀の鯉口を切って、くぐり戸を抜けた。いいよ、旦那、という言葉を待ってから官兵衛はあとに続いた。

靄《もや》が薄絹のようにふわふわと動いている。鳥たちがかしましく鳴きながら、頭上を飛びかっている。四半刻後には、この通りは町奉行所に出仕する者たちで一杯になるだろう。

くぐり戸が背後で閉められる。官兵衛たちは歩きだした。空は晴れていて、雲は一片たりとも見つけられない。太陽が高くなれば、盛大に暑くなりそうだ。

「あまりたいしたこと、なかったですね」

官兵衛の前を用心棒のように行くおたかが寂しげにいった。

「朝餉のことか」

官兵衛は苦笑を頰に刻んだ。

「致し方あるまい。与力だからって、朝餉からいきなり鯛《たい》の尾頭《おかしら》付きを食しているわけがない」

「だからって、玉子くらいはついていてもおかしくはないでしょう」

おたかがあたりに目を配りつつ、不満を漏らす。

「わかめの味噌汁にたくあん、梅干しって、あたしがつくる朝餉よりもずっと貧しいじゃないのさ。御飯だって、たいしておいしくなかったし」

いや、そうでもなかったぞ、と官兵衛はいいかけた。実際、まともな飯で、嚙むと甘みがあった。

「あんなふにゃふにゃの御飯、駄目よ。歯応えなんかまるでなかったじゃない」

飯に歯応えはいらぬ。

「味噌汁も味噌を惜《お》しんでいるのか、味がほとんどしなかった。物足りないったらありゃしない」

それには官兵衛もうなずいた。

「確かに薄かったな。だが、だしはよく出ていたぞ」

「そうかしら。あたしにはわからなかったわねえ。薄っぺらな味しか覚えてないわ」

おたかはぷんぷんしている。このあたりはいつものおたかとちがう。

屋敷に着いた。閉じられた門が目の前にのっそりと立っている。ちっぽけな門にもかかわらず、意外に人を威圧する力がある。

「まさか、あの野郎、入りこんでなんかいやしないわよね」

おたかがくぐり戸をあけ、慎重に足を踏み入れる。官兵衛も続いた。

そのまま玄関に行きかけて、官兵衛は足をとめた。体をひるがえし、門を大きくあけた。新鮮な大気が、堰《せき》が切れたように一気に流れこんでくる。

「あら、あけたの」

「あんなやつを恐れて、閉じておくのも業腹《ごうはら》だからな」

にこっとしたおたかが腰を低くし、くまなく屋敷のなかを探った。官兵衛はそのあとを、親に手を引かれる幼子のようについてまわった。

台所から奥座敷まで、さして広いとはいえない屋敷をすべて見てまわったあと、おたかがふうと息をついた。

「いないわ」

ぺたんと尻をついて、居間に座りこんだ。自らの肩をとんとんと叩く。

「こっちゃったわ」

おたかほどの腕でも、それだけ神経を使わされる相手ということなのだ。

「旦那。すまないけど、お水を一杯、くださらない」

「お安いご用だ」

官兵衛は台所に行き、瓶《かめ》の水を茶碗になみなみと注《つ》いだ。

「ほら、飲め」

おたかのもとに行き、茶碗を差しだした。

「ありがとう、すまないねえ」

「気にするな。このくらい、いつでもやってやる」

おたかが喉を鳴らして飲んだ。

「ああ、おいしい」

ぷはーと思い切り息を吐きだす。

「生き返るわ」

そいつはよかった、と官兵衛はいって笑みを浮かべた。

「旦那、昨晩はよく我慢したわね」

唐突におたかにいわれ、官兵衛は戸惑《とまど》った。

「なんのことだ」

「とぼけないでよ」

おたかが官兵衛の太ももにしなだれかかってきた。

「わっ、なんだ」

官兵衛はあわてて跳びすさった。

「なによ、昨日は我慢してあたしに夜這《よば》いをかけなかったくせに」

官兵衛は唖然《あぜん》とした。

「誰がかけるんだ。はなからそんな気など、まったくない」

「嘘ばっかり」

「嘘ではない」

それ以上、おたかはなにもいわなくなった。官兵衛をじっと見ているだけだ。

「このくらいでいいかしら」

ぽつりとつぶやいたのが、官兵衛の耳に届いた。

「なんのことだ」

えっ、とおたかが怪訝《けげん》そうにする。

「きこえたの」

「ああ。このくらいでいいかしら、と今いったな」

おたかが指先でぽりぽりと頬を掻く。

「さすがにいい耳しているわねえ。感心しちゃうわ」

「なんの話だ」

おたかがほほえむ。

「冷まそうと思ったのよ」

「なにを」

「旦那の気持ちをよ」

官兵衛は頭をめぐらせて、答えを見つけた。

「俺のこたびの犯人に対する気持ちか」

そうよ、とおたかが深く顎を引いた。

「旦那がすごく怒っているのは、昨日の笑い顔を見てもよくわかるのよ。でもさ、あまりに熱くなると、人ってのは思わぬへまをしでかすことがあるからねえ。いわゆる勇み足ってやつよね。あたしゃ、昨日、ふんわりとした布団に横になりながら旦那のことが心配になっちまって、ここは一つ、ちょっと冷まさなきゃいけないなって思ったわけよ」

そういうことだったのか。官兵衛は感動した。思わぬ思いやりに触れて、涙が出そうになる。人というのはいいなあ、と心の底から思えた。

官兵衛は、しわだらけで、水気が抜けたたくあんのようなおたかの手を取った。

「おたか、俺はおまえさんと知り合えて本当によかった」

おたかが官兵衛の頭をなでる。母親にされているようで、とても気持ちがよい。

「ずっと元気でいてくれよ」

「ずっとは無理ねえ。あたしはもうじきくたばるから」

「おたかは大丈夫だ」

「無理よ。でも旦那、そんなにあたしに惚れちゃったんなら、今夜に限って忍んできてもいいわよ。きっと亭主も許してくれるわ」

頭から冷たい水をかぶったような気分になった。幻術をかけられていたのが、ぱっと解けたようなものだ。

「いや、無理だ。もし俺がそんな真似をしたら、お師匠は決して許してくれぬ。きっとあの世から舞い戻られて、俺を斬り殺すにちがいない」

「旦那、幽霊なんて、いやしないって」

「いや、きっといる」

断言して官兵衛は自室に戻り、身支度をととのえた。最後に、懐に十手をていねいにしまいこんだ。廊下を歩いて玄関に出る。おたかがついてきた。

「では、おたか、行ってまいる」

「旦那、ずいぶんと元気ね。御番所まで一緒に行かずともいいの」

「今なら他の人たちと一緒に行けるだろう。大丈夫だ」

「そう。気をつけてね」

うむ、とうなずいて官兵衛はあけ放たれた門を出た。

必ずとっつかまえてやる、という思いで心の壺《つぼ》はあふれそうになっている。だが、おたかのおかげで冷静な気持ちもどっかりと心に居座っている。

大丈夫だ。あの男になど、決して負けぬ。

五

雲は蹴散らされている。

太陽はまださして高い位置にあるわけではないのに、薪《まき》が新たに投げ入れられたかのように陽射しが急に強くなった。

町奉行所はもう指呼《しこ》の距離に迫っている。官兵衛は急ぎ足になり、大門の下にほとんど駆けこんだ。蔵のような涼しさが保たれており、ほっと息をつく。

大門は長屋門になっており、官兵衛たち定廻り同心の詰所につながっている出入口が見えている。すぐにこの涼しさから離れる気はなく、官兵衛は足をとめて背後を振り返った。

江戸の町には、光がつくる幾本もの太い柱が突き立っている。まばゆい白さにすっぽりと覆われているなか、大勢の町人や、供を連れた侍たちが日に焼かれながら、下を向いて歩を進めている。誰もがげんなりした顔つきだ。陽にあぶられつつ道を行く者をあざ笑うように、家屋の屋根には陽炎《かげろう》がいくつもの波となって揺れている。

このすさまじい暑さのなかを、汗をかきかき歩いてきたと思うと、ぞっとする。今年の暑さは格別で、こうして涼んでいると、二度と太陽の下に出たくない。

出仕してきた者たちが次々に姿をあらわす。見知った顔ばかりだが、定廻りの者はいない。誰もが疲れ切った顔で、手ぬぐいで顔や首筋をしきりにふいている。官兵衛はその者たちに誘われるように動き、詰所の出入口に足を踏み入れた。

短い廊下を行く。すぐに詰所の戸口に突き当たった。詰所もかなり暑くなっている。

次々と同僚がやってきた。官兵衛は朝の挨拶《あいさつ》としばしの雑談をかわしてから、詰所を出た。

大門の下で福之助が待っていた。耳が痛くなるような声で、おはようございます、と頭を下げてきた。この暑さのなか、元気があるのはとてもよいことだ。官兵衛も明るい声で返した。

前はなまっちろい顔をしていたが、幾分か経験を積んだことに加え、今は日焼けをしたせいもあって、少しは精悍《せいかん》さが備わってきた。福之助が官兵衛を見て、赤黒い首をひねっている。

「どうした」

「いえ、なにかいつもと旦那の雰囲気がちがうなあ、と思ったものですから。どこか表情に翳《かげ》を落としているっていう感じですかね。なにかあったのとちがいますかい」

「ほう、なかなか鋭いじゃねえか」

官兵衛がほめると、福之助が眉根を寄せた。

「本当になにかあったんですね。昨夜のことですかい」

うなずいて、昨夜どういうことがあったか、官兵衛は語ってきかせた。

「旦那が狙われたですって」

福之助が跳びあがるように驚いた。外から大門に入ってきた吟味方《ぎんみかた》の役人と供の中間が、大きく目を見ひらいている福之助をじろじろと見つつ、そばを通りすぎる。足早に大門をくぐり抜けると、白く輝いている敷石を踏んで、奉行所の建物を目指してゆく。

福之助が声をひそめた。

「旦那、どこの誰が狙ってきたか、わかっているんですかい」

官兵衛はかぶりを振った。福之助が納得顔になる。

「そりゃ、そうですねえ。わかっていたら、旦那はとっくにとっつかまえに向かっているはずですからねえ」

そういうことだ、と官兵衛はいった。

「福之助、おめえも気をつけろ。子連れの母熊のように、やつは見境がねえ。おめえも狙われるかもしれんぞ」

福之助がきょとんとする。

「子連れの母熊ってのは、なんのことですかい」

「なんだ、知らねえか。俺は猟師にきいたことがあるんだが、母熊っていうのは幼い我が子を守るために常に殺気立っているそうだ。出会う者すべてに襲いかかるそうだ」

福之助がぶるっと身を震わす。

「旦那を狙った男は、そういうやつなんですね」

まん丸の顎に手を当て、福之助がじっと考えこむ。

「その紐《ひも》つきの棒手裏剣で旦那を襲ったという男は、つまり旦那を恐れているってことですよね」

福之助が懐から人相書を取りだした。それには、殺害された坊主頭の男の似顔が描かれている。

「この男を殺したものの、見つかることを恐れて凄腕《すごうで》の旦那をこの世から除こうとしたんですよ。そうすることが、自分が生き延びる道であると踏んで。悪人特有の直感でしょう」

福之助が腕組みをする。きゅっと眉を寄せて、むずかしい顔をしている。

「しかし、ことは容易ならんぞ」

そばに官兵衛がいることを忘れたように、独り言をつぶやいている。

「いかに犯人捕縛に燃えていようと、旦那の腕じゃ、あまりに心許《こころもと》ないものなあ」

なんだと、と官兵衛は思った。福之助をにらみつける。だが、福之助は考え事に熱中し、官兵衛の視線に気づかない。ぽんと、手のひらと拳を打ち合わせた。

「あの人がいいかな」

官兵衛は間髪いれずにいった。

「おめえ、いってえ、なにをぶつぶついってやがるんだ」

えっ、と福之助が声を漏らす。意外そうな色が表情にある。

「あっし、声をだしてましたかい」

「ああ、あの人がいいかな、なんていっていたぞ」

さいですかい、といって福之助が鬢《びん》をがりがりとかく。

「あっしはちっちゃい頃から独り言をいう癖があるんですよ。大きくなっても、ちっとも直りませんや」

「つまり、まだ成長しきってねえってことだろうな。おめえはいまだに大人になる途上ってことだ。かわいいやつだぜ」

官兵衛は手のひらで、福之助の月代《さかやき》をごしごしやった。福之助は気持ちよさそうにされるがままになっている。

官兵衛は手を離した。福之助の顔をのぞきこむ。

「おめえ、やっぱりその気があるんじゃねえのか」

「ありませんよ」

福之助が大声で否定する。

「あっしは女が大好きなんですから」

町奉行所に用事があるらしく、ちょうど通りかかった武家の女がびっくりして福之助を見つめる。供の男も、目をみはっている。二人とも妙な生き物を見るような瞳で、そそくさと立ち去っていった。

「それで、あの人がいいかな、ってのはなんのことだ。だいたい見当がつくが」

「えっ、本当ですかい」

ああ、と官兵衛はいった。

「用心棒のことだろう。あの人というのは、神来大蔵どののことだな」

福之助が尊敬の眼差《まなざ》しになる。

「さすが旦那ですねえ。まったくその通りですよ」

「だが福之助、用心棒なんていらんぞ」

「えっ、それはいけませんて。旦那、次に狙われたら、どうするんです。旦那の腕じゃ、本当に殺られちまいますよ」

「心配をかけて申しわけねえが、俺の腕はそんなに悪くねえぞ。まあ、剣の腕は確かに屁《へ》みてえなもんだが、こっちのほうはかなりのもんだ。神業《かみわざ》とまではいわねえが、それに近《ちけ》えものがあるんじゃねえかと、内心ひそかに思っている」

官兵衛は自らの胸をどんと叩いた。そこには十手が大事におさめられている。

「旦那の捕縛術がすごいのはあっしも知っていますけど、あれは犯人をとらえるためのもので、身を守るためのものじゃ、ありませんよ」

確かにな、と官兵衛はいった。

「実をいえば、昨夜はおたかに守ってもらっていたんだ」

へえ、そうだったんだ、といわんばかりに福之助が目を丸くする。

「おたかは頼りになる。剣の天才といっていい腕前だからな。だが、いつまでもおたかに頼ってもいられん。厠《かわや》や湯屋までついてきてもらうわけにはいかんからな。自分の力でなんとかせねばならんのだ」

「神来さまなら、そういう場所までついてきてくれると思いますが」

「厠のなかまでは無理だ」

福之助は官兵衛の決意が変わらないのを見て取ったようだ。しばらく沈思していた。そうだ、といきなりいって顔をあげた。陽射しを弾いたように目が生き生きと輝いている。

「それならあっしが雇います」

「どういう意味だ」

「言葉通りの意味ですよ。旦那は先ほど、あっしも狙われるかもしれないっていいましたね。ですから、あっしが神来さまに守ってもらうんですよ」

官兵衛はしばし思案にふけった。福之助の本心としては官兵衛を守らせようというのだろう。この暑さでは、あの巨体を誇る男には相当つらいものがあるにちがいないが、剣の腕はおたかを凌駕《りょうが》するだけのものがある。

ここは強がりをいわず、素直に大蔵に護衛についてもらうのがいいだろうか。そのほうが、より探索に専念できるというのは確実であろう。

「わかったよ、勝手にしろ」

官兵衛はついにいった。ありがとうございます、と福之助が大仰《おおぎょう》に頭を下げる。にこにこしている。その笑顔は、いかにもいいところの育ちであるのを告げている。

「よし、神来どののところに案内しな」

「合点承知」

福之助が勢いよく声を発する。では行きますよ、といって大門の下を元気よく飛びだした。あっという間に福之助の全身が陽射しにくるまれた。

行くか、と官兵衛はおのれの尻に鞭《むち》をくれるようにして思った。

福之助はずんずんと進んでゆく。

定廻り同心の身にもかかわらず、官兵衛は少し歩いただけで、いま自分がどういう場所にいるのか、いまどちらの方向に向かっているのか、さっぱりわからなくなってしまうという、致命的な欠陥《けっかん》がある。

すでに福之助にはそのことを伝えてあるが、もしそのことが他者にばれた場合、上司役の新田貞蔵もかばいきれないほどの欠陥といってよい。露見したら、定廻り同心は確実にくびだろう。

福之助は道をすらすら行く。その迷いのない足取りは、官兵衛にとっては神業にすら思える。

町奉行所を出て、四半刻ほど歩いただろうか。暑さがさらに増し、汗が泉のように噴き出てきたとき、福之助が足をとめた。大きな鳥居の前である。

「神社か」

「前に神来さまに会ったとき、この神社に世話になっているといっていました。今もいると思うのですけど」

官兵衛は鳥居に掲げられた社号標《しゃごうひょう》を見あげた。そこには『貝地岳神社』とある。

確かに以前、大蔵はここに居候《いそうろう》をしているようなことをいっていた。

「旦那、あっしらは人を訪ねるのにも、社寺の境内《けいだい》に足を踏み入れてはいけないんですかい」

官兵衛たち町方の縄張は町地に限るという法度《はっと》のようなものは確かにあり、それを破ると罰を受けることになる。

「人を訪ねるくらいはなんてことはねえ。だが、それだって誤解を与えかねねえが、まあ、かまわねえだろう」

境内の掃き掃除をしていた宮司に頼み、大蔵を呼んでもらった。

汗をぬぐっていると、よたよたとした人影が社務所の陰からあらわれた。相変わらずの巨体である。

官兵衛たちを認め、急ぎ足になったが、あまり速度は変わらない。足運びは危なっかしげで、今にもよろけてしまうのではないかと思えるほどだが、刀を手にしたときの足さばきは、すごいの一言しかない。まさに能舞台に立っているかのようで、するすると前後左右に自在に進む。

「沢宮どの、福之助どの、よくいらしてくれた」

官兵衛たちの眼前までやってきた大蔵は満面の笑みだ。

「もしかしたら、また鰻《うなぎ》をおごってくださるのかのう」

昼飯には、まだだいぶ早い。さすがに鰻を食べさせる店で、やっているところはないだろう。

「わかり申した。神来どの、昼餉は鰻にいたしましょう」

「やったあ」

大蔵が跳びあがって喜んだ。着地したときには、地面の揺れを感じたように思ったが、官兵衛の勘ちがいだろうか。

「それで、今日はなにか御用ですかのう」

福之助がどういうわけでここまでやってきたかを語った。

大蔵が眉を曇らせ、官兵衛を見つめる。

「何者かに襲われたと。それはまたたいへんなことにござるのう。それでわしに用心棒を頼みたいということにござるか」

そういうことです、と福之助がいった。

「それで、あの……」

大蔵が珍しくいいよどんだ。

「賃銀ですね」

福之助が勘よく告げた。さよう、と大蔵がうれしそうにする。

「一日一両でいかがです」

福之助があっさりという。官兵衛は仰天した。

な、なんと、と大蔵は絶句した。今にも目玉が飛びだして、地面にころんと落ちそうだ。

「少なすぎますか」

福之助がすまなげに口にした。

「馬鹿をいうな。多すぎるんだ」

「しかし、命を守ってもらうんですから、そのくらいださないと」

「いくらなんでも多すぎる。相場というものがある」

「相場はいくらくらいなんですか」

「そうさな」

官兵衛は腕を組み、考えこんだ。そんな官兵衛を、大蔵がじっと見ている。どのくらいの額をいってくれるのか、興味津々《しんしん》といった顔つきだ。

「よくは知らんが、一日一分《ぶ》というのが妥当なところではないかな」

「それだと、四日で一両にしかなりませんよ。安すぎませんか」

「わしはそれで十分にござるよ」

「神来さま、まことですか。無理をおっしゃっているのではありませんか」

「とんでもない。四日で一両などという割のよい仕事は、これまでありついたことはありませぬよ。のう」

さようですか、と福之助が残念そうにいった。

「でしたら神来さま、一日一分でお願いできますか」

むろん、と最上のご馳走を目の前にしたような表情で大蔵が深くうなずく。

「今日からでよろしいのでござるな」

大蔵が確かめてきた。

「はい、よろしくお願いいたします」

福之助が深々と腰を折る。

「雇い主は、福之助どのでよろしいのでござるな。そして、わしは沢宮どのの警護につくということにござるな」

「ええ、名目はあっしの警護をしてもらうということですが、本当は旦那にぴったりと貼りついていてもらいたいのですよ」

福之助がしれっとした顔でいう。

「わかり申した」

大蔵が力強い口調でいった。

「沢宮どのが厠に行こうが、湯屋に入ろうが、わしは決して離れませんぞ。のう」

「よろしくお願いいたす」

官兵衛は苦笑混じりに頭を下げた。

「おまかせくだされ。この神来大蔵が警護についた以上、どんな者が襲ってこようと、一歩も近づけさせませんぞ。あっという間に叩きのめしてご覧に入れる」

その言葉は決して大袈裟《おおげさ》ではない。襲ってきたあの男では、大蔵を倒すことはまずできはしない。

「なんて頼もしいんだろう」

福之助がとろんとした目で大蔵を見つめている。やはりこの男はその気があるんじゃねえのか、と官兵衛は思ったが、口にはださなかった。

「ところで、三度の食事はどうなるのでござろうか」

「それもあっしが持ちます」

「それはうれしいのう。朝食はこちらでいただけるので、実際には二食ですがの」

大蔵は和《なご》やかそのものという顔をしている。

「よし、行くか」

官兵衛は福之助にいった。

「はい、探索開始ですね」

「いま、沢宮どのたちはどんなことを調べているのでござるか」

大蔵が巨体を折り曲げるようにしてきく。

「殺しですよ」

ほう、といって大蔵が眉をひそめた。

「誰が殺されたんですかのう」

「この人ですよ」

福之助が人相書を取りだした。

「今はまだ身元調べの最中です」

どれどれ、と大蔵が人相書を手に取る。

「あっ」

声を失う。顔が蒼白になる。手がぶるぶると小刻みに揺れはじめる。

官兵衛と福之助は瞠目《どうもく》した。

「殺されたのは、まちがいないのでござるか」

震える声で官兵衛たちに確かめる。

大蔵の目から大粒の涙が流れはじめた。同時に膝が崩れ、大蔵は地面にうつぶせになった。

「爺《じい》」

一言だけいい、人相書をかきむしるようにして号泣しだした。

福之助が放心したように見つめている。

官兵衛は、神来どのの知り合いだったのか、と呆然《ぼうぜん》としたものの、今できるのは大蔵が泣きやむのをじっと待つことだけだった。

第三章　号泣《ごうきゅう》

一

耳を聾《ろう》する声が大気を震わせている。

狼の咆哮《ほうこう》にも似ていた。

神来大蔵は地面に突っ伏したままだ。巨体の脇に、影のように水たまりができている。それだけの涙を大蔵は流している。もう四半刻ばかり泣き続けているが、泣きやむ気配はない。

鳥居の前の道を行きかう人たちが、大蔵とそのそばで立ち尽くしている定廻り同心と中間《ちゅうげん》という取り合わせに、好奇の視線を流してくる。触らぬ神に祟《たた》りなしというわけでもないのだろうが、関心のある目を向けてくるだけで、立ちどまって事情をきくような者は一人もいない。

おや、と官兵衛は耳を澄ませた。福之助もわずかに目を見ひらいて、大蔵を見つめている。ほんの少しずつだが、大蔵の声は弱まってきている。大蔵は、福之助が描いた死者の人相書を握り締めているが、それはもうぐちゃぐちゃになってしまっていた。

だが、もう人相書は必要ないだろう。人相書を一目見て、大蔵は「爺《じい》」と声を発したのだ。

泣き声が不意にやんだ。しーん、と耳のなかできこえるだけの静寂《せいじゃく》が舞い戻ってきた。一瞬のち、目の前の貝地岳神社の境内《けいだい》から響いてくる蟬《せみ》の鳴き声があっさりと静寂を破った。蟬たちはずっと鳴いていたのだろうが、あまりに大蔵の泣き声が大きすぎて、官兵衛たちの耳に届かずにいたのだ。

大蔵が身じろぎし、顔をあげた。放心しているようで、赤く腫《は》れた目は虚空《こくう》をぼんやりと眺めている。着物が濡《ぬ》れた土にまみれている。まるで泥遊びをしたかのようだ。

がっしりとした肩が力なく落ちている。官兵衛はそっと手を置いた。

大蔵がびくりと見あげてきた。どうしてここに官兵衛がいるのか、解《げ》せないという表情だ。ふと、碁石《ごいし》を思わせる目がくるりと動き、手のうちを見やった。そこには、ぐしゃぐしゃになった紙がある。大蔵がはっとし、なにが起きたのか、覚《さと》った顔つきになった。

「大丈夫ですか」

官兵衛は優しく声をかけた。

「は、はい。なんとか」

「少しどこかで休みますか」

官兵衛はあたりを見まわした。半町ほど東に茶店がある。

「あそこまで歩けますか」

「は、はい。もちろんでござるよ」

大蔵は立ちあがった。だが、膝《ひざ》ががくんとなり、よろけた。官兵衛と福之助は両側から支えた。

「大丈夫ですかい」

福之助が大蔵の顔をのぞきこむ。

「ああ、す、すまんのう。も、もちろん、へっちゃらにござるよ」

だが、強がりにしか見えず、官兵衛は福之助と力を合わせて大蔵を茶店まで連れていった。

どすんと大蔵の尻が長床几《しょうぎ》に落ち、ぎし、ときしんだ。官兵衛も尻を預け、手の甲で汗をぬぐった。横で、ふう、と福之助が大きく息をついた。懐《ふところ》からきれいな手ぬぐいを取りだし、汗をふく。

「すまんのう。重たい思いをさせて」

大蔵が体を縮《ちぢ》めている。

「いえ、いいんですよ」

福之助が手ぬぐいを折りたたんで、懐にしまいこむ。

官兵衛は、小女《こおんな》に茶と団子を頼んだ。大蔵の喉《のど》を果たして通るか、心許《こころもと》なかったが、団子はとりあえず五皿、注文した。

茶と団子はすぐにもたらされた。

「食べられますか」

官兵衛は大蔵にたずねた。

「もちろんにござるよ」

だが、茶は飲んだが、団子には手を伸ばさなかった。それでも、ほっとした顔つきになった。

「少しは落ち着かれたか」

官兵衛がきくと、大蔵が、半分ほどになった湯飲みを長床几の上に置いた。

「はい、おかげさまで」

かすかに笑みを見せた。弱々しいが、笑えるようになったというのは大事なことだろう。

「神来どの、事情をききたいのだが、よろしいか」

「はい、なんでもきいてくだされ」

大蔵の目に、小さく光が揺れた。ぎらりとした炎のような光である。爺の仇《かたき》を必ず討ってやる、という強い決意の色だ。

官兵衛はうなずき、すぐさま問うた。

「人相書を見て、爺、といわれたが」

はい、と大蔵が顎《あご》を上下させる。

「わしが世話になっていた家のあるじにござるよ」

「神来どのが世話になっていたというと」

「京の萩之坊《はぎのぼう》という家にござる」

初耳だ。

「その萩之坊家というのは」

「公家にござる」

「神来どのは公家の出にござったか」

そういわれてみれば、大蔵には世俗を離れた、という感を受けていた。その身にたたえた雰囲気が、殿上人《てんじょうびと》というべき身分の高さからきていると思えば、納得できる。

だが、大蔵はあっさりとかぶりを振った。

「わしは公家ではござらぬよ」

官兵衛は意表を衝《つ》かれた気分だ。

「では」

大蔵が唇をきゅっと引き締《し》め、厳しい顔つきになる。

「わしがどういう者なのか、自分でもわからぬのでござるよ」

「どういうことでござろう」

「言葉通りの意味にござる。わしは両親を知らぬのでござるよ」

「爺というのは」

「血はつながっておらぬのでござる。名は萩之坊俊明《しゅんめい》と申す」

その名を官兵衛は胸に刻みつけた。福之助も同じことを考えているのは、その表情から知れた。もっとも、当然のことながら矢立で帳面に書きつけている。

「物心ついた頃から、わしはすでに萩之坊家で育てられておったのでござる。その頃は爺が祖父なのかと思ったこともござったが、祖父にしてはわしの扱いがていねいすぎましてな、これは血のつながりはないな、というのはすぐにわかりもうした。爺もわしが十《とお》になったときに、わしを預かっていることを教えてくれもうした」

「誰から預かっていると」

「それは話してくれなかったでござるよ」

さようか、と官兵衛はいった。

「爺だけでなく、屋敷の者は、わしのことをそれはそれは大切にしてくれたものにござったよ。皆、やさしくてあたたかくて。わしは最高に居心地がよかった」

思いがこみあげてきたか、大蔵が言葉に詰まった。目から涙がこぼれ落ちる。地面に大きなしみをつくった。

大蔵が気持ちを落ち着けるように大きく息を吸った。

「――萩之坊家というのは、朝廷に仕える身でござるが、萩山《はぎやま》神社という社《やしろ》の神官にござるよ」

「その萩山神社で幼い頃から神来どのは大切に育てられた。それがどうして江戸に出てこられたのでござろう」

「出奔《しゅっぽん》したのでござるよ。いくらやさしくてあたたかいといっても、それに慣れっこになってしまうと、あまりに京での暮らしが退屈に思えてきて」

大蔵がうつむいた。

「わしが江戸になど出てこなければ、爺は死なずにすんだのですかのう」

あるいはそうかもしれぬという思いが脳裏《のうり》をよぎったが、官兵衛は口にはださなかった。

「江戸に出てきたのはいつのことにござるか」

「およそ一年前にござる」

「江戸にいることは、萩之坊家には伝えたのでござるか」

いや、と大蔵が太い首を振った。

「そんなことをしたら、連れ戻されてしまうのが目に見えていましたからの」

「さようにござるか。だが、どうして江戸を選ばれた」

「この日《ひ》の本《もと》の国で最も栄えている町にござるし、公方《くぼう》さまがいらっしゃる町でもあるし、剣術が盛んでもあるし、わしには憬《あこが》れの町にござった。一度、この目で見ておきたかった」

そういうことか、と官兵衛は思った。大蔵はやや歳がいっているように見えるが、実際にはかなり若い。若者が江戸に憧憬《しょうけい》の念を抱《いだ》くことは、なんら珍しいことではない。故郷を飛び出て、江戸で暮らしはじめる者は枚挙に暇《いとま》がない。

神来どの、と官兵衛は呼びかけた。自分でも眉根《まゆね》にしわが寄っているのがわかった。

「なんでござろう」

官兵衛の表情に気づいて、大蔵が少しかたい声で答えた。

「なぜ俊明どのが殺されたか、それについて心当たりがござるか」

大蔵が思い当たることがないか、心のなかをのぞきこむように目を閉じた。

「残念ながらありもうさぬ」

目をあけていった。目尻に涙がにじんでいる。

「爺は、京で安穏《あんのん》に暮らしているものと思っておりもうした」

官兵衛は、俊明が手にしていた人相書を目にした者から新たにつくりあげた人相書を大蔵に見せた。

「ご存じにござるか」

じっと人相書に目を落としていたが、大蔵が首を横に振る。

「いや、見覚えのない者にござる」

顔をあげて官兵衛を見つめる。目に凄《すご》みが宿っていた。

「この男が爺を殺したのでござるか」

「まだわかりもうさぬが、十分に考えられる」

官兵衛は言葉を継いだ。

「この男を捜して、俊明どのは江戸に出てきたように」

「この男を……」

「なんでも俊明どのは、この男に刀のことをききたかったようにござる」

「刀……」

大蔵の顔がこわばった。

「なにか心当たりでも」

「この貝地岳神社の宝物庫が、とある者に狙《ねら》われたのでござる」

「ほう。寺社方に届けは」

「宮司《ぐうじ》が出したはずにござる」

大蔵が、賊が狙ったときのことを詳しく説明する。

「では、神来どのが宝物庫が破られるのを防いだのでござるな」

さようにござる、と大蔵がいった。

「しかし、あれはもしかしてわしの三振りの刀を狙ったのかもしれぬ」

大蔵は宝物庫に自分の愛刀を預けてあるということだ。

「しかし、そのあと、わし自身も襲われましたのでな、もしかすると、この刀を狙ったものかもしれませんのう」

大蔵が腰の刀にそっと手を置いた。

「その刀はいわれのあるものですかな」

「ちょっとしたものはござる」

大蔵が深い息をついた。それから唇を押し破るように言葉を吐きだした。

「この刀は、わしが江戸に出るとき、萩之坊家の蔵から持ちだしたものにござる。爺はわしがそんな不届きな真似をしたせいで、殺されたのかもしれませせぬ」

二

風が行きすぎた。

官兵衛は、目の前に座る大男にあらためて目を向けた。腰に帯びている刀にも視線を当てる。

「その差料《さしりょう》には、どんないわれがあるのでござろう」

大蔵が太い首をねじるように振る。

「それに関しては、わしはあまり存じておらぬでござるよ」

官兵衛は黙って大蔵が続けるのを待った。福之助も口を閉じている。

「穴山梅雪《あなやまばいせつ》という人物を、お二人はご存じでござるかな」

官兵衛は記憶を探った。なにかの折に耳にしたか、書物で読んだ覚えがある。

そうだ、軍記物で読んだのだ。官兵衛は深く顎を引いた。

「確か、甲斐《かい》の武田信玄《たけだしんげん》公の家臣ではありませんでしたか」

そのようにござる、と大蔵がいう。

「ただ、家臣と申しても、武田一族の重要な者であるはずにござる」

「さいですよね」

大きな声をあげたのは福之助である。

「武田信玄公の姉君が母で、信玄公の娘御を妻にしていた人ですね」

武田信玄の甥《おい》であり、義理の息子に当たることにもなる。信玄とは濃い血のつながりがあったのだ。確かに、一介《いっかい》の家臣などではない。

「おめえ、詳しいな」

官兵衛は福之助にいった。

「前も話したかもしれませんけど、あっしは軍記物が大好きなんですよ。特に戦国時代の軍記物を好んで読むんです。武田家に関するさる軍記物に、穴山梅雪公のことが書いてありましたね」

そうか、といって官兵衛は大蔵に再び目を向けた。

「神来どのの差料は、穴山梅雪公の佩刀《はいとう》だったのでござるのか」

「それがわかりもうさぬ。ただ、穴山家の家臣が萩山神社に預けたという伝承があるらしいのでござる」

「穴山梅雪公の家臣がでござるか。しかし、どうして甲斐武田家の者が京の神社に」

「それはわかりもうさぬ」

「穴山梅雪公は裏切り者ということで、評判はあまりかんばしいものではありませんし」

横から福之助がいった。

そのことは、官兵衛も書物で読んで知っている。崩壊寸前の武田家及び棟梁《とうりよう》の武田勝頼《かつより》を見限り、梅雪は織田《おだ》、徳川《とくがわ》方に寝返ったのである。そのことがさらなる家臣の離反をうながし、武田家の滅亡を決定づけたといわれている。

　福之助が続ける。

「寝返ったおかげで、織田信長《のぶなが》公によって根絶やしにされた武田一族であるにもかかわらず、梅雪公は命を取られることもありませんでした。そのお札を信長公に言上《ごんじよう》するために、神君徳川家康《いえやす》公とともに京にのぼっています。もしかすると、そのときに奉納したのかもしれませんね」

「そういうことかもしれませんのう」

　大蔵がうなずき、続ける。

「穴山家は梅雪公以前より、京のとある寺で部屋住を学僧として修行させていたそうにござる。ある日、その寺が火事で焼けたとき、萩山神社の神官たちが穴山家の者を救いだしたということで、深い付き合いがはじまったときいておりもうす」

「それでしたら、萩之坊家が持っておられても不思議はありませんね」

「とにかくこの刀をわしが持ってきてしまったせいで、爺が殺されたのではないか、という気がしてござってのう」

　悲しみが新たになったか、大蔵が目を潤《うる》ませている。

かわいそうだったが、話を続けるしかない。官兵衛は軽く咳払《せきばら》いした。

「神来どのはどうしてその刀を選んだのでござるか」

大蔵が目をしばたたかせた。

「とにかく目を引きつけられましたからのう。うちの蔵にはすごい刀がいくらでもあり、出来ということになれば、これより上のものがいくらでもありましたが、気に入ったということに関していえば、これ以上のものはござらなんだ」

「その刀は名のある刀匠が打ったものにござるか」

官兵衛は問いを続けた。

「茎《なかご》には近峰宗六としかありませぬ。無名の刀匠にござろう。前に爺からきいたところでは、駿河の刀匠ではないか、ということにござったが」

「駿河は梅雪公が治めていた国ですよ」

福之助がいう。

「ですので、梅雪公が萩山神社に刀を預けたという伝承は、もうまちがいないものではないか、と思います」

なるほどのう、と大蔵がいった。刀の柄《つか》に静かに触れる。

「しかし、この刀が狙われたとして、どうしてですかのう」

「それはあっしにもわかりませんねえ」

福之助が官兵衛を見る。

「俺もわからぬ」

ここは調べを進めなければならない。やることはそれ一つだ。

「神来どのは、こちらの貝地岳神社の宝物庫を破ろうとした者の顔を見たのでしょうか。先ほどの話ではなにやら忍びのような者とのことにござったが」

官兵衛は大蔵にきいた。

「いえ、見ておりませぬのう。やはり忍び頭巾《ずきん》というのは効《き》き目がありますのう。目だけでしたからのう」

大蔵が思いだしたように、拳《こぶし》と手のひらを打ち合わせた。ぽん、と小気味よい音がする。

「先ほど、忍びの者のあとに他の者にも襲われたと話しもうしたが、その者も同じように頭巾を被っておりもうした」

他人事《ひとごと》のようにのんびりといった。

「それはいつのことにござろう」

官兵衛は勢いこんできいた。

「こちらの宝物庫が破られそうになったのと同じ日にござったな。いま考えてみれば、あの男は、この刀を狙ったに相違ござらんのでしょうのう」

「あの男というと、そのときの賊は一人にござったのかな」

「さようにござる。なかなかの遣《つか》い手にござったよ」

「しかし神来どのの敵ではなかった」

「それはもう。わしはとらえようとしたのですけど、逃げ足が速《はよ》うござってな。わしの足では無理にござった」

官兵衛は大蔵の差料を見せてもらった。確かにすばらしい出来ではあるが、このくらいならさして珍しいほどの刀ではない。大蔵のいう通り、これを上まわる出来の刀は数知れないほどあるだろう。

ただ、鋼《はがね》がちがうのか、光り方がすごい。太陽をいくつもちりばめたような少し変わった輝き方だ。これに大蔵は惹《ひ》きつけられたのだという。

「ところで、爺は今どこに」

大蔵が気づいたようにきく。

官兵衛は福之助の案内で、俊明の遺骸《いがい》が安置されている自身番に連れていった。

大蔵が俊明の遺骸と対面する。

たちまち天地を揺るがすような号泣《ごうきゅう》がはじまった。

三

自身番が揺れている。

まるで小さな地震に見舞われているような感じだ。

めまいのようなものを官兵衛は覚えた。壁を見あげてみると、板の壁が小刻みに揺れていた。それだけ、大蔵の泣き声はすさまじいのだ。

遺骸に取りすがって、激しく肩を震わせ、頭を揺さぶっている。

そのさまは、見ていて痛々しく、こちらがもらい泣きしそうになるほどだ。大蔵にとって爺である俊明が無二の人物だったこと、そしていかに敬愛していたか、胸を衝くように官兵衛に伝わってくる。

それは、官兵衛のかたわらにたたずんでいる福之助も同じようだ。人情物の芝居を観《み》た娘のように目をうるうると潤ませている。今にも涙がこぼれ落ちそうになっているのを、必死にこらえていた。

どのくらい大蔵は泣き続けたものか。半刻ではきかないのではあるまいか。ずっと土間に立ち続けていたために、官兵衛は膝の裏が少し痛くなっていた。だが、それはどうでもよいことだ。

大蔵が泣きやんだとき、自身番は静寂に包まれた。屋根を激しく叩《たた》いていた大雨が不意にあがったような感じだ。

どこからか、遊びまわっているらしい子供の歓声と仲間を呼んでいるような犬の遠《とお》吠《ぼ》えがきこえてきた。

「大丈夫かな」

官兵衛は分厚い肩に手をそっと置いた。大蔵が官兵衛を振り仰《あお》ぐ。目を赤く腫《は》らしている。

「沢宮どの……」

かすれた声で呼びかけてきた。

「わしにも、お手伝いをさせていただけますか」

官兵衛は大きくうなずいた。どのみち大蔵には用心棒を依頼してある。官兵衛が行くところ行くところ、必ずついてくる。自然、ともに犯人を追うことになろう。

「ありがたし」

大蔵がよろよろと立ちあがった。

「あの、沢宮どの。爺の遺骸はどうなるのでござろう」

「ここ江戸で、血縁といえるのは神来どのだけにござろう。神来どのが引き取りを望むなら、それでよろしいと存ずる」

「さようにござるか。わしが引き取ってもよろしいか。遺骸はわしが背負って京に運びたいところにござるが、そうもいきますまいのう」

大蔵が無念そうに苦い表情をする。

いま季節は夏である。この時季では、背負っていくどころか、他者の手で京に送ることもむずかしいだろう。においがひどく、到底無理だ。それ以前に、遺骸を運んでくれる業者というのは、これまで耳にしたことがない。

「爺を京に運べないとすれば、江戸のどこかに葬ることになりましょうけど、どこがよろしいでしょうかのう。爺が安らかに眠れるところが望みなのですけど」

悲しみが新たになったようで、また大蔵が涙をあふれさせた。

官兵衛は、大蔵の気持ちが落ち着くのを待った。

「俊明どのは神社の方ですから、やはり神式の葬儀をやられたほうがよいのではないですか」

「そういうことになりましょうのう」

「でしたら、神来どのがお世話になっている貝地岳神社に葬るのがよろしいのではないでしょうか」

「ああ、さようにござるな。宮司の親光どのもご内儀《ないぎ》もいい人でござるし、あの神社はいつもよい風が吹いておりもうす。あそこならば、爺もよーく眠れるでござろう。わしの頼みとあらば、親光どのもこころよく受け容《い》れてくれましょう」

俊明をどこに葬るか、決まったことで、大蔵は安堵《あんど》の顔を見せた。

だが、すぐに厳しい表情になった。

「わしは必ず爺の無念を晴らしますぞ」

その後、町役人たちが用意してくれた大八車に俊明の遺骸を載せた。その上にていねいに筵《むしろ》をかける。

梶棒《かじぼう》を握り、大蔵が引きはじめた。大八車は楽々と動きだした。官兵衛と福之助はうしろについた。


探索ならばともかく、弔《とむら》いなのだ。神社の境内に足を踏み入れるのに、遠慮する必要はなかろう。

貝地岳神社の宮司の親光は、運ばれてきた俊明の遺骸に驚きの表情を見せたものの、すぐに悲しみの色を目にたたえ、大蔵に悔やみの言葉を述べた。

俊明の遺骸を境内に葬ることを快諾し、その場で玉串奉奠《たまぐしほうてん》の儀をしてくれた。これは仏式の葬儀では焼香に当たるもので、弔事《ちょうじ》だけでなく神社の儀式では必ず行われるものだそうである。榊《さかき》の枝に四手《しで》という紙きれをつけたものが玉串で、神霊が宿っているといわれているらしい。玉串奉奠は故人の霊魂を慰《なぐさ》め、安らかであることを願って捧げられるものとのことだ。

神社の片隅《かたすみ》にある墓地に、俊明の遺骸は葬られた。官兵衛自身、神社に墓地があるのを初めて知った。

俊明の遺骸を棺桶《かんおけ》におさめる前に、大蔵が遺髪を切り取った。大蔵はまたも激しく泣いていた。遺髪の白さが官兵衛の目を打ち、悲しみを誘った。

棺桶が穴に入れられ、土がかけられた。大蔵はそのあいだ、ずっと涙を流していた。すまんのう、爺、すまん、すまん、と謝り続けていた。

土がかけ終えられ、棺桶が見えなくなったあとも、大蔵はその場を離れがたい様子だった。いつまでも俊明と一緒にいたいと考えているのは明らかだ。

「神来どの、まいろうか」

官兵衛は、縮こまってしまっている大きな背中に声をかけた。

「ああ、すみませんのう。いつまでもこうしているわけにはいきませんもんのう」

大蔵がよろよろと立ちあがった。袴《はかま》は泥だらけだ。

官兵衛は払った。福之助も手伝う。あまり落ちなかった。

「ああ、これはすみませんのう」

大蔵が恐縮する。

「もともとが汚いゆえ、きれいにならぬのは仕方ござらぬよ」

「大丈夫かな。神来どの、歩けるかな」

大蔵が力ない笑いを見せた。

「袴が汚くとも、歩くことはできもうすよ」

すでに日は暮れかけていた。今日のところはもう仕事はしまいにしてもよかったが、俊明を殺した犯人を捕らえるためには、寸暇《すんか》も惜しかった。官兵衛としては、明るいあいだは探索に励みたかった。

官兵衛は、甚太郎という町人の言をもとに福之助が描いた人相書を手に、町をめぐり歩いた。

夕方になり、涼しい風が吹きはじめている。それに誘われて出てきた町人が大勢いる。そぞろ歩きをしている者たちに、人相書を次々に見せていった。

だが、残念ながら手がかりをつかむことはかなわなかった。

そうこうしているうちにすっかり日は暮れてしまった。

「今日のところはこれでしまいにいたそう」

官兵衛は大蔵にいった。

「神来どのにしてみれば、もう少し調べたいところにござろうし、物足りないでござろうが、ご容赦願いたい」

「わかっておりもうすよ」

大蔵が深くうなずいてみせた。

「わしも今宵《こよい》は爺のそばにいたいと思っておりますからの」

一晩を墓地ですごすつもりだろうか。おそらくそうなのだろう。神来大蔵という男には、それも似合うような気がした。

町奉行所まででいいと官兵衛はいったが、大蔵はきかず、結局、八丁堀の屋敷までついてきた。官兵衛にしてみれば、とてもありがたいことだった。福之助も一緒に来ている。大蔵に夕餉《ゆうげ》を食べさせるのだという。

「本当にここまででよろしいのかのう」

塀越しに屋敷内を見通すような目をした大蔵が官兵衛にきく。

「ここでかまいませぬよ。なかには、手練《てだれ》のばあさんがいますから」

「手練のばあさんですか」

大蔵が興味深げにいう。

「すばらしく強いばあさんですよ。神来どのにはかなわぬかもしれんですが、相当やります」

「立ち合ってみたいものですのう」

「いずれその機会もまいりましょう」

「それは楽しみですのう」

大蔵はにこにこしている。頬《ほお》にこれまでなかったゆるみが見えている。その顔を見る限り、少しは悲しみが癒《い》えてきたように思える。悲しみをやわらげるものは、時間以外ないのを官兵衛はよく知っている。

「それでしたら、これで失礼しましょうかのう」

「明日もよろしくお頼みいたす」

「おまかせくだされ」

大蔵がどんと胸を叩いていう。

「では、旦那、これで失礼します」

「ああ、福之助も気をつけて帰れ。神来どのにうまいものを食わせてやってくれ」

「まかせてください」

福之助も胸を叩いた。だが、大蔵ほどの音はしなかった。

官兵衛はくぐり戸を入った。少しして外に顔をのぞかせた。

大きな影と小さな影。少しいびつな感じの二つの影がゆっくりと遠ざかってゆく。

官兵衛にはその二つの影が、とても頼もしく感じられた。俊明を殺した犯人をきっと引っ捕らえることができるという確信を、すでに抱いている。

四

門を入ると、魚でも煮ているらしいにおいが漂ってきた。

官兵衛の腹がぐうと鳴った。知らずへそのあたりを押さえた。

屋敷内に、灯《あか》りがほんのりと見えている。器《うつわ》がかすかに触れ合う音が耳に届く。

ふむ、珍しいこともあるものだな。

片手で顎をなでながら敷石を踏んだ官兵衛は、そんなことを思った。おたかがこれだけ食い気をそそるにおいをさせるものをつくるのは、そうそうあることではない。ここ一年でも、せいぜい一度か二度ではあるまいか。

まさか大地震でもやってきはしないであろうか。よもや、こいつがその前触れということはあり得ぬか。

いやいや、滅多なことを考えるものではない。縁起でもない。官兵衛はかぶりを振った。うつつになったらことだ。

大地震のことはさっさと頭から追いだし、さらに濃くなったにおいを、官兵衛はふんふんと犬のように嗅《か》いだ。

魚であるのはまちがいない。鯖《さば》を醬油《しょうゆ》で煮つけているのではないか。

官兵衛は玄関に入った。ただいま戻った、と声を発する。

はーい、と返事があり、軽《かろ》やかな足音が響いてきた。台所につながる廊下の角を曲がって、おたかが姿を見せる。

七十近い歳とは思えない足さばきで、あっという間に官兵衛の前にやってきた。正座して両手をつき、にたりと官兵衛を見あげる。

「お帰りなさいませ」

年齢を感じさせない、はきはきとした声でいった。うむ、と官兵衛は顎を上下させた。目の前のしわ深い顔をじっと見る。

おたかがぽっと目元を潤ませた。娘のように両手で頰を包みこむ。

「なあに、旦那ったら、あたしのことを見つめて。まさか今夜、忍んでくる気じゃないでしょうね」

官兵衛は眉根を寄せて、厳しい顔をつくった。

「そのような気は一切《いっさい》ないから、心置きなくぐっすりと眠ってくれ」

「そういってあたしを安心させる気なんでしょう。油断を衝《つ》く気なんだわ」

「繰《く》り返すが、そんな気はない」

「だったら旦那、どうしてあたしのことをそんなに熱い目で見つめるの」

「熱い目をした気などさらさらないが、おたか、おぬし、なにか企《たくら》んでいるのではないか」

おたかがにこりとする。

「さすがは旦那だわ。よくわかったわね」

「やはり図星だったか。なんにしろ、長いつき合いだからな、顔に出ればすぐにわかる。おぬしのそのにたりとした笑いは、なにか腹にあるときによく出るんだ。それでおたか、なにを目論《もくろ》んでいるんだ」

おたかが苦笑する。

「目論むとか企むとか、そんな大袈裟《おおげさ》なものじゃないわよ。旦那、あとで教えてあげるから、そんなところにぼうっと立ってないで、さっさとあがりなさいよ。自分のお屋敷なのよ。なに遠慮しているの」

官兵衛はおたかの言葉にしたがった。

長脇差《わきざし》を官兵衛から受け取って、おたかがじろじろ見る。ふむふむ、と口中でいった。

「どこにも傷は負っていないみたいね」

「ああ、おかげさまでな」

おたかが小首をかしげて、官兵衛を見直した。

「旦那、ずいぶんと余裕があるようね。なにかあったの」

「そいつを今すぐ話してもよいが、それよりもおたか、焦《こ》げ臭《くさ》いにおいがしているようだぞ」

おたかがはっとし、顔をあげる。

「いけないっ」

廊下を脱兎《だつと》のごとく遠ざかっていった。華麗な足さばきなど微塵《みじん》もなかった。

やれやれ、と心中でつぶやいて首を振り、官兵衛は台所に向かった。空腹はすでに耐えがたいものになっている。

あちゃー、という声が台所からきこえた。

「やっちまったわ。せっかくうまくいっていたのに、もう」

おたかが地団駄《じだんだ》を踏んだか、どんどん、という音が耳を打った。官兵衛は台所の横の部屋にのそりと入った。

「焦がしたのか」

おたかがくるりと振り向く。長脇差が竈《かまど》に立てかけてある。おたかは口をへの字に曲げていた。

「ええ、しくじったわ。旦那が悪いのよ」

官兵衛は少し驚いた。

「どうしてだ」

「旦那が帰ってくる刻限が悪いのよ。あとちょっとずれていれば、うまく煮上がったところで火からおろしていたのに」

いいがかりとしか思えないが、官兵衛は静かに頭を下げた。

「そうだな、どうも俺の帰ってくる間が悪かったようだ」

おたかがあっけに取られる。

「今日は馬鹿に素直ね」

「なんにしろ、おたかがおらぬと、俺はなにもできぬのがはっきりしたゆえ」

「ああ、そういうこと」

おたかがにっこりする。

「旦那、お屋敷にいるあいだはあたしが守ってあげるから、大船に乗ったつもりでいてちょうだいね」

「かたじけない」

官兵衛は腰をおろした。

「それで、なにをつくっていたんだ」

「鯖の煮つけよ」

おたかが腰に両手をまわし、胸を突きだすようにした。

「せっかくうまくいっていたの。味見をしたら、料亭のような味になっていて、あたしゃ、うっとりしたものだわ」

おたかがため息をつき、うなだれる。

「あーあ、せっかく旦那においしい鯖を食べてもらえるって思ったのに」

「もう全然駄目なのか」

「焦げていないところもちょっとは残っているけど、食べてみる」

「ああ、いただこう」

おたかが和《なご》やかな目になる。

「旦那って、こういうところが意外にやさしいんだよねえ。これでどうして嫁の来手がないのか、不思議でならないわよ」

おたかが茶碗に飯を盛り、木椀に味噌汁《みそしる》を注《つ》いだ。深めの皿に鯖をそっとのせた。それらを膳に置き、最後に漬物の小皿をそっと添える。膳を捧げ持つようにして近づいてきて、どうぞ、といった。

官兵衛は、目の前の膳をじっと見た。鯖からはうまそうなにおいは一切、漂っていない。焦げ臭さがあるだけだ。

官兵衛は箸《はし》を手に取り、鯖の身をほぐした。口に持ってゆく。

「どう」

そばにぺたりと座りこんだおたかにきかれた。真剣な目をしている。

「うむ、うまいぞ」

嘘はいっていない。焦げていないところはしっかりと醤油の味がついており、御飯の友としては最高だ。

「旦那、無理してない」

おたかが気がかりそうにいう。

「俺はそんな性格ではない」

官兵衛はきっぱりと口にした。おたかが納得の表情になる。

「確かに、あまりお世辞なんかをいえる性格ではないわね」

官兵衛は鯖の身をちぎり、さらに御飯をかっこんだ。がり、と音がした。

「あら、骨があったの」

「いや、そうではないな」

飯がうまく炊《た》けておらず、芯《しん》が残っているのである。これはいつものことで、官兵衛は慣れたものだ。

「おたかも食べたらいい」

「そう。じゃあ、そうしようかな」

いったん立ったおたかが膳を持って、台所から戻ってきた。官兵衛の向かいに正座し、まず鯖をおそるおそる食べはじめた。すぐさま顔をしかめる。

「やっぱりあまりおいしくないわねえ。味見をしたときはあんなにおいしかったのに。ああ、もう、悔しいわ」

「まあ、よいではないか。俺がうまいといっているのだから」

おたかが、いやいやするように首を振る。

「旦那に、もっとおいしいものを食べてもらいたかったのよ。久しぶりにうまくできたっていうのに、こんちくしょう」

「おなごがあまり品のない言葉を使うものではないぞ」

「あたしのことを、おなごといってくれるの」

元おなごだ、という言葉を官兵衛はのみこんだ。

機嫌を直した様子のおたかは半煮えのような御飯を、がじがじと音をさせつつも、まったくふつうに食べている。年寄りだが、歯は官兵衛より丈夫なくらいだ。この分なら、あと五十年は楽に生きそうである。

「それで旦那、さっきの話に戻るけど、どうしてそんなに余裕があるの」

官兵衛は箸をとめて、わけを語った。

へえ、とおたかが感心したような声を放つ。

「神来大蔵さんか。旦那がそんなに安心しているなんて、遣い手なのね」

「ああ、すごい腕だ」

「あたしより強い」

「さて、どうかな」

「きっと神来さんのほうが強いわよ」

「どうしてそう思うんだ」

おたかが天井を見あげる。

「ただの勘なんだけどね。旦那の顔を見ていたら、神来さんの顔が頭になんとなく浮かんできたの。隙《すき》ばかりありそうだけれど、実はまったくない。そういう人は強いのよね。あたしの亭主にも、そういうところがあったもの」

確かに、おたかのいう通りだ。おたかの亭主だった千秋余左衛門は一見茫洋《ぼうよう》として、隙だらけに見えたものだが、いざ竹刀《しない》を打ちこもうとすると、どこにも隙など見つけられず、最後には竹刀を放りだして、まいったを告げるしかなかった。官兵衛の剣の腕がさほどのものではないという事実があるとはいえ、やはり江戸で五指に入る師匠の腕というのはすさまじかった。

「おたかのいう通り、懐の深い広々とした感じの人だが、とにかく神来どのの腕はすごい。用心棒として頼りになる」

おたかがくすっと笑いを漏《も》らす。

「花形といわれる八丁堀の旦那が、もうすっかりその気なのね」

「ああ、仕事をしているあいだは神来どのに寄りかかるつもりでいる」

官兵衛は表情を引き締めた。

「今度はおたかの番だぞ。企んでいるというのはいったいなんだ」

「だから、企んでいるなんて大袈裟なものじゃないったら」

おたかが口元を柔和《にゅうわ》にゆるめ、たずねてきた。

「ねえ、旦那、見たい」

「見るものなのか」

「そうよ。ねえ、見たい」

「ああ、見たい」

「やっぱりそうよね。ちょっと待っててね。取ってくるから」

おたかが、さっと立ちあがった。まったく滞《とどこお》ることのない、なめらかな立ちあがり方だった。

部屋を出ていったが、すぐに戻ってきた。なにかを大事そうに胸に抱いている。

「これよ」

官兵衛の横にそっと置いた。

「人形か」

市松《いちまつ》人形である。高さは一尺ばかりか。品のあるよい顔をしている。

「すばらしい出来だな」

おたかがうれしそうにする。

「さすがは旦那ね」

「人形に興味はないが、いいものかどうか、見抜く目は持っている」

官兵衛は人形を凝視《ぎょうし》した。

「なめらかな肌だ。あたたかみがある。手のひらを口に持っていったら、息がかかりそうだ。まるで生きているみたいだ」

「そうでしょう。ほんと、旦那のいう通りなのよ」

おたかは満足げだ。鼻の穴を大きく広げている。

「こんないい人形、どうしたんだ。おたかに人形の趣味などなかったよなあ。まさか盗んできたんじゃあるまいな」

「もうやめてよ、旦那。ぶつわよ」

おたかが手をあげる真似をする。

「知り合いに借りてきたのよ」

「知り合いというと」

「旦那の知らない人よ。うちの近所に住んでるお大尽《だいじん》よ」

「そんな人がいるのか。どうして借りてきたんだ」

「今日お邪魔したの。すごくいい人形だから、今日一日だけでもいいからどうしても手元に置きたくて、借りてきたの」

「ふーん、そうか。一緒に寝るのか」

「ええ、そのつもりよ」

おたかがいたずらっぽく笑った。目になにか企みの色がある。

官兵衛はおたかから視線をはずし、市松人形に転じた。出来のよさは際立《きわだ》っているが、どう見ても、別にいわくありげには見えない。にこにこと人のよさそうな笑みを浮かべている。

「これは、さぞかし名のある人形師のものなんだろうな」

「ええ、そうよ。玄馬斎《げんばさい》さんというの」

知らない。

「高名なのか」

「えっ、旦那、知らないの」

「ああ」

「こいつはびっくりだわ。旦那、もぐりね」

「もぐりかどうか知らぬが、人形にはあまり興味がないからな」

「興味のない人でも、玄馬斎さんのことはたいてい知ってるわよ」

「ほう、そんなに有名なのか」

「ええ、とてもね。だから高いのよ、この人形」

「いくらするんだ」

「そうね。これで十両はくだらないんじゃないかしら」

「えっ、そいつはすごい」

官兵衛は人形を抱こうと手を伸ばした。ぴしりと叩かれた。

「痛い」

「触っちゃ駄目よ」

「どうして」

「壊したらたいへんでしょ。旦那、十両を払うだけじゃ駄目なのよ。同じくらいの出来のものを用意しなきゃいけないんだから。それに、玄馬斎さん、三年待ちなのよ。壊したら、とんでもないことになるわ」

「わかった。もう触らぬ」

「物わかりがいいわね」

おたかが茶をいれてくれた。官兵衛は飲んだが、相変わらずあまりうまくない。

「どう、おいしい」

後片づけをはじめながら、おたかがきく。

「もちろんだ」

官兵衛は笑って答えた。

手際よく後片づけを終えたおたかが、官兵衛のそばに戻ってきた。ていねいに人形を抱きあげる。生まれたばかりの孫を抱くような手つきである。

「じゃあ、旦那、私、寝るわね」

さすがに年寄りだけに夜が早い。もっとも、江戸の者も夕食をすませると、ほとんどがさっさと寝床におさまる。おたかが特に珍しいわけではない。

「なにかあっても、すぐにあたしが駆けつけるからね。それから、もう旦那の寝床ものべてあるからね」

「ありがたい」

「旦那、夜這《よば》いなんか、かけちゃ、駄目よ」

「もちろんだ。安心してくれ」

「さて、どうかしらね」

にこりとして、おたかが人形とともに廊下を去っていった。足音がきこえなくなると、官兵衛はなんとなくため息をついた。肩をまわして、ほぐす。一日動きまわっただけあって、疲れがずっしりと全身にのしかかっている。

まだ二十五歳だと自分では思っているが、もう二十五だといういい方もできる。二十五になって、疲れの溜まり方、取れ方が前と異《こと》なってきたような気がする。二十五でこれなら、三十、四十と歳を重ねていったとき、いったいどうなってしまうのか。

しかし、先のことを考えていても仕方ない。人というのは、歳を取ることにあらがえない。黙って受け容れるしかない。体の力は失っても、歳を重ねることで見えてくることもあるにちがいない。

官兵衛は急須から注いだやけに濃い茶を飲み干し、立ちあがった。一応、台所の火の用心をしてから、自室に戻る。

よく日に当てられたらしい布団《ふとん》が敷かれている。官兵衛は着替えをすませ、搔巻《かいまき》を着こんだ。隅でほんわりとした灯りを放っている行灯《あんどん》を消し、勢いよく布団に倒れこむ。

太陽のにおいに包まれた。目を閉じる。このまま一瞬で眠ってしまうのではないかと思えるほど、気持ちがよい。

実際、官兵衛は健《すこ》やかな寝息を立てはじめていた。

どのくらいときがたったか、官兵衛は人の気配を感じた。廊下に面した腰高障子《こしだかしょうじ》の向こう側である。

官兵衛は目をあけた。腰高障子が薄くあき、黒い影がそっと入ってきた。

何者っ。声を発して官兵衛は起きあがろうとした。だが、声は出ないし、体も自由にならない。かたまってしまっている。金縛りというやつだ。

官兵衛が気づいていることを知ってか知らずか、のそりと近づいた影が覆いかぶさってきた。まずい、と官兵衛は思ったが、どうにもならない。影を払いのけることはできなかった。

「旦那、お情けを」

押し殺した声が耳に飛びこんできた。

なに、と思って官兵衛は抱きついている影を見つめた。

「おたか、なにをしている」

「旦那、お情けを」

「やめろ、おたか」

「旦那があたしを抱いてくれるまで、やめないよ」

「やめろ。やめるんだ」

「いやよ、いや」

おたかの力はますます増してきて、ついには官兵衛の股間《こかん》をまさぐりはじめた。官兵衛は頭に血がのぼった。ようやく手足が動くようになっている。

「やめろ」

おたかの頰を張った。ばしっ、と音がしたが、手応えがなかった。

官兵衛ははっとした。闇のなか、一人、布団の上に座っていた。

「今のは夢か」

声にだしていってみた。脂汗《あぶらあせ》が首筋や背筋をじっとりと流れている。夢にしては、いやに生々《なまなま》しかった。しわがれた手が股間をまさぐった感じは、今もはっきりと思いだせる。おぞましかった。

官兵衛は、がりがりと鬢《びん》をかいた。どうしてこんな夢を見たのか。濃い茶のせいだろうか。そうではなく、ただ疲れが溜まりすぎているからか。

横合いからなにか視線を感じた。さっとそちらに目をやった。ぎくりとし、背筋が冷たくなった。

　市松人形が床の間に置かれている。

「どうしてこんなところに」

　官兵衛はじっと見据えた。市松人形は穏《おだ》やかな笑みをたたえ、官兵衛を見つめている。官兵衛は瞬《まばた》きした。その瞬間、市松人形は消え失《う》せた。

「なに」

　官兵衛は目をぱちくりした。そんなことをしたからといって、市松人形が床の間に戻ってくるようなことはなかった。

「今のは幻か」

　それとも、まだ夢のなかにいるのだろうか。官兵衛はわけがわからなかった。

　寝よう。自らにいいきかせて、寝床に横になった。目を閉じる。この分では寝られぬかもしれぬな、と思ったが、官兵衛はあっさりと眠りの海を泳ぎはじめていた。

　夢を見た。急死したはずの中間の八太があらわれ、官兵衛と一緒にいくつもの事件の探索をした。どんな難事件も、まるで膳の上の食べ物を片づけてゆくように次から次へと解決できた。

　奉行所内は賞賛の嵐だった。奉行からはお褒《ほ》めの言葉をいただき、金一封まで出た。その金で官兵衛と八太はたらふくうまいものを食べた。八太は終始にこにこして、上機嫌だった。

そういえば、八太の墓参りをしておらぬな、と官兵衛は思った。

鳥のさえずりが耳に入りこんだ。

部屋のなかは、すでに明るくなろうとしていた。

悪夢とは一転、いい夢を見たものだった。官兵衛は大きく伸びをした。

すっきりとして、とても気持ちよい。疲れが信じられないほど、取れている。

官兵衛は布団をたたんで、脇に押しやった。着替えをし、腰高障子をあけて廊下に出ようとした。ぎくりとして足をとめた。

廊下に市松人形がいて、官兵衛を見あげていた。いや、そう見えただけで、市松人形はほほえみを浮かべているにすぎない。

「どうしてここに」

「旦那、よく眠れた」

廊下の角におたかが立っている。

「ああ、よく眠れた。この人形を置いたのは、おたかか」

「旦那、疲れも取れた」

官兵衛は深くうなずいた。

「ああ、すっきりしている」

「やっぱり霊験《れいげん》あらたかね」

官兵衛はおたかに歩み寄った。すぐに振り向いて、廊下にぽつんと立っている市松人形に目を当てる。

「あの人形には、なにかいわく、いわれがあるんだな」

「ええ、そうよ」

おたかが大きく顎を引いた。

「いい夢を見せてくれて、その上に、その人の疲れをすっきり取ってくれるっていわれているわ」

実際に霊験というものを見せつけられているにもかかわらず、官兵衛はうつつのこととはまだ信じられない。

「旦那がいきなり命を狙われたりしてさ、ひどく疲れが溜まっているようだから、あたし、知り合いに借りてきたのよ。前にそんな力があること、その知り合いにきいてたからさ。物は試しじゃない」

「そうだったのか」

官兵衛の口から出たのは、これだけだった。

「最初はいやな夢を見る人もいるみたいだけど、旦那はどうだった。いやな夢見て、うなされなかった」

「あ、ああ。別にそのようなことはなかったな」

おたかに夜這いをかけられる夢を見たとは、さすがにいいにくい。

「よかった」

胸の前で両手を合わせ、おたかは無邪気に喜んでいる。

「ねえ、旦那。これであいつ、つかまえられるでしょ」

あいつとは、むろん、官兵衛を襲ってきた男のことだ。

「ああ、とっつかまえてやる」

おたかが、ふふ、と笑う。

「旦那、元気、出てきたわね」

「ああ、おたかのおかげだ」

おたかがやわらかくかぶりを振る。

「あの人形のおかげよ」

「なでてもいいかな」

「かまわないけど、そっとやってね。男の人は、力の加減てものがわからないみたいだから」

廊下を戻った官兵衛はしゃがみこみ、ありがとうな、と語りかけて市松人形の頭を静かにさすった。

市松人形は微笑をしているだけだが、目がかすかな光を帯びたように見えた。官兵衛は見直したが、その光はすでに消えていた。

官兵衛は立ちあがった。人智を超えた不思議なことがこの世にはあるものだ。だが、それ以上に、官兵衛は自分のことを思って、こんなことをしてくれたおたかに感謝の思いが深い。

やはりこの世は、一人では生きていけぬ、という気持ちが昨日以上に強くなっている。

五

足音が近づいてきた。

官兵衛は式台のところで振り返った。

おたかが小さな風呂敷包みを大事そうに抱えている。

「返しに行くのか」

おたかがにんまりとする。

「旦那、残念そうね」

「うむ、正直、もう少しこの屋敷にいてほしい気分だ」

「私もそうなんだけどね」

おたかが両手で風呂敷包みを軽く持ちあげる。風呂敷には細長い箱が包まれている。箱の中身は、官兵衛によい夢を見せてくれた市松人形である。

「でも、一日だけっていう約束だったから仕方ないわね。返さないわけにもいかないし。私の知り合いも、この人形、とても大事にしているのよ」

「宝物だろうな。そのような物を返さんわけにはいかんな」

おたかが深くうなずく。

「旦那が疲れた顔をしていたら、また借りてくるわよ。きっと、こころよく貸してくれると思うわ」

「うむ、是非ともそう願いたいな」

官兵衛は式台から下におり、雪駄《せった》を履《は》いた。敷石を踏んで、まだ閉じられたままの門のそばに立つ。

息を殺し、向こう側の気配を嗅いだ。

「ちょっと待ってね」

おたかがささやき、風呂敷包みをかたわらの石の上に置いた。風呂敷包みに待っててねというようにやわらかな眼差しを投げてから門に歩み寄り、真剣な顔で門の向こう側に怪しい者がいないか、探っている。亭主の形見である刀を腰に差しているが、鯉口《こいぐち》をすでに切っていた。

大丈夫だね、とおたかがほっとしたようにいって体から力を抜いた。

「誰もいないわ」

門をあけ放った。それを待ちかねていたように、さわやかな風が吹きこんできた。

夏とはいえ、朝の時分は涼しい。それでも、夜のあいだにすっかり力を回復したような太陽は町屋や武家屋敷の屋根に、力強く乗りあがろうとしていた。もう最大の力をだしているのか、今日も暑くなるのを約束するような陰りなど一切ない陽射しが斜めに入りこんできている。

そのまぶしさに官兵衛は手庇《てびさし》を掲げて、目を細めた。

おたかが風呂敷包みをどっこいしょと持ちあげる。

「どっこいしょか。いやだわねえ。気づかないうちに、こんなかけ声をだしているのよねえ。私も歳だわねえ」

「おたかは若いさ。十くらいは優に若く見えるぞ」

その言葉を受けて、おたかが苦笑する。

「旦那はまったくお世辞が下手ねえ。そんなこと、毛ほども思っていないこと、見え見えよ」

「そんなことはないさ。俺は本気でそう思っている」

「だったら、私もありがとうっていっておこうかね」

門を出ようとして、官兵衛は人の気配を感じた。体がかたくなる。腰の長脇差に手をやった。

一緒に出ようとしていたおたかも顔を厳しくし、鋭い視線をそちらに投げた。風呂敷包みをそっと地面に置き、またも刀の鯉口を切り、腰を低くする。

おたかから殺気が一瞬、放たれたのを官兵衛は敏感に感じた。だが、おたかはすぐに表情をゆるめ、刀から手をどけた。

「旦那、どうやらお客さんのようだよ」

ふう、と息をついて小さく首を振る。風呂敷包みを手にした。

「客だって。どなたかな」

おたかがにっとしてみせた。

「旦那、もうわかってるんでしょ。この気配からして、例のすごく遣えるお方にちがいないわ」

その声が届いたようで、やあ、と明るく声を発して、のそりと大きな影が門の中央にあらわれた。太陽のせいで顔はよく見えないが、にこにこしているようだ。

「神来どの」

官兵衛は声をかけた。

「沢宮どの、おはようございます」

巨体を折って、大蔵が挨拶《あいさつ》する。官兵衛も明るく返した。

「神来どの、こちらが昨日申しあげたおたかにござる」

官兵衛はおたかを紹介した。

「神来にござる」

大蔵がまたぺこりと辞儀をする。そのさまは、愛嬌《あいきょう》のある熊のように見えた。こんな心やさしい熊など、この世にいるはずがないが、官兵衛はほほえましいものを感じた。

「たかと申します。神来さま、お見知り置きのほど、よろしくお願いいたします」

風呂敷包みを胸に抱いたまま、おたかが頭を深く下げる。

「おたかどの、こちらこそよろしくお願いいたす」

「神来さま、朝餉は召しあがったの」

初対面の挨拶がすんだからもうこれで友垣とばかりに、おたかが大蔵に気安くきく。大蔵ががっしりとした顎を動かした。

「ええ、いただきました。とてもおいしい朝餉でござった」

大蔵がはっとする。

「もしやおたかどのは、わしに朝餉を食べさせてくれるつもりでいらしたのかのう」

「ええ、神来さまが召しあがっていらしてなかったら」

「ああ、そいつは残念だのう」

大蔵が天を見あげる。

「おたかどのは包丁がとても達者そうゆえ、きっと今朝のにまさるとも劣らぬ朝餉をいただけたところだったのに」

それはない、といいかけて官兵衛は言葉をとめた。

「神来どの、ではまいろうか」

「うむ、そうしましょうかのう」

　大蔵が大きくうなずく。

「おたかどのはすごい遣い手とのことにござるのう。ぜひ一度、手合わせしてみたいものにござるの」

「はい、私も楽しみです。でも、私では神来さまの相手にはなりません」

「そのようなことはなかろうに」

「いま三本勝負を行うならば、もしかすると一本くらい取れるかもしれないけれど、それまででしょうね。次に対戦するときは私は一本も取れない。相手にならないでしょう」

　どうしてそういうふうに思うのだろう、と官兵衛は興味を抱いた。同じようで、大蔵も真剣な目をおたかに当てている。

　しわ深い喉をごくりと上下させて、おたかが続ける。

「なんというか、神来さまは天に愛されている感じがするの。私みたいに一所懸命、努力を重ねて剣技を磨いてきた者とは明らかにちがうわ。最初の対戦では、引っかきまわすことでなんとかなるでしょうけど、そのあとはもう小手先の策は通用しない」

　ふむ、そういうものなのかな、と官兵衛は思った。おたかのいうこともわからないではないものの、自分程度の腕では、おたかや大蔵ほどの達人が肌で感じているものを知ることは決してできない。

「旦那、なにをぼうっとしているの。早く行かないと、遅刻しちゃうわよ」

おたかに急《せ》かされ、ああ、と官兵衛は答えた。

「ではおたか、行ってくる」

「行ってらっしゃいませ」

おたかが小腰をかがめる。視線を大蔵に流した。

「神来さま、旦那のことをよろしくお願いしますね」

大蔵がにこりとし、拳で自らの胸を叩く。

「おまかせあれ」

この声を耳にしただけで、官兵衛はまさしく大船に乗った気分になれた。自分はこのまま出仕し、役目に没頭すればいい。身のまわりの警護は、すべて大蔵が受け持ってくれる。これだけの遣い手に身をまかせてしまえるというのは、楽以外の言葉が見つからない。

官兵衛は歩きはじめた。うしろを大蔵がよたよたとつく。それだけを見れば頼りないことこの上ないが、官兵衛の心は安堵の思いで一杯だ。

「神来どの、昨日は貝地岳神社に戻ったのでござるな。墓地で一晩、すごしたのでござろうか」

官兵衛は振り向いて大蔵にきいた。

「最初はその気でござったが、一晩はやめておきもうした。とにかく蚊《か》がひどいのと、やはり深夜の墓地というのはいろいろとありますのう」

首筋をぽりぽりとかいて、大蔵がいう。

「どんなことがあったのでござろう」

「うめき声のようなものがきこえたり、獣がなにかを食べているような気配がしたり、誰かが土を掘り返しているような物音がきこえたり、そばを人影がすーっと通っていったり、耳元にささやきかけるような声がしたりとか。まあ、そのようなことにござるよ」

「あまり気持ちのよいものではござらぬな」

「爺ともっと語らっていたかったのでござるが、爺も、もうよい、といってくれたので、わしもその言葉に甘えて腰をあげたのでござる」

「さようか」

ところで、と大蔵が少し声を高くした。

「おたかばあさんは、よい人にござるな」

「神来どの、おたかをばあさん呼ばわりするのはやめたほうがよいな。あのばあさん、自分をばあさんと思っておらぬゆえ」

「ああ、さようにござるか。それならば、今後一切、口にいたさぬよ」

官兵衛は感謝の意をあらわした。

「おたかは口は悪いが、気のよいおなごにござるよ。――神来どの、おたかはようやく一本取れるようなことを申したが、あれはまことにござろうか」

「まことにござるよ。おたかどのはすばらしい腕のようでござるが、二度目の対戦ともなれば、わしの目にはすべての動きが見えてしまうゆえ」

「そういうものにござるか」

ところで、と大蔵がまたいった。

「おたかどのは風呂敷包みを持っていらしたが、あれはなんでござろう。食べ物にござろうか」

「いや、あれは人形にござる。市松人形にござるよ」

「ああ、市松さんにござるか」

大蔵が不思議そうな顔をしている。

「あれは、なにかいわれがあるような人形にござるか」

「どうしてそういうふうに思われる」

「いや、なにかいい気を放っていたので。わしはたいてい、その手の気は食べ物から感じるもので、つい、あれが食べ物ではないかと思ったのでござる」

官兵衛は、さすがに神来どのだ、と思った。昨夜どんなことがあったか、手短に語ってきかせた。

「ほう、そのような人形にござるか。わしもそのような御利益《ごりやく》に、是非ともあずかりたいものにござるのう」

「またおたかが借りてきてくれるとのことにござるゆえ、そのときは神来どのもお呼びいたそう」

「かたじけない」

そんなことを話しているうちに、町奉行所に着いた。

さすがに大蔵を奉行所のなかに入れるわけにはいかない。大門のそばで待っていてもらい、官兵衛は詰所に急いだ。

今日は遅かったせいで、すでに同僚たちはほとんどが来ていた。常に一番乗りを目指すという目標が潰《つい》えたのは、残念だったが、いたし方あるまい。官兵衛はその思いを面に出すことなく挨拶をすませ、書類仕事をざっと片づけた。その間に、同僚たちは次々に詰所をあとにしてゆく。

官兵衛も一段落したところで文机の前から立ちあがり、大門へと足を急がせた。

もう来ていなければおかしいが、福之助の姿がそこになかった。と思ったら、小さな笑い声がきこえてきた。どうやら大蔵と話をしているようだ。

官兵衛は大門の外に出た。福之助と目が合う。

「ああ、旦那、おはようございます」

明るく挨拶してくる。おはよう、と官兵衛も笑顔で返した。

「旦那、ぐっすり眠れたようですね」

官兵衛はつるりと頬をなでた。

「わかるか」

「ええ、血色がいいというのか、つやつやしているというのか、疲れがすべて飛んでいったという顔をしていますよ」

官兵衛は福之助にもどんなことがあったのか、語った。

「へえ、そんなことがあったんですか。やはり人形というのは不思議な力を持つのがいますねえ」

しみじみと実感のこもった声だ。

「なんだ、おめえ。同じような経験があるんじゃねえのか」

「ええ、ありますよ」

「どんなことだ」

いいながら、官兵衛は東の空を見た。当然のことだが、屋敷で見たときよりも太陽は高い。陽射しも、さらに強いものになってきている。すでに汗は官兵衛の背中をぐっしょりと濡らしていた。

大蔵は赤い顔をして、まるで泉のように尽きることなくあふれだす汗をしきりにふいている。

「これをどうぞ」

それを見た福之助が懐から厚みのある手ぬぐいを取りだし、大蔵に差しだした。大蔵がありがたいという顔になる。

「もらってしまってもよいのですかのう」

「もちろんかまいませんとも」

「では、遠慮なく」

大蔵が、ふんわりと真新しい手ぬぐいで汗をふきはじめた。

「ああ、気持ちがよいものにござるのう。とてもよい手ぬぐいにござる。この暑さのなか、極楽をもたらしてくれますのう」

「おめえ、また何枚も持ってきているのか」

「ええ、もちろんですよ。たくさんないと、夏は越せませんから」

「さて、行くか」

官兵衛は道に足を踏みだした。福之助が続き、大蔵が一番うしろについた。

「旦那、今日はなにをするんですかい」

「俊明どのの足取りを追う」

官兵衛は大蔵の顔を見ていった。

「今はそれしかねえと思っている。それができれば、きっとなにかつかめるはずだ。俊明どのは、新田さまや俺を襲ってきたあのくそ野郎の気に入らねえことをしたからこそ……」

そのあとの言葉はのみこんだ。

「わかりました」

福之助が静かに答える。

「それで福之助、おめえの経験した人形というのはどんなことだい」

官兵衛は中断した話に話題を戻した。

「ああ、さいでしたね」

福之助が唇に湿りをくれた。

「あっしがまだ七つの頃ですよ。おっかさんが他出した際、一目見て気に入った市松さんをあっしに買ってくれたんですよ」

「ほう、また市松人形かい」

「ええ、さいです」

福之助が手ぬぐいをていねいに折りたたんで、袂《たもと》に落としこんだ。

「確かに出来のよい市松さんでしたけど、一見したところでは、どこにでもあるふつうの人形でした。おっかさんは、なにか強い力に引きずられるようなものを感じたらしいんですけど」

ふむ、そういうこともあるのかもしれんな、と思って官兵衛は相づちを打った。昨夜のような不思議を見せられては、人智を超えた力を持つ人形がいるのは、否定のしようがない。

大蔵も口をはさまず、じっとききいる姿勢でいる。

「おっかさんからの贈り物で、あっしもなんだかんだいってもかわいいなあと思いましたから、いつでも眺められるように自分の部屋の文机に大事に置いておきました」

「ふむ、それで」

「いつも顔を合わせるたびに、かわいい、かわいいといってあげていたりしたんです」

福之助がいったん言葉を切る。

「それである日、外で食事をしようということになって、一家で出かけようとしたんです」

うむ、と官兵衛はいった。

「あっしは市松さんに出かけるよ、すぐに戻るからね、と断って部屋を出ようとしたんです。そうしたら、うしろでことん、と音がして、振り返ったら、市松さんが倒れていたんですよ。障子をあけたんで、風でも吹きこんだのかな、と思ってあっしはすぐに市松さんをまた立たせたんです」

「うむ、それでどうした」

官兵衛は真剣な顔できいた。

「あっしはどこも壊れていないのを確かめて、また部屋を出ようとしたんです。そうしたら、またことんと」

「また倒れたのか」

「ええ、結局、同じことが三度もあったんです。あっしがなにをぐずぐずしていると思ったんでしょう、おとっつあんとおっかさんが、そろってやってきたんです。福之助、早くしなさいって。あっしはどういうことか、わけを話しました。おっかさんが市松さんを立たせず、足を伸ばすようにして座らせました。これなら倒れることはないわ、とおっかさんはいいました。——ところが」

「また倒れたのですかいのう」

「その通りです」

福之助が大蔵を見て、顎を縦に動かした。

「そのとき、あっしははっきりと見ましたよ。誰かに横からやわらかく押されたように、市松さんは、ことりと静かに横になったんです。おとっつあんもおっかさんもそれを目にしてはいないんですけど、さすがにまた横たわってしまった市松さんを目《ま》の当たりにしてなにかを感じたようで、今日のところは食事は取りやめにしようということになったんです」

官兵衛はすっかり福之助の話に引きこまれている。

「翌日になって、あっしらが食事に行こうとしていた店がそのまさに当日、火事で全焼したことを知りました。昼間の火事でしたけど、お客が十五人も亡くなったんですよ」

官兵衛には、なにか引っかかるものがあった。

「おめえが七つのときといったな。十二年前ということだな」

官兵衛、十三のときである。その頃には、町奉行所には見習として出仕していた。

「うむ、覚えているぜ」

官兵衛は、脳裏にそのときのことを鮮明に思い起こした。

「『木佐里火《きさりび》』という変わった名の料亭のことだな」

「はい、その通りです。さすが旦那ですよ。すごい物覚えですね」

福之助は心の底から感嘆したという顔をしている。

「あれは、付け火だったたな」

「ええ、さようです」

福之助が一転、暗い顔で答える。官兵衛は唇を嚙《か》み、顔をゆがめた。

「使いこみがばれて『木佐里火』をくびになった馬鹿野郎が、店に乗りこんで桶《おけ》に一杯の油をぶちまけて、火をつけやがったんだ。火はあっという間に燃え広がり、逃げ場をなくした二階の客は、ほとんどが焼け死んでしまった」

そのときの客たちの恐怖を思うと、哀れでならなくなる。逃げ口を求めてさまよい、渦巻く煙のなか、絶望とともに次々に倒れていったのだろう。十三歳の官兵衛は、ひそかに涙したものだ。

「その大馬鹿野郎は、どうなったのですかいのう」

大蔵も憤《いきどお》りを表情に刻んでいる。

「すぐにつかまり、火あぶりの刑になりもうした」

さようか、と大蔵が安堵の色を浮かべた。

「だが福之助どの、その人形のおかげで命拾いをしたことになりますのう」

「まったくその通りですよ」

福之助が新しい手ぬぐいで汗をふいた。

「あのとき市松さんは、あっしらに危ないから行くなって必死に知らせようとしていたんですよ。もし知らせてもらえていなかったら、あっしらはとっくにこの世にいなかったでしょう」

福之助が穏やかに首を振った。

「市松さんにやさしくしておいてよかったと心から思いましたね」

「その市松人形は、今どうしているんだ」

「今も大事にしていますよ。いつもにこにことあっしを見守ってくれています」

ふう、と福之助が大きく息をついた。

「人形にやさしくしておくと、応《こた》えてくれるといいますが、本当ですね」

「人形だけじゃねえよ」

官兵衛は断じた。

「人だって同じさ。思いやりの気持ちを持ってやさしく接すれば、たいてい応えてくれるもんだ。諍《いさか》いやもめ事なんかも、滅多に起こらねえのに」

福之助、と官兵衛は呼んだ。

「できるだけ町の者に親切にするんだぞ。そうすれば、探索の際、町の者は必ず応えてくれるからな」

「ええ、よくわかっていますよ」

福之助が元気よく答える。

「思いやりの気持ちは、おとっつあんやおっかさんにも厳しくしつけられていますから」

さらに陽射しが強くなり、暑くてならないが、官兵衛の心のなかにはさわやかな風が吹いている。

この分なら、探索もうまくいく。
やつを必ず引っ捕らえることができる。

第四章　対決

一

正座しているのにも疲れた。

だいたい、どうしてこの糞《くそ》のような家のなかで正座をしなければならぬのか。

あぐらをかいた。目を閉じる。

裏目に出たかもしれぬ。

暗闇のなかで低くつぶやいた。漆喰《しっくい》の壁に溶けこむように声が吸いこまれてゆく。

顔がゆがんだ。それが、自分でもわかった。ぎゅっと握りこんだ拳《こぶし》を、ためらうことなくすり切れた畳に叩《たた》きつける。どん、という鈍《にぶ》い音とともに畳が揺れた。こんなことをしても意味がないのはわかっているが、体が勝手に動いていた。

それだけ悔しさが募ってきているということだ。
目をあけると、薄ぼんやりと浮かぶ床《とこ》の間《ま》が見えた。古ぼけた掛物が下がってい
る。筆の運びがとにかく稚拙《ちせつ》で、構図も平凡だ。深い霧のなか、山々をえぐるように
流れる滝川というものだ。素人《しろうと》が描いたのだろう。二束三文《にそくさんもん》にもなりはしない。この
家に残っているのも至極当然だ。
掛物の前には口が欠けた壺《つぼ》があり、一輪の花が挿《さ》してあった。
誰が生けたのか。風流を尊《たっと》ぶ者がこの家にはいただろうか。庭にあった花を切り取り、挿したのだろうが、ぞんざいな感は否《いな》めない。
床の間から目をそむけ、ごろりと横になった。腕枕をする。畳は妙に埃臭《ほこりくさ》い。この家に敷かれて、いったいどれだけの年月を経たものか。以前は天井もきれいだったのだろう。だが、今は見る影もない。泥で染めたかのようにひどく黒っぽくなっているし、今にも落ちそうなところもある。それだけでなく、小さな穴が至るところにあいている。
あの穴は鼠《ねずみ》がつくったのか。夜中になると天井裏が激しく鳴るが、あれはまちがいなく鼠の仕業《しわざ》だろう。出ていけと怒鳴りたくなる。
いや、鼠のことなどどうでもよい。問題は別にある。

沢宮官兵衛をなんとかしなければならぬ。そうしなければ、まずいことになりそうだ。

腕をがっちりと組んでみた。少しは波立った心が凪《な》いだような気がする。

やつを屠《ほふ》るのに、手立てを考えなければならない。

すでに考えついている策がないことはない。だが、それをそのまま使えるものか。もちろん詰めるべきことは詰めなければならないが、やつを仕留めるのには十分すぎるのではないか。

それにしても、と思う。いったいどこで歯車が狂ったのか。

俊明という年寄りを亡き者にしたその晩、町奉行所の誰が探索に当たるのか、どうしてか気になった。気になって眠れなくなった。こんなことを気にするなど、初めてだった。自分らしくなかった。どのみち町奉行所の者になど、つかまるはずがないのだから、気にする必要などないのだ。

そうは思っても、調べざるを得なかった。朝がきたとき、そうしないといけないような気分になっていた。いても立ってもいられない感じだった。朝餉《あさげ》など、のんびりとってはいられなかった。

落ち着かない気分で朝を待ち、あの場所に足を運んでみると、町奉行所から人数が出張り、調べに当たっていた。医者が俊明の死骸《しがい》の検死を行っていた。

沢宮官兵衛という定廻《じょうまわ》り同心が、任に当たっていることがすぐに知れた。町奉行所のなかでもあのあたりの野次馬にもよく知られているらしく、名が出てきたのだ。

町役人らしい者から事情をきいている沢宮官兵衛という町方役人の顔を目《ま》の当たりにしたとき、吐き気のようなものを覚えた。

あの場では、沢宮と一度、目が合った。やつはこちらの視線を敏感に感じたのだ。役者のような二枚目で、絵に描いたような優男《やさおとこ》だった。あれなら、よほど女にもてるだろう。さして剣が遣《つか》えるようには見えなかったが、目の輝き方からして、油断のならない男であるのは紛《まぎ》れもなかった。

やつは、きっとなにかしでかすのではないか。このまま放っておくと、とんでもないことになるのではあるまいか。そんな思いが心に巣くい、ぬぐいきれなくなった。

とんでもないことというのは、どういうことなのか。あの場を引きあげつつ、一人考えてみた。この俺がやつに捕らえられるということだ。

俊明という年寄りを殺《あや》めているのだから、むろん捕らえられるだけではすまない。獄門になる。刎《は》ねられた自分の首が、両側を土で固定されて獄門台にのせられるのである。考えるだに、いやな光景だ。

沢宮官兵衛という者がいくら切れ者で、この俺に吐き気をもよおさせるような男だとしても、そこまでのことができるとはとても思えない。

だが、それは心がそういうふうに思いたがっているだけのことだ。肌はすでに別のことを感じ取っている。あの男をなんとかしなければ、破滅が待ち構えていると教えているのだ。

今度は、しくじりは許されない。完璧《かんぺき》にことを運ばなければならない。

すでに準備はととのっている。これからあの場所に行ってみて、足りないところがないか、確かめるつもりだ。うまく誘いこめるか。それが最も肝心《かんじん》な点だ。それさえできれば、やつを殺すのは、さほどむずかしいことではない。

不意に脳裏《のうり》に、しわくちゃのばあさんの顔が浮かんできた。官兵衛の屋敷で働いているおたかというばあさんだ。

しなびたなすびのような体つきをしているにもかかわらず、恐ろしいまでの剣の強さだった。

だが、それも亭主が千秋余左衛門だったならば納得だ。千秋はあまり名を知られていなかったが、江戸でも五指に入る剣客《けんかく》だった。剣客の女房だからといってあそこまで強くなるものかと思うが、素質を見こんだ千秋に徹底して仕込まれれば、あれだけの腕を誇ることになってもおかしくはない。

今朝確かめてみたところでは、あのばあさんは官兵衛の日中の警護にはついていない。代わりについたのは神来大蔵だ。

あの男はおたかより強い。とにかく底知れないものを感じさせる。あるいは、底が抜けているのかもしれぬ。

しかし、大蔵が官兵衛にくっついているのは、好都合ともいえる。官兵衛とともにあの男を亡き者にできれば、例の刀を手にすることができるからだ。あの朱鞘の刀を大蔵は今、帯びている。

大蔵の刀が手に入れば、すべてそろう。ここまでたどりつくのに、思った以上にときがかかった。しかし、すべての苦労が報われるときがやってこようとしている。

大蔵の刀を手にしたら、すぐさままた甲府《こうふ》に戻る。

信じられないような大金が眠っているのは、甲府の南のほうだろう。甲斐の者に、峡南《きょうなん》と呼ばれている地にちがいない。山に分け入るのだ。そこに、この俺の人生を変えるものがある。

一刻も早く手に入れたい。

手中にしたあと、どうするか。

一つ、雄大な夢がある。

早くその瞬間を手にしたい。待ちきれなくなってきた。

大きく息をつき、すっくと立ちあがった。

沢宮官兵衛を殺す。神来大蔵も。

必ずやれる。

やってみせる。

二

京から出てきた以上、俊明がこの江戸のどこかに逗留《とうりゅう》していたのは紛《まぎ》れもないことだ。

宿を取っていたのか。知り合いのところに世話になっていたのか。

しかし、大蔵にはそれがどこだったのか、心当たりはまったくないそうだ。

「わしは、爺《じい》に江戸に知り合いがいるかどうか、定宿《じょうやど》にしていたところがあるかなど、さっぱり知りませんでのう。京より手ぶらでやってきたわけではなかろうから、そこにはきっと爺の遺品があるのでござろうがのう」

目に深い悲しみの色をたたえて、大蔵がいう。逗留先には、俊明を殺し、官兵衛や与力の新田貞蔵を襲ってきた例の男の手がかりにつながるなにかも、あるかもしれなかった。

俊明の逗留先を大蔵が知らない以上、見つけるのには相当のときを要するような気もするが、旅籠《はたご》なり知り合いなりが俊明が戻ってこないことを自身番、もしくは町奉行所に届け出るのはまちがいない。特に旅籠などは、そういうことは徹底されている。

官兵衛たちがしゃかりきにならずとも、俊明が逗留していたところは、いずれ判明するのではないか。だから、福之助には「俊明どのの足取りを追う」と答えていたが、自らの手で逗留先を見つけだすことに、さほどこだわりはなかった。

ただ、逗留先には大蔵のいう通り、俊明の遺品が残されているはずだから、大蔵のためにも一刻も早く見つけだしてやりたい。

だが、それ以上に官兵衛は例のあの男を引っ捕らえたくて仕方がない。どうすれば、あの男のもとへ迫れるものか。

一つ考えていることがある。それは、宝物庫を狙ったという忍びの者たちと大蔵を斬ろうとした頭巾の男のことである。大蔵によれば、長く太平が続いて久しい今の世だというのに、その者たちは本物の忍びにしか思えなかったし、頭巾の男も相当の手《て》練《だれ》だったとのことだ。おそらく仲間だろう。

その者どもと、俊明を殺したあの男が無関係のはずがない。大蔵の佩刀《はいとう》をめぐって、両者は結びついている。どうしてその両者が一体になっているのか。

大蔵ほどの腕の男を心から驚かせた者が、今の世にいる。このことがなにより大きい、と官兵衛は思っている。

戦国の頃ならばそれだけの技の持ち主はざらにいて、なんら珍しくはなかったのだろうが、今の時代では龕灯《がんどう》をいくつも当てられたかのように目立ってしまうのは当然のことだろう。

根気よく調べ続ければ、必ず見つけだせる。この平穏な時代に本物の忍びの技を身につけているなど、まさに妖異の者でしかない。この江戸でひっそりとした暮らしを送っているにしても、そういう異彩を放つ者たちは、どこかで世間の目に触れてしまうものだ。

そして、そういう者たちがいるという風評は、この江戸のどこかにきっと転がっている。その手の風評だけでも耳にすることができれば、それを足場に忍びの者どものもとにたどりつける。そのことはすなわち、例のあの男のもとへとつながるというわけだ。

官兵衛には大蔵にききたいことが、もう一つあった。それを口にしようとしたとき、唐突に福之助がたずねてきた。

「それで旦那、今どこに向かっているんですかい」

少し歩いただけですぐに道がわからなくなる官兵衛を、胸を張っていつものように先導している。

「なんだ、福之助、わかっていなかったのか。歩きだしたら、すぐさま俺の前についたっていうのに」

「旦那がどこに行こうとも、とりあえず先に立っておけばいいなと思ったんです。下手に歩かれて川にでも落っこちたら、たいへんですからねえ」

「今まで生きてきて、川にはまったことなんか、一度たりともありゃしねえ」

「これまでは平気でも、今日は落ちるかもしれませんぜ」

「縁起でもねえことをいうな。本当のことになったらどうすんだ」

たしなめるようにいったが、むろん官兵衛は笑みを浮かべている。

「すみません」

それでも福之助は肩を縮《ちぢ》みこませて頭を下げた。言霊《ことだま》というものを信じているのかもしれない。実際、官兵衛自身、言葉には不思議な力が宿っていると思っている。

「わしはありますよ」

うしろから、のんびりとした声を発したのは大蔵である。その声をきく限り、俊明を失った悲しみはだいぶ癒《い》えてきているようだが、どうだろうか。

「いつのことでござろう」

官兵衛は顔を向けてきいた。大蔵がにこりとする。

「京にいる頃のことにござるのう。といっても、そんなに前のことではござらぬ」

「どうして落ちたんですかい」

福之助が興味津々《しんしん》の顔できく。

「あれは、爺に連れられて出かけたときのことにござった。訪問先で茶菓子が出てきたのでござるが、それがこれまで食べたことがないほどおいしいものでござってな。舌がこのまま一緒に溶けてしまうのではないかと思えるほどにござったよ。その帰りにその茶菓子をもう一度、食べたいなあ、いつ食べられるかなあって思いながら歩いていたら、いきなり道が消えてしまい、気づいたときにはどぼん、と水のなかでござったよ」

「それは驚いたでしょうねえ」

「わしは、ああ、やっちまったと思っただけでしたけどのう、爺が大あわてでござったのう」

大蔵がしんみりとうつむく。

「爺には心配ばかりかけておりましたけど、結局、恩返しもできずじまいになってしまいましたのう」

「神来さま、なんていう川に落ちたんですかい」

福之助が大蔵の気持ちを盛りあげようとしてたずねる。

「京というと、行ったことのないあっしなんかは、鴨川《かもがわ》とか桂川《かつらがわ》を思い浮かべるんですけど」

「あと京で大きな川というと、宇治川《うじがわ》くらいのものですのう。わしがはまったのは、白川《しらかわ》という小さな川でしたがのう」

「白川というと、確か祇園《ぎおん》を流れているんですよね」

「祇園も流れていますのう」

「あっしは祇園に行って、御茶屋遊びをするのが夢なんですよ」

「ああ、とてもいいものらしいですのう。わしは御茶屋にあがったことは、ないのでござるがのう」

福之助が官兵衛に顔を向けてきた。

「旦那は京へ行ったこと、あるんですかい」

「ねえさ。江戸の定廻り同心にはまず無理だな。京どころか、これまでいちばん西へ行ったのは品川だ」

「えっ、あっしの実家のあるところがこれまでで一番ですかい」

「定廻り同心である以上、仕方ねえことだろうぜ。定廻り同心でなくとも、公儀に仕える侍は江戸を離れて外泊することも禁じられているから、どこにも行くことはできねえ。自由に行けるようになるのは、隠居してからってことになる」

「旦那、どうして外泊が禁じられているんですかい」

「旗本や御家人の本分は、上さまを守ることだ。よそに行って泊まっているときに、もし敵が攻めてきたら、上さまを守ることができねえだろう。不時のことに備え、旗本、御家人は常に江戸の屋敷にいる必要があるんだ。上さまを守るために、禄をいただいているんだからな」

「ああ、そういうことなんですかい」

福之助は納得顔だ。

「しかし、ちょっと窮屈《きゅうくつ》ですねえ。大名家も同じなんですかい」

「大名のことはよく知らねえが、勤番侍が江戸屋敷の門限に遅れると、なかに入れてもらえねえっていう話はきくな。門限はたいてい暮れ六つって決まっている」

「ええっ、暮れ六つですかい。そいつはまた厳しいですね。なかに入れてもらえないお侍方は、いったいどうするんですかい。旅籠にでも泊まるんですかい」

「田舎から出てきた勤番侍は金を持ってねえ。旅籠に泊まるのはまず無理だな。屋敷の門前で横になるっていうのが相場だ」

「門前て、そんな。あったかい時季ならまだいいですけど、冬はどうするんですかい。下手したら凍《こご》え死にしますよ」

「勤番侍が凍え死にしたって話もきかねえから、きっとなんとかなっているんだろう」

「なんとかなるもんなんですかねえ。氷が張るような寒い日に外で寝るなんて、ぞっとしませんねえ」

福之助がなにかに気づいたような顔つきになった。目の前に、よどんだ暗い川の流れが見えている。

「ああ、そうだ。旦那、どこに行くつもりなんでしたっけ」

「やっと思いだしたか」

福之助は官兵衛の言葉を待っている。食事を期待する犬のような顔をしていた。

「忍びのところだ」

「忍びですかい。前に、俊明さんの足取りを追うといってましたよね」

「ちと気が変わった」

さいですかいと福之助がいった。

「忍びって忍者のことですよねえ。どうして忍者のところに行くんですかい。いえ、待ってください。すぐにきいちまうのは悪い癖ですよね。常に自分で考えるようにしないと」

福之助が考えこむ。

「確か神来さまのいる神社の宝物庫が、本物の忍びに襲われたとのことでしたね。この太平の時代に本物の忍者なんか珍しい。逆に目立つってことで、旦那は調べようって考えたんじゃありませんかい」

「その通りだ。えらいぞ」

官兵衛は手を伸ばし、福之助の頭をごしごしとなでた。福之助は目をつむり、うっとりと気持ちよさそうな顔をしている。本当に犬みてえだな、と官兵衛は思った。

福之助がふと目をあけた。

「旦那は忍びに心当たりがあるんですかい」

「ねえことはねえ」

「忍者というと、伊賀《いが》と甲賀《こうが》が思い浮かぶんですけど、旦那が行こうとしているのはそのどちらかなんですかい」

「まあ、そうだ。伊賀のほうだな」

「伊賀者に知り合いがいるんですかい」

福之助は目を輝かせている。

「知り合いという者はいねえが、新田さまから紹介を受けた」

「どうして伊賀者のほうにしたんですかい」

「勘だ」

「勘ですかい」

福之助が目を宙に据《す》えて、首をひねる。

「実際のところ、伊賀者も甲賀者も似たようなものなのはわかっているんだ。地勢としても伊賀と甲賀は隣《とな》り合っているし、今では同じ忍びの末裔《まつえい》ということで、伊賀者と甲賀者はそれなりに仲がよいらしい。伊賀者を選んだのは、こっちのほうがいい話をきけそうだと思ったまでだ」

「町奉行所のお役人にとって、勘というのは大事なものでござろうのう。事件を解決に導く肝《きも》となることもありもうそう。沢宮どのは勘が実によく働きそうな面構《つらがま》えをしておるからのう」

「いや、そういうこともござらぬよ」

官兵衛が笑って否定したとき、福之助が口をだしてきた。

「もし旦那の勘働きがすばらしければ、道に――」

迷うことはないはずですよ、といいそうになったようで、福之助が口をつぐんだ。すまなそうに官兵衛を見る。官兵衛は、まあいいよ、という意味で笑ってみせた。

「道がどうかしましたかのう」

邪気のない顔で大蔵が問う。

このことについては、神来どのにはいっておこう、と官兵衛は腹を決めていた。用心棒をしてもらうあいだ、ずっと一緒にいるのだ。どのみち、ばれないわけがなかった。

「実は――」

官兵衛は大蔵に話した。

「それはまた……」

定廻り同心が道にすぐに迷ってしまうときいて、大蔵が目を丸くする。

「そのことは、番所のほかの方はご存じなのですかのう」

「知る者はおりませぬ」

ほう、と大蔵が感心したような声を放つ。

「そのようなことをわしに。感激ですのう。沢宮どのは、見習の頃から番所に出仕されているんですかのう」

「さよう、十二の歳からでござる」

「いま二十五とのことにござるが、これまで露見せずによくきたものですのう」

まったく、と官兵衛は答えた。

「運がよかったのでござろう」

「その運のよさは、これからもきっと沢宮どのを助けてくれるでござろうのう。もちろん探索にも」

官兵衛はにこりとした。

「そうであったら、とてもありがたいことにござる」

「旦那なら、なんの心配もいらないですよ。光背《こうはい》があるというのか、光り輝いている感じがしますからねえ。――でしたら旦那、向かうのは四ッ谷《よや》でいいんですかい」

「そういうことだ。四ッ谷に連れていってくれ」

ほとんどの伊賀者は、四ッ谷に組屋敷を拝領して暮らしている。官兵衛は、そのうちの一軒を訪ねるつもりでいる。懐《ふところ》には新田貞蔵の紹介状が大事にしまわれていた。

「合点承知」

福之助が勇んで、歩く速さをわずかにあげた。むろん、大蔵がついてこられる程度である。

「沢宮どの」

また大蔵が声をかけてきた。

「わしの刀をご覧になりたいのではござらんかのう」

ああ、そうだった、と官兵衛は思いだした。そのことを失念していた。最近はどうもこういうことが多い。褌《ふんどし》を締《し》め直さなければいけない。

「一度、見せていただいておりますが、もう一度見たいと思っておりもうす。やはりなにかあるのではないか、と思えてならぬものですから。神来どの、見せていただけますか」

「もちろんにござるよ。あの忍びどもが狙《ねら》ったと考えられる以上、この刀にはなにか秘密が隠されているはずにござるからのう。わしも実はあらためて確かめたのでござるよ。なにも見つかりませんでしたけどのう。――さて、どこがよろしいかのう。大《だい》道《どう》で刀を抜くわけにはいかぬですからのう」

歩を運びつつ、大蔵がきょろきょろする。

「あそこはいかがですかい」

福之助が指さす先に、こぢんまりとした原っぱがあった。家と長屋に囲まれているが、いずれも原っぱに背を向ける形で建っている。原っぱはふだん、このあたりの子供の遊び場になっているのだろうが、まだ四つ（午前十時頃）にもならないこの時間では、子供は手習の真っ最中で人っ子一人いなかった。少しだけ涼しさを覚えさせる風が吹き渡り、緑の草を揺らしているにすぎない。

いつしか空には雲が出てきており、太陽もすっぽりと隠れている。暑さはだいぶやわらいでいた。

官兵衛たちは原っぱに入りこんだ。長屋の路地に洗濯物が干されているのが、ちらりと見えた。

三人は草いきれでむんむんする原っぱのまんなかで、示し合わせたように立ちどまった。ここでよろしいな、というように大蔵がうなずき、刀をすらりと抜いた。

鋼《はがね》のすばらしさ、鍛《きた》え方のすごさをあらわしているのか、相変わらず刀身の光り方が際立《きわだ》っている。太陽がこの刀身に移ってきたかのような、すさまじい光り方をしているのだ。なにか霊魂のようなものが、この刀にはこもっているのではないか。じっと見ていると、そんな気持ちにさせられる。

穴山梅雪の佩刀という伝承のある刀だ。数ある京の神社仏閣のなかで、どうして萩山神社がこの刀の奉納場所に選ばれたか、それも知りたいと官兵衛は思っているが、俊明が殺されてしまった今、果たしてどうだろうか。

「茎《なかご》も見てみましょうかの」

大蔵が刀を空に向けて、手のひらで柄頭《つかがしら》を軽く叩いた。あっさりと柄がはずれ、茎がのぞいた。彫物がしてある。

「家紋ですね」

福之助がどことなくうれしそうにいった。うむ、と官兵衛は顎《あご》を引いた。

「三つ花菱《はなびし》というものだな」

山型に並んだ三つの菱形に、花の模様が施《ほどこ》されている紋である。

「紛れもなく穴山家の家紋ですね」

「そうか。詳しいな。たいしたものだ」

ほめると、福之助がにこにこと笑った。

官兵衛は彫物を凝視《ぎょうし》した。しばらく見つめ続けたが、茎になにか秘密が隠されているようには見えない。三つ花菱の家紋が精妙な技で彫りこまれているだけだ。

「わしも長いこと、ああでもない、こうでもないと見てみたんですがのう、なにもわからずじまいでござったよ」

あとは、彫物とは反対側に、近峰宗六という刀工の銘が無造作に刻まれているだけだ。こちらはなんの変哲もない。

雲の合間から太陽が顔をのぞかせた。間近で焚《た》き火をしているかのように、いきなり暑くなった。

「もうよろしいですかのう」

「もちろんにござる」

大蔵が刀を鞘《さや》におさめた。

「なにも見つからないのは残念でしたね」

「まあ、こういうのはよくあることだ。仕方ねえ」

「では、まいりましょうか」

福之助が張り切った声をだす。官兵衛がうなずいてみせると、大股《おおまた》に歩きだした。

この暑さをものともしていないところが、若さといえるのだろう。考えてみれば、官兵衛も小さな頃は暑さ、寒さはほとんど関係なかった。気にしたこともなかった。このなかでは福之助がいちばん子供に近いから、この暑さも平気なのだろう。

しばらく三人は無言で歩を進めた。あとどのくらいで四ッ谷に着くのか、官兵衛にはさっぱりわからない。厚い雲はどこかに消え去り、太陽はますます猛《たけ》っている。息がしづらいほどの暑さが官兵衛たちを襲っていた。江戸中の犬が、はあはあと苦しげな呼吸をしているにちがいなかった。

不意に、萩山神社という言葉が官兵衛の耳に飛びこんできた。暑さにやられたせいで幻聴でもきいたか、と思ったが、大蔵もはっとして、あたりを見まわしている。ききちがいなどではない。まちがいなく誰かが口にしたのだ。

今すれちがったばかりの二人組ではないか。官兵衛はすぐさま呼びとめた。二人の男が、えっ、という感じで振り返る。二人ともこの暑さのなかでも、きっちりと着物を着こんでいる。なにか御用でございましょうかというような柔和《にゅうわ》な表情で、官兵衛を見ている。物腰からして商人《あきんど》のようだ。番頭と手代といったところか。

官兵衛は二人をじっと見てから、口をひらいた。二人ともこの暑さのなか、汗をかいていない。涼しげな表情だ。

「いま萩山神社といったか」

「えっ、ええ、申しました」

年かさの番頭と思えるほうの男が小腰をかがめて答えた。

「それは京の萩山神社のことか」

「ええ、さようにございます」

「萩山神社を存じているのだな。行ったことがあるのか」

「いえ、行ったことはございません」

「それなのに、どうして知っている」

「はい。手前の知り合いのお寺に、萩山神社が勧請《かんじょう》されているからにございます」

勧請とは、神仏の祭神の霊を分けて他の場所に祀《まつ》ることをいう。

「江戸に萩山神社が勧請されている寺があるのか。どこだ」

男は寺の名を告げたあと、すらすらと道順を教えてきた。

「わかるか」

官兵衛は福之助に小声できいた。

「わかりますとも」

福之助もささやきで返してきた。

「ここからならけっこう近いですよ」

「なんなら、ご案内いたしましょうか。すぐそばですから」

笑みを浮かべて男が申し出る。

「実を申しますと、いま訪《おとの》うてきたばかりなのでございます」

官兵衛は男に笑顔を向け、小さくかぶりを振った。

「いや、そこまですることはない。忙しいところを呼びとめて、すまなかった」

「いえ、とんでもない。では、これにて失礼いたします」

男が辞儀する。もう一人の手代らしい男もていねいに腰を折った。きびすを返した二人は、強い陽射しを感じていないかのように歩きはじめた。

「今の二人、たいしたものでござるのう」

顔にあふれだしてくる汗を、福之助からもらった手ぬぐいで盛大にふきながら、大蔵がいった。

「まったくでござる。それがしも見習いたいくらいにござるよ」

官兵衛は福之助に先導させ、萩山神社が勧請されているという寺に向かった。

福之助のいう通り、寺はほんの三町ばかり行ったところに建っていた。

五段ばかりの階段の先に、立派な山門が設《もう》けてある。ただし、だいぶ古びている。

山門に掲げられた扁額《へんがく》だけは新しい。扁額には海山寺《かいざんじ》と墨書してある。

このあたりには、一度ならず来たことがあるような気がする。そのとき、ここは破れ寺だったような気がするが、いつしか住職が入ったということか。

「話をきくだけなら、町方でも寺社に足を踏み入れてもかまわないんですね」

福之助が確かめるようにきいてきた。

「その通りだ」

官兵衛はいい、大蔵に目を向けた。大蔵はあたりに油断のない視線を当てていたが、すぐにやさしげな顔をつくった。

「近くに怪しい者はおりませぬよ」

「ならば、まいろうか」

官兵衛は階段に足をのせた。踏み締めるように歩く。すぐに階段は終わり、山門で陽射しがさえぎられた。さすがにほっとする。

門はあいており、境内《けいだい》が見渡せた。あまり広さはなく、こぢんまりとしている。右手に鐘楼《しょうろう》があり、石畳が敷かれた正面に本堂が建っている。本堂の左側にある小さな建物が庫裏《くり》のようだ。いずれも古ぼけた建物だが、どことなく歴史を感じさせるものはある。庫裏のそばには、手入れのされた庭園がしつらえてあった。緑が深い寺で、さわやかな風が吹き渡っている。

「どこに萩山神社が勧請されているんですかいのう」

期待に満ちた声を発した大蔵が、官兵衛の肩越しに境内を眺めている。福之助も汗をふきつつ、境内を見渡していた。どこからか、箒《ほうき》で砂を掃《は》いているらしい音がきこえてきた。

とにかく、と官兵衛はいった。

「ここが無住の寺ということはないようでござる。話をきくことにいたしましょう」

三

山門を抜けると、また強い陽射しが降り注いできたが、樹木が深いこともあるのか、汗だくになるほどの暑さは感じなかった。木々の香りを一杯に含んだかのような風がさわやかで、むしろ汗が引いてゆく。

こういうのは助かるな、と官兵衛は肩の力を抜いた。大蔵も、木々というものはまことにありがたいものですのう、と柔和に顔をほころばせている。まったくですねえ、と福之助が相づちを打つ。

「木々の肌はいつも冷たいものですから、お日さまの熱をぐんぐんと吸ってくれるんじゃないですかねえ」

「なるほど、確かにそういうものかもしれませんのう。お日さまの熱がうまいものに感じられたら、わしも遠慮なくどんどんと吸いこむんですがのう」

官兵衛は二人のやりとりを耳に入れつつ、箒を使っている音がしている方向へ歩を進めた。それにしても、蟬《せみ》の鳴き声がかしましい。誰がいちばん大きな声をあげられるか、蟬同士、競っているかのようだ。

それでも箒の音はかき消されるようなことはない。本堂の裏手のほうから届いている。古ぼけてはいるが、最近、改築されたばかりらしい庫裏の横を通りすぎるとき、官兵衛は神経を集中してなかの気配を嗅《か》いでみた。そこに人がいるようには思えなかった。

大蔵はちらりと見ただけで、どうやらこちらは無人のようですのう、とのんびりとした声で伝えてきた。

境内はしっかりと掃除がされ、塵《ちり》一つ落ちていない。地面には箒の跡が、さざ波のようにきれいについている。

深い木々の向こうに望める、境内をぐるりと取り囲む土塀はずいぶんと高い。一《いち》丈《じょう》は優にあるのではないか。塀の上のほうが陽射しを浴びて鈍く輝いているように見えるのは、あの塀がつくられてからまだ間もないからだろう。いや、まだ今もつくっている最中のようだ。端のほうで、左官職人が鏝《こて》を使い、ていねいに仕事をしているのが眺められる。

塀も山門の扁額も、新しい住職を迎えたことで、新たにつくり直したにちがいない。

本堂の裏手にまわりこむと、そこには作務衣《さむえ》を着た寺男《てらおとこ》らしい男がいて、箒で地面を掃き清めていた。そこに来た途端、蟬の鳴き声が遠ざかったような気がした。

男は官兵衛たちを認めると手をとめ、人のよさそうな笑みを浮かべて、ていねいに辞儀をしてきた。

官兵衛は寺男らしい男に静かに近づいた。大蔵と福之助がうしろについている。立ちどまり、官兵衛は名乗った。寺男らしい男がまた頭を下げる。

「これはご苦労さまでございます。手前は、当寺の寺男をつとめさせていただいている磐造《ばんぞう》と申す者にございます。どうぞ、お見知り置きを」

官兵衛は磐造に、大蔵と福之助を供《とも》の者であると紹介する。磐造は大蔵を珍しそうに見たが、なにもいわなかった。人のよさそうな目をしているだけだ。

「ちと話をききたいのだが」

「はい、なんでしょう」

町方同心が来ることなど滅多《めった》にないだろうが、その思いをあらわすことなく寺男ははきはきといった。

「こちらには、京の萩山神社が勧請してあるときいたが、まことかな」

「はい、確かに勧請させていただいております」

「どこにあるのかな」

「では、手前がご案内いたします」

「かたじけない」

磐造が一礼してから、まいりましょうか、とゆっくりと体をまわし、歩きだす。官兵衛たちは庫裏の裏手に連れていかれた。

深い茂みがこんもりとある手前に鳥居が立ち、茂みの向こう側に小さな祠《ほこら》がたたずむように設けられていた。

鳥居の前で頭を下げてから、官兵衛たちは祠に近づいた。まだ建てられてから間もないようだが、小さな本殿が精妙につくられている。

大蔵がまじまじと見ている。

「ふむ、なつかしいですのう」

感極まったような声をあげる。

「あの、お侍は萩山神社をご存じなのですか」

磐造が大蔵に意外そうにたずねる。

「わしは、萩山神社でずっと暮らしておりましたからのう」

「えっ、さようでございますか」

さすがに磐造は目をみはっている。

「暮らしていたとおっしゃると、萩山神社の宮司《ぐうじ》さまご血縁のお方にございますか」

「血縁かどうかはよくわかりませんがのう、物心ついてからずっと爺には世話になっておりもうしたよ」

「爺、といわれますと」

ちょうどよい、と思って官兵衛は割りこんだ。

「おぬし、萩山神社の宮司を存じているか」

磐造が官兵衛に向き直る。

「ええ。俊明さまにございます。つい先日、前触れもなくおいでになりましたから、びっくりいたしました」

「ほう、俊明どのはこの寺を訪ねてきたのか。用事は」

磐造が首をひねり、思いだすような仕草をする。

「どうも人捜しのようにございました」

「この男を捜していたのか」

官兵衛は懐から、先夜襲ってきた男の人相書を取りだした。磐造が食い入るような目を当てる。大きくうなずいた。

「はい、さようにございます」

「この男、俊明どのを手にかけた」

「えぇっ」

磐造が驚きに体をのけぞらせる。

「まことですか」

「まことにござるよ」

横から厳しい目で大蔵が告げる。

「おぬし、この男に心当たりがあるか」

官兵衛にきかれ、磐造が考えこむ。なにか口にしようとした。大蔵がちらっと官兵衛の背後を気にした。その数瞬のちに、官兵衛のうしろから穏《おだ》やかな声が発せられた。

「磐造、どうかしたのですか」

官兵衛はすぐさま振り向いた。住職らしい男がにこやかな微笑を口元に浮かべ、静かに立っていた。太陽が映《うつ》りこむほどきれいに剃《そ》りあげられた頭は鉢形《はちがた》をし、目は生き生きと輝いている。上質そうな袈裟《けさ》をまとい、手にはいかにも使い慣れているらしい数珠《じゅず》を巻いている。

「ああ、ご住職、こちらの沢宮さまが」

そういって磐造が住職に、官兵衛たちがどういう用事で来たか、説明した。住職が顔をゆがめる。

「磐造、いま俊明さまが殺されなさったといったのかな」

「はい、申しあげました。沢宮さまは、俊明さまが殺された一件でこちらに見えた由《よし》にございます」

なんということだ、と呆然《ぼうぜん》とつぶやいて住職が力なく首を振る。

「こんなところではなんですので、本堂のほうにどうぞ。涼しいですから」

住職がいったとおり、本堂内は涼しさが満ちていた。大気がひんやりとしており、外の暑さが嘘としか思えない。

「さて、いったいどういうことにございましょう」

承連《しょうれん》と名乗った住職が正座すると同時にきいてきた。背後の文机《ふづくえ》に、読みかけらしい書物がのっている。

「断言できますが、この男に殺されたのでござる」

官兵衛は人相書をあらためて承連に見せた。承連が唇を噛《か》んで、首を上下させた。

「この男は、俊明さまも捜しておられた。俊明さまがお持ちになっていた人相書とはちがうようですが」

「ご住職、この男に心当たりは」

「いえ、残念ながらありません。俊明さまも同じことをおききになったのですが」

わずかに沈黙が流れた。さようですか、と官兵衛はいった。もうここにいる意味がなくなったような気がしたが、このまま帰るのではあまりにもったいない。

「ご住職、どうして、こちらに萩山神社が勧請されているのでござろう。このお寺と関係が深いのでござろうか」

「ああ、はい、それでございますか」

沈黙が破れて、少しほっとした様子の承連が説明をはじめる。

「萩山神社の別宮のご神体は、十一面観音像なのですが、沢宮さまはご存じですか」

官兵衛は知らなかったが、代わりに大蔵が、うんうんとうなずいた。

「それはもう、よく知っておりもうすぞ」

大蔵に穏やかな眼差《まなざ》しを送って、承連が続ける。

「もう二百年以上も前のことですが、京に滞在されていた承完上人《しょうかんしょうにん》さまとおっしゃる高僧が萩山神社にお参りされた際、それまで悩んでいた胃の腑の痛みがすっと消え、嘘のように治ったそうにございます。萩山神社の宮司さまにそのことをお伝えすると、それはきっとご神体のお力でしょうね、と笑ってお答えになった由にございます。それだけの霊験《れいげん》を自分の寺にも、とお考えになった承完上人さまが、当寺に萩山神社を勧請なされたのでございます」

「ほう、病を治してくれるありがたい観音さまがご神体ですか。評判になったのではないですか」

承連が苦笑を頰《ほお》に刻む。

「確かに、なったこともあるそうにございます。人々が押し寄せたという話も伝わっております。しかし、どうも長続きしなかったようですね。承完上人から四世あとのご住職が、これはお名を伏せさせていただきますが、派手に散財されて莫大《ばくだい》な借金を抱え、当寺が賭場《とば》になるなど、やくざ者に食いものにされたことがあったそうですから」

「やくざ者に食いものに。さようにござるか。確か、こちらは、廃寺になっていたのではないですか」

官兵衛は承連にただした。

「はい、おっしゃる通りにございます。しかし、歴史のあるお寺を荒れ果てたままにしておくのは忍びないということで、相模《さがみ》より手前が住職として赴任し、こちらを再建することになりました。萩山神社の本殿も新しく造り直しました」

「それは、最近のことでござるな」

「はい、まだ半年足らずにございます。相模でお世話になっていた檀家の方々にさまざまな援助をしていただきまして、ようやくここまでこぎ着けました」

承連が感慨深げに外へと目をやる。官兵衛もつられるように見た。庭に面した板戸が大きくひらかれている。よく手入れされた草木は、さんさんと注ぐ陽射しに負けることなくみずみずしさを保っている。寺のぐるりを取り囲む高くて新しい塀が陽射しをはね返し、緑濃い葉を鈍く照らしている。あの塀にしても、だいぶ金がかかっているのはまちがいない。

官兵衛は承連に目を戻した。

「寺男の磐造も、相模から来たのでござるか」

「さようにございます。愚僧と一緒にまいりました」

「率爾《そつじ》ながら、御住職たちは相模のどこからいらしたのでござろう」

「大磯《おおいそ》にございますよ」

「大磯でござるか。東海道《とうかいどう》の宿場町でござるな。海がすぐそことき いてござる。東海道沿いの松並木が実に美しいらしいとも、耳にしておりもうす」

「ええ、さようにございます。あの松並木は何度歩いても、心が洗われるような風情《ふぜい》でございますな。風がやさしく、緑の色がついているようにさわやかでございます」

承連は心なしかうっとりしている。

「大磯には、なにか名物はござるのか」

「愚僧はまったく食しませんが、魚はなんでもおいしいとの評判にございます。特に鯵《あじ》とかしらすとか」

鯵としらすは好物だ。官兵衛は唾《つば》がわきそうになったが、ここで語るような話題ではない。これ以上、承連と話をすることもなさそうだ。深く礼をいって、立ちあがった。

「あの、俊明どのの葬儀はいかがされましたか」

承連が官兵衛を見あげて、たずねる。

「もう無事にすませました。こちらの神来どのが喪主になられた」

「さようにございますか」

承連が目を閉じ、合掌《がっしょう》する。官兵衛たちもこうべを垂《た》れた。

これから俊明のために経をあげるという承連の見送りを受けて、官兵衛たちは石畳の上を歩いた。

官兵衛としては、寺男の磐造に話をききたかった。さっき、いいかけたのはなんだったのか。その磐造の姿は境内にはない。境内のどこからも箒の音はきこえてこない。

官兵衛は、振り返り振り返りしながら山門を出た。階段を降りようとして顔を前に戻すと、参道に立つ磐造の姿が視野に入りこんだ。先ほどと同じように箒を持っているが、手は動いていない。強い陽射しを浴びて、磐造の足元には濃い影ができている。

階段を降りきって、官兵衛は参道に出た。途端に光の筒にくるまれたような気分になった。体中から汗が噴《ふ》きだしてくるのに、そんなに時間はかからないだろう。

「なにか話があるのではないか」

磐造の前に立って、官兵衛はきいた。磐造が顎を上下させる。

「ええ、さようです」

「こいつのことだな」

官兵衛は人相書を手にして磐造に確かめた。はい、と磐造が大きくうなずく。

「その男なのですが――」

そこで磐造が言葉を切った。官兵衛はじっと待った。福之助も大蔵も黙って磐造を見つめている。

磐造が決意したように唇を動かした。

「もしや見たことがあるかもしれません」

「どこでかな」

官兵衛は勢いこむことなく、静かな口調でたずねた。

「少し離れていますが、剣術道場にございます」

「ほう、道場か。なんという道場かな」

「若松道場でございます」

最近、この名を耳にしたばかりだ。福之助も同じような表情をしている。

「若松道場というと、若松丹右衛門どのの道場だな」

千秋余左衛門がそうだったように、今の江戸で五指に入るといわれている剣客である。四人のやくざ者をあっという間に懲《こ》らしめた晴吉という若者が、丹右衛門の中間《ちゅう げん》としてそこで修行している。晴吉が若松道場に入門したのは、仇討《あだうち》を考えているからではないか、と官兵衛は思っている。

「若松道場でこの男を見たのか」

官兵衛は確かめた。

「はい、どうもそんな気がしてなりません。俊明さまがいらしたときは、まったく思いださなかったのですが、先ほどこちらの人相書を目の当たりにして、そうではないかと確信を抱きました。ええ、まちがいありません」

磐造が、口から唾を飛ばしかねない勢いでいう。よほど自信があるにちがいない。

官兵衛はあくまでも冷静にきいた。

「この男をいつ見た」

「ほんの一月《ひとつき》ほど前でございます。道場の看板の横の戸口から出てまいりました。稽《けい》古着《こぎ》の入っているらしい風呂敷包みを担《かつ》いでいましたから、門人かもしれません」

今でもこの人相書の男は、門人として若松道場にいるのだろうか。あの棒手裏剣《ぼうしゅりけん》に縄がついたような得物《えもの》は、実は若松道場で会得《えとく》したものではないのか。

「磐造、よく思いだしてくれた」

「いえ、なんでもありませんよ。お役に立ちそうですか」

「きっと立つ」

「ありがとうございます。御上にお力添えができるのなら、これ以上の喜びはございません。どうか、よろしくお願いいたします」

磐造が深々と頭を下げる。その姿勢のまま言葉を続ける。

「俊明さまは、実におやさしいお方でございました。殺されたときいて、今でも信じられない気持ちで一杯でございます。どうか、俊明さまの仇《かたき》を討ってくださいまし」

顔をあげた磐造の目尻には、涙がたまっている。今にも落ちそうになっていた。

「うむ、よくわかった」

官兵衛はいって大蔵に視線を流した。大蔵は目をかたく閉じ、涙をこらえるような顔つきだ。まぶたの裏に俊明の面影《おもかげ》を引き寄せているのかもしれない。

官兵衛は若松道場の場所をきき、深く礼をいってから、磐造に別れを告げた。

「では、まいりますよ」

力のこもった声を放ち、福之助が官兵衛の先導をはじめる。大蔵が汗をふきながら、よたよたとついてくる。

「ところで、わしはしらすというものを食べたことがないのですがの、そんなにうまいものなんですかのう」

さっきまでまるで元気がなかった大蔵がいきなりこんなことをいいだしたから、官兵衛は面食らった。振り向いて大蔵を見やる。俊明のことを無理に頭から押しだすようにしているのが、少し苦しげな表情から知れた。

「しらすでござるか。俺は釜揚げしか知らぬが、うまいと思うな。特に大根おろしと一緒に食べるのが好きだ。絶品といってよい」

「旦那は大根おろしですかい。あっしは生《なま》に醤油《しょうゆ》を垂らして食べるのが、いちばん好きですねえ」

「ほう、生でな。そんな食べ方があるのか」

「あれ、旦那、知らないんですかい」

「ああ、生は食ったことがねえ」

「そうかもしれないですねえ。なにしろしらすは足がはやいですから、湊《みなと》近くでしか食べられないんでしょう」

「あのう、福之助さんは生のしらすをどこで食べたんですかいのう」

「品川ですよ」

「福之助さんの実家がある町ですのう。品川に行けば、生のしらすを食べさせてもらえるんですかのう」

「しらすがあがりさえすれば、大丈夫だと思いますよ。しらすは夏もとれますから、今もきっと食べられるでしょう。この事件が解決したら、あっしが神来さまをおいしい店にお連れしますよ」

「そいつはありがたし」

目がひときわ強く輝き、大蔵が二つの拳をぎゅっと力強く握りこんだ。

「それでは生のしらすのために、一所懸命、働くことにいたしましょうのう」

そうはいうものの、大蔵が俊明の仇討のために働こうとしているのは、誰の目にも明らかだった。

「今の海山寺という寺をわしは知らなんだが、爺はよく知っている様子にござったのう」

「萩山神社が勧請されている寺ということで、ご存じだったんでしょうね」

福之助がいうと、大蔵が大きく顎を引いた。

「京のことしか知らないように見えた爺が、江戸のことを知っていたなんて、わしにはちと意外ですのう」

「俊明どのは、京を出たことがなかったのでござるか」

「ほとんどなかったと思いますのう。わしのそばを離れることは、滅多になかったですからのう」

「それだけ神来さまを大切に思われていた証《あかし》でしょうね」

福之助がしみじみといった。大蔵ががくりと首を折って、ため息を漏《も》らす。

「わしはやはり、大きなしくじりをしてしまいましたのう。爺のもとを飛びだすなんて真似は、してはいけなかったんでしょうのう」

人の死は運命づけられている、と官兵衛は思っている。もし大蔵が萩山神社から出《しゅっ》奔《ぽん》しなかったとしても、俊明の運命にさほど大きなちがいはなく、そんなに遠くない将来に、なんらかの理由でこの世を去っていたのではなかろうか。

以前、こんなことがあった。辻駕籠《つじかご》に乗ろうとして別の客とかち合い、譲ってあげた女がいる。駕籠を譲られた男は深く礼をいって乗りこんだが、半町ほど走ったところで坂を暴走してきた大八車に突っこまれ、駕籠は粉々になった。駕籠かきの二人はかろうじて難を逃れたが、客の男はぼろ切れのようになって死んだ。譲ったほうの女は地面にへたりこむほど驚いたし、駕籠を譲ったことに自責の念も覚えた。だが、それ以上に、自分が生きていることに喜びを感じた。

女はこれからは決して駕籠には乗るまいとかたく心に決めたのだが、それから三日後、道を歩いているとき、不意に倒れかかってきた材木の直撃を受け、即死したのである。材木を管理していた大工が咎《とが》めを受け、牢に入っている。

死んだ女は官兵衛の縄張内で小料理屋を営んでいた女将《おかみ》だったが、これなどは、死神に魅入られていたとしか思えない。女将が仮にどのような手段をとったとしても、死から逃れられなかったのではあるまいか。

だが、このことを官兵衛は口にする気はなかった。いったところで、大蔵の慰《なぐさ》めになるはずもない。

四

「こちらですよ」

福之助が声をあげた。海山寺から五町ばかり北へ来ただろうか。小禄の武家が住まう屋敷と狭い町屋が立てこみ、至るところで入りまじっているような町だ。ここがなんという町なのか官兵衛にはわからないが、そんなのはどうでもよい。町名など、あとで福之助にきけばすむ。

遠慮なく打ち合う竹刀《しない》、腹に響くほとばしる気合、床板を踏みしだく足音が耳を打つ。いかにも活気に満ちあふれている。戸口の横に掲げられた看板には、『鏡映流《きようえい》』と意外にやさしげな文字で墨書されている。道場の雰囲気からして、もっと荒々しい字体がふさわしいのではないかと思うが、このあたりは、道場主の性格があらわれているのかもしれない。

二間ほどある広い戸口を入る。左右の壁一面に下駄箱が設《もう》けてあるが、数え切れないほどの草履《ぞうり》や雪駄《せった》が整然と置かれている。こいつはすごいですねえ、と福之助が言葉を漏らす。正午までまだ少し間がある刻限というのに、大勢の門人が稽古にすでにやってきている。これで仕事を終えた者たちが来る刻限になったら、どれだけの数の履物が並ぶことになるのだろうか。

福之助が道場内に向かって声を放つ。すぐに若い門人が汗を手ぬぐいでふきつつ、姿をあらわした。官兵衛は、おっと声を漏らした。目の前に出てきたのが、仇を追っているはずの中間晴吉だったからだ。

晴吉のほうも官兵衛たちを認めた。

「その節は、ありがとうございました。ああ、もしや、あの件でいらしたのですか」

官兵衛はにこやかに笑った。

「おめえさんはなにもしちゃいねえ。からかった遊び人どもを追い払っただけのことじゃねえか」

「でも、刀を抜いてあの人たちの髷《まげ》を落としました」

「なあに、あのくらい、あんな連中にとっちゃあ、なんてことはねえさ。日常茶飯事ってやつだ。気にすることはねえ」

晴吉がうなだれる。

「しかし、あのあと、お師匠さまに叱《しか》られました。おまえの腕なら刀でなんとかするのはたやすいが、抜かずになんとかするのが男というものだ、と」

官兵衛は目を細めて苦笑した。

「俺がおめえさんほどの腕を持っていたら、やっぱり抜いちまうだろうなあ。そのほうが手っ取り早いし、なによりああいう連中には薬になる。あいつらはもう二度と、同じような真似はせんだろう」

その言葉をきいて、晴吉が顔をあげた。

「ありがとうございます。でも、やはりこれからはお師匠さまのお言葉を肝に銘ずることにいたします。――それで今日はなにか」

福之助が、道場主か師範代にお会いしたいといった。

「いま探索している件で、少しききたいことがあるものですから」

「はあ、探索されている件ですか」

この道場に探索できくようなこととはなんだろう、といいたげに少し怪訝《けげん》そうな顔をしたが、晴吉は、今うかがってまいりますからしばらくお待ち願えますか、といって視野から消えていった。

たいして待たされることはなかった。外の地面で餌《えさ》をついばみにやってきた小鳥が再び空へ飛びあがったほどの時間である。

「道場主がお会いになるそうです。おあがりください」

下駄箱に雪駄を預けると、官兵衛たちは晴吉の先導で道場内を歩いた。長方形をした道場は広く、板敷きの床は百畳は優にあるのではないか。防具に身を固めた大勢の門人たちが、一心不乱に稽古に励んでいる。官兵衛たちが目に入っていないかのようだ。道場内には、肌が引きつるような緊張感がみなぎっている。

こういう道場の門人は、ひときわ早く伸びるものだ。官兵衛が通っていた千秋道場も同じ雰囲気があった。残念ながら、官兵衛の腕前は期待したほどには伸びなかったが、これは素質の問題だから仕方なかろう。それでも、千秋余左衛門は官兵衛の腕を最大限にまで高めてくれたはずだ。それが今、捕物の際にひじょうに役立っている。

道場内を歩きながら、福之助はどこかうっとりとした風情だ。どうしたんだ、こいつはと内心で首をかしげたが、すぐに官兵衛はその理由を覚《さと》った。汗のにおいが一杯に満ちているが、きっとそのせいだろう。男臭さに福之助は酔っているにちがいない。

やっぱりこいつはその気があるのではないか、と官兵衛は疑わざるを得ない。だが晴吉がすぐそばにいるのに、そんなことを口にするわけにはいかない。

道場の端に、住居への出入口があった。晴吉がこちらにどうぞ、といって官兵衛たちを案内する。

出入口の先には、十間はある長い廊下があった。三寸ばかりの幅がある六枚の床板が、まっすぐ延びている。最初の角を右へ曲がると、そこから廊下は、日当たりのよい縁側に変わっていた。左側に、木々と石が計算されて配置された美しい庭が眺められる。練達の職人によってしっかりと手入れがなされているようで、見ていて気持ちがよくなる庭だ。

縁側の突き当たりの部屋の前で、晴吉がようやく足をとめた。この家は、大身《たいしん》の旗本屋敷並みに広い。

そういえば、若松丹右衛門はどこかの大名から扶持《ふち》をもらっているのではなかったか。詳しいことは忘れてしまったが、その扶持を後進のために役立てているという話を、官兵衛はきいたことがある。

「お連れいたしました」

腰高障子《こしだかしょうじ》越しに、晴吉が声をかける。入っていただきなさい、と温和な声が返ってきた。失礼いたします、と晴吉が襖《ふすま》を音もなく横に滑《すべ》らせる。部屋は八畳間である。腰高障子を抜けて入りこむ明るさが、穏やかな波のようにゆったりと満ちていた。

それにもかかわらず、あまり暑さは感じない。秋のようなさわやかさが、この座敷にはあった。庭で蟬も激しく鳴いてはいるものの、さほどうるさくは感じない。

文机の前に、若松丹右衛門とおぼしき老人が一人、こちらを向いて座っていた。やせており、しかも小柄だ。巨体の大蔵の半分くらいしかないのではないか。どんぐりのような形をしたまなこをしており、そこに宿る光は好々爺《こうこうや》を思わせるほどにやさしい。白い眉毛が山羊《やぎ》のひげのように垂れ下がっており、それがさらに人柄を柔らかなものに感じさせている。

丹右衛門はずいぶんとくつろいだ様子で、のんびりとした気のようなものを官兵衛は覚えた。江戸でも屈指の剣客だけに、冒《おか》しがたい威厳のようなものを全身に漂わせているのではないかと思っていたが、当てが外れた。

ただ、大蔵だけは丹右衛門に対してなにか別のものを感じているようで、感激の面《おも》持《も》ちをしている。顔がわずかに紅潮していた。高名な剣客を前にして、気持ちが張り詰めている。

「どうぞ、こちらに」

丹右衛門が悠揚とした風情で手招く。失礼いたします、といって官兵衛たちは丹右衛門の前に進み、正座した。すぐさま名乗り、福之助と大蔵も紹介する。丹右衛門も、微笑とともに静かな声で名乗り返してきた。

いったんどこかに下がっていた晴吉が再びあらわれ、官兵衛たちの前に湯飲みを置いた。すぐに下がろうとするのを丹右衛門が引きとめ、ここにいなさい、といった。晴吉が丹右衛門のかたわらに正座する。

どうぞ、ご遠慮なく召しあがりくだされ、と丹右衛門が官兵衛たちに茶を勧め、自ら湯飲みを傾ける。それを見て官兵衛たちも湯飲みの蓋《ふた》を取り、茶を喫《きっ》した。そんなに熱くしていない茶はこくがあり、甘みをともなった苦みが口のなかをさわやかに洗ってくれる。知らず嘆声がこぼれ出る。

「これはおいしいですのう」

ごくりと喉仏を上下させて、大蔵が顔をほころばせる。茶のおかげで、少しは気がゆるんだようだ。

「お口に合いましたか。それは重畳《ちょうじょう》」

大蔵を見つめて、丹右衛門が口元に笑みを浮かべた。

「神来どののといわれたが、これはまたたいした腕前の持ち主でいらっしゃる」

「先生こそ、すごい腕ですのう。それがし、先生のような腕の持ち主には初めてお会いしましたぞ」

「剣はどこで」

「京でござるよ」

「ほう、上方のお方ですか。何流を会得されてござるのかな」

大蔵が悠然とかぶりを振る。

「流派というものはござらんですのう。あえていうならば、我流にござるよ」

丹右衛門が目を丸くする。

「我流でそこまで。それはすごい。神来どのはまさに天才にござるな」

「天才ですかのう。だが、先生に勝てる気はちっともいたしませんのう」

丹右衛門が、ふふ、と笑う。

「それは、それがしも同じでござるよ。神来どの、それでは、このの ち勝負といきますかな」

それをきいて、大蔵が腰を浮かせた。幼子のような邪気のない笑顔になっている。

「まことにござるか。それはうれしいのう。こんなに強いお方と剣をまじえられるなど、滅多にあることではないのう。天にものぼる気持ちにござるよ」

「それがしもうれしゅうござる。だが、その前にすませておかねばならぬことがあるようですな」

丹右衛門が官兵衛に視線を移した。

「お話をききたいとのことだが」

はい、と官兵衛はいって、湯飲みを茶托《ちゃたく》に戻した。懐から例の男の人相書を取りだし、ご覧ください、と丹右衛門に差しだす。手にした丹右衛門が顔から少し離して、人相書を熟視する。さすがに眼光鋭く、官兵衛は名高い剣客らしさを垣間《かいま》見たような気がした。

「その男に見覚えはござらぬか」

丹右衛門が目をあげた。

「どういうことにござろう」

「こちらの門人におりませぬか」

丹右衛門が人相書に目を落として、じっと考えこむ。

「ふむ、おらぬな。だが、それにしても、よく似ておる」

「似ているというと、誰にでござろう」

「晴吉」

官兵衛の問いには答えず、丹右衛門が晴吉に人相書を見るようにいう。一礼して丹右衛門から受け取り、人相書に目を当てた。瞬時に顔色が変わる。

「こいつは」

「よもやこの男が晴吉どのの仇だと」

晴吉がはっとして官兵衛を見る。

「お気づきでしたか」

「仇というと、晴吉どのの血縁の誰かをこの男が」

晴吉が大きくうなずく。

「はい、父にございます」

「いきさつを話していただけるか」

晴吉が許しを請《こ》うように丹右衛門に顔を向けた。丹右衛門が話してやりなさいといわんばかりに、顎を大きく上下させる。

それまでずっと黙っていた福之助が晴吉に湯飲みを渡し、飲むようにいった。晴吉がありがたく茶をもらい、唇と喉を湿らせる。湯飲みを茶托に置いて、話しだす。

「きっかけは釣りでした」

晴吉の父親である泉吉《せんきち》は府中《ふちゅう》の富農の当主で、釣りが大の趣味だった。よく一人で山奥にまで足を延ばしていた。

ある春の日、泉吉は八王子《はちおうじ》の山に出かけた。そこは岩魚《いわな》や山女《やまめ》などの宝庫で、よく釣れる穴場だった。いつしか天狗《てんぐ》が出るという噂《うわさ》が流れた山で、あまり人が入らなくなっており、魚が人ずれしておらず、いつも釣果《ちょうか》はすばらしかった。

その日も多くの魚を釣りあげることができ、泉吉は満足して帰路についたはずだった。

それが、いきなり八王子の町なかで侍に因縁をつけられて斬り殺された。侍は、釣りの邪魔をしおって、といい放って、無慈悲に刀を振るったという。

泉吉は一刀のもとに殺され、八王子の宿場役人から知らせを受けた晴吉たちが駆けつけたときには、番屋のなかですでに冷たくなっていた。

泉吉を殺すやいなや侍はその場から足早に立ち去っていたが、近くで大勢の者が見ていたために、かろうじて人相書だけは描くことができた。町人たちの報を受けた宿場役人は侍のあとをあわてて追ったそうだが、つかまえることはできなかった。そのときにはとうに侍は姿を消してしまっていた。

父親の仇討を決意した晴吉はすぐに御上に働きかけ、仇討免状を手にした。これさえあれば、仇を討っても罪にはならない。

侍が泉吉を殺したときに江戸の言葉を使ったのは、殺害の場に居合わせた者たちの言で明らかになっており、晴吉は一人、侍を追って江戸に出てきた。しかし、泉吉が与えられた傷からして、侍が相当の腕を誇っているのはまちがいなく、晴吉自身、府中の道場で剣術を習っていたとはいえ、もし仇を見つけだしたとしても、このままでは返り討ちに遭《あ》うのは必定《ひつじょう》だった。

晴吉は通っていた道場の師範に若松道場を紹介してもらい、事情を話した上で丹右衛門の入門許可を得た。そして丹右衛門の教えを受けながら、仇捜しをはじめたのである。それが二年前のことだ。

「この男、なにをしたのですかな」

人相書に厳しい目を当てて、丹右衛門が官兵衛にきいてきた。官兵衛は、男がどういうことをしてのけたか、簡略に語った。

丹右衛門が白い眉を寄せ、顔をしかめる。

「神来どのの親代わりのお方を手にかけ、それに飽きたらず、沢宮どののたちをさらに襲ったとは……」

「それがしも許す気はありませぬ。必ず捕らえます」

宣するようにいって、官兵衛は軽く咳払《せきばら》いした。

「実は、この人相書の男がこちらの門人ではないか、という者がいたのでござる」

「まさか」

晴吉があっけに取られる。

「もしそれが事実であれば、それがしがとうに斬っています」

丹右衛門が晴吉のあとに言葉を続ける。

「当道場には三百人からの門人がおる。それだけにすべての顔と名を覚えるのはたやすくはないが、それがしは全員の顔と名を覚えている。当道場に、この男はいない。門人ではないと断言できるでしょうな」

こうまではっきりといわれては、官兵衛もうなずくしかない。

「誰がそのような根も葉もないことをいったのかな」

丹右衛門にきかれ、官兵衛は、先ほど訪れたばかりの海山寺の寺男の顔を思い浮かべた。あの磐造という男は嘘をついたのか。それとも、単なる見まちがいにすぎないのか。

しかし、磐造はわざわざ山門の外で官兵衛たちを待ってまでして、この道場で姿を見たと人相書の男のことを伝えてきた。よほどの確信がない限り、そこまでいわないのではないか。見まちがい、というのは考えにくい。

磐造は嘘をついたのか。それとも、丹右衛門のほうが偽りをいっているのか。

しかし、人相書の男は晴吉の仇で、捜し求めている相手だ。この道場の門人であると考えるほうに無理がある。

あの男は、と官兵衛は磐造の顔を脳裏に浮かべた。どうして嘘をついたのか。俺たちをこの道場に来させたかったのか。もしそうだとしても、それはいったいなんのためなのか。官兵衛には意味がわからない。磐造に確かめなければならない。もう一度、海山寺に足を運ぶ必要があった。

官兵衛は顔をあげて丹右衛門を見た。

「申しわけないですが、それを口にすることはできませぬ」

「ああ、さようにござろうな。つまらぬことを申した。忘れてくだされ」

官兵衛は頭を下げた。

「もう一つ、ききたいことがあるのでござるが、よろしいか」

「遠慮なくどうぞ」

丹右衛門が微笑とともに答える。

「棒手裏剣に長い紐《ひも》がついた得物にござるが、それについてなにかおききになったことはござらぬか」

丹右衛門が興味深げな顔になる。

「その得物は、距離のあるところから投げつけて相手に突き刺しても、それと知られずに引き抜けるようになっているのでござるな」

「さよう。闇討ちのための得物にござろう」

「相手に近づかずとも殺すことができ、しかもなにを用いて殺したか、わからぬというのは、探索する側にとって、大きな壁になりもうすな」

「その通りにござる。ただ、もうこの人相書の男がそういう得物を用いたとわかってござるゆえ、逆に手がかりとなっておりもうす」

なるほど、といって丹右衛門はしばらく考えこんでいた。

「申しわけないが、そういう得物について、きいたことはござらぬ」

官兵衛はうなずいた。

「もう一つ。決して若松どのの言葉を疑うわけではありませぬが、他の門人たちにこの人相書の男を見たことがないか、ききたいのです。お許しをいただければ、今すぐにでも当たりたい」

「そのくらいかまいませぬよ。存分にやってくだされ。わしのほうからも、皆に申しますでな」

丹右衛門がこころよくいってくれた。

「かたじけない」

官兵衛は深く頭を下げた。

「では若松どの、これにて失礼いたします。お忙しいところ、ごていねいに応対してくださり、感謝いたします」

「なんの。このくらい、当たり前のことにすぎぬよ。心残りは、神来どのとの勝負ができそうにないということにござる」

「申しわけないが、それは後日ということでお願い申しあげます」

「それはもちろんにござるよ。仕事が優先されるのは当然のこと」

明るい声でいって、丹右衛門が大蔵に目を向ける。

「神来どの、必ず立ち合いましょうぞ」

大蔵がにかっとする。

「それがし、待ち遠しくてなりませぬよ」

「首を長くして待つのも、楽しみの一つにござろう。神来どの、また後日」

「はい、そのときはよろしくお願いいたしますぞ。のう」

二人のやりとりをそこまで見守って、官兵衛はすっくと立ちあがった。福之助と大蔵が続く。三人はもう一度礼をいって座敷をあとにした。丹右衛門に言い含められた晴吉がついてくる。官兵衛たちは再び長い廊下を歩き、道場に出た。道場では、相変わらず激しい稽古が続いていた。

官兵衛たちは、むっとした熱気のなかを進み、晴吉の紹介で次々に門人たちに人相書を見せていった。その最中、福之助がまたもうっとりした顔つきになっていることに、官兵衛は気づいた。こいつは、と思ったが、気にしても仕方ないので、できるだけ福之助のほうを見ないようにした。

五十人を超える者に人相書を見せていったが、人相書の男を目にしたことがあるという者は一人としていなかった。

やはり、やつはこの道場の門人ではない。出入りしたことすらもない。官兵衛はそう確信を抱いた。

官兵衛たちから解き放たれて、再び稽古をはじめた門人たちの気合が道場に満ちる。緊張のみなぎった喧噪《けんそう》を背に受けて、官兵衛たちは戸口を抜け、路上に立った。外は外で、ひどい暑さに支配されていた。太陽は地上の物すべてを焼き尽くそうとするかのように、さらに活力を増している。地面から、もわっとした熱が立ちあがり、体にじんわりと巻きついてくる。汗が一気に噴き出てきた。

官兵衛は晴吉に向き直った。

「晴吉どの、お力添え、感謝する」

「いえ、結局、なにもお力になれなかったようですね」

「いや、そんなことはない。俺たちの仕事は、消す、というのも大事なことだ。この道場が関係ないことがはっきりしたということも、一歩前に進んだといってよい。──では、晴吉どの、これで失礼する。やつについてなにかわかったことがあれば、必ず知らせるゆえ、待っていてくれ」

「ありがとうございます。よろしくお願いいたします」

晴吉がていねいにいう。

「おめえさんのほうでもわかったことがあれば、必ず知らせてくれ。焦るんじゃねえといっても、無理かもしれねえが、できれば一人で人相書の男を始末しようだなんて、考えんでくれ。俺は、おめえさんの大願が成就するように力添えをしてえと思っている」

「承知いたしました。沢宮さまに必ずお知らせするようにいたします。やつを見つけたとき、心の臓がはねあがるでしょうが、そこで焦ってしくじるよりも、沢宮さまにお知らせするほうがよりよい結果につながると思います」

晴吉がきっぱりといった。官兵衛はそれをきいて安堵《あんど》した。晴吉にほほえみかけて歩きだそうとしたが、すぐにとどまった。

「晴吉どの、少し気にかかっていることがあるのだが」

「はい、なんでございましょう」

晴吉だけでなく、福之助と大蔵もききたげな表情をしている。

「殺された日、お父上は八王子の山に入って釣りをされたといったな。その山には、天狗がいるとの噂があった」

はい、と晴吉が小さく顎を動かす。

「その噂は噂にすぎぬのかな」

「えっ、どういう意味でございましょう」

「お父上は、その山で本当に天狗を見たのかもしれぬぞ」

「ええっ」

晴吉が目をみはる。官兵衛は、自らの顎を手のひらでひとなでした。汗がぽたぽたとしたたる。どうぞ、と福之助が新しい手ぬぐいを貸してくれた。官兵衛はありがたく受け取った。首の汗をぬぐったが、やはりふき心地は最高だ。洗って返すからな、といって手ぬぐいを袂《たもと》に落としこんだ。

「晴吉どの、俺にはこの人相書の男が釣りの邪魔をされたという理由で、人を殺《あや》めるとはとても思えぬのだ。お父上を殺したのにはそれなりの理由があったのではないかと俺は思っている」

「それが天狗ということですかい」

横から福之助が言葉をはさむ。

「うん。とにかくその山で、お父上は見てはならぬものを見てしまった。だから、口封じをされた。釣りの邪魔というのは、方便にすぎねえんじゃねえかな」

晴吉が呆然としている。

「父はいったいなにを見たのでしょう」

もしかするとそうではないか、と官兵衛は思い当たっていることがある。

「天狗と山伏は同じ格好をしているだろう」

「は、はい」

山伏という言葉が唐突に出てきて、晴吉が戸惑《とまど》う。

「忍びの者は山伏から起こったともいわれている。つまり天狗と忍びは一筋の線でつながっている。――実をいうと、こちらの神来どのは本物の忍びに遭遇されている」

「えっ、まことでございますか」

晴吉が瞠目《どうもく》し、大蔵を見る。

「さすがに神来どのだけあって、無傷だった。お父上は、釣りに入った山でその忍びの者たちを見てしまったのかもしれぬ」

「となると、天狗の噂というのは、故意に流されたものかもしれませんね」

勘よく福之助がいう。

「ああ、天狗の噂というのは、人を遠ざけるために古来よりよく使われる手だ。この人相書の男も、それを狙って天狗の噂を流したにちがいなかろう」

晴吉がごくりと唾を飲んだ。

「父は、忍びの巣を見てしまったということになりますか」

「うむ、十分に考えられる」

「父を殺した男は、忍びの者なのですか」

官兵衛はかぶりを振った。

「かもしれぬ。俺がやつに襲われたことがあるのは先ほど話した通りだが、そのとき、やつは忍びの技など用いなかった。だが、忍びに通ずるにおいを放っていた。やつと忍びにつながりがあるのは紛れもねえ」

「どんなつながりでしょう」

「それを明かしてえ」

「ならば、その忍びの者たちのことを、まず調べるおつもりですか」

「なかなかいい勘をしているな。そういうことだ。忍びの者たちを調べてゆけば、やつのもとに導かれるのではないかと、俺は考えている」

官兵衛はわずかに声の調子をあげた。

「晴吉どのお父上の死を、無駄にすることがねえようにしなければな」

「できれば、それがしもお手伝いしたいのですが、探索の仕事というものをしたことがなく、足を引っぱるだけになってしまうでしょう」

官兵衛は晴吉の肩を叩いた。

「俺たちにまかしておけ。餅《もち》は餅屋ということわざもある。必ずやつのもとにたどりつき、引っ捕らえてやる」

辞儀して見送る晴吉と別れ、官兵衛たちは歩きはじめた。

「旦那、どこに行くんですかい」

「福之助、わからねえか」

福之助はほとんど考えなかった。

「さっきの海山寺という寺ですね。もう一度、磐造さんに会って話をきくんですね」

そういうことだ、と官兵衛はいった。

「やつがもし故意に嘘をついたのなら、どうしてそんな真似をしたのか、知りてえからな。嘘をつくことで、やつにとってなにか利があるのかどうか。――福之助、道は合っているか」

「ええ、合っていますよ。このまま行けば海山寺です」

福之助は笑って答えたが、すぐに表情を引き締めた。大蔵は汗を盛大に流しつつ、相変わらずうしろをよたよたとついてきている。福之助からもらった手ぬぐいはすでにぐっしょりとなっており、大蔵は二度ばかりしぼっている。しかし、目だけは油断なくあたりに配っており、官兵衛を襲おうとする者あらば、身を挺《てい》して守ろうとする意志が、くっきりと瞳に刻まれていた。

「神来どの、喉は渇《かわ》かぬか」

さすがに大蔵の汗のかきすぎが気の毒になって、官兵衛はきいた。

「ちと渇きもうしたのう」

大蔵が、ふう、と吐息を漏らし、舌をだした。暑さにやられた犬のような表情だ。

どこかに井戸でもないか、と官兵衛が見まわしたとき、ちょうど向こうから水売りがやってきた。ひゃっこい、ひゃっこいと声を張りあげている。二つの桶《おけ》を天秤棒《てんびんぼう》で担いでおり、前の桶には滝水と記された看板がつけてある。

官兵衛は呼びとめた。

「三杯、頼む」

ありがとうございます、と水売りが桶を静かに地面に置く。前の桶には看板だけでなく、小さな屋台のようなものも取りつけてあり、そのなかに金《かね》製の茶碗や砂糖がしまわれている。水売りは柄杓《ひしゃく》で桶の水をすくい、茶碗に手際よく入れてゆく。

官兵衛たちは喉を潤《うるお》した。水売りが売る水は掘抜井戸の冷たい水のはずだが、さすがにこの暑さのせいで冷たさは失われている。それでも、渇いた喉をするするとくぐり、体にしみ渡ってゆく。

我知らずため息が出そうだ。わずかな甘さが感じられるのは砂糖が入っているためだ。官兵衛は疲れがすっと抜けてゆくような心持ちになった。

「神来どの、もっと飲まれるか」

「よろしいですかのう」

むろん、といって官兵衛は水売りにおかわりを頼んだ。大蔵は結局、五杯飲んだ。

「せっかく飲ましてもらったというのに、すぐに汗として出ていってしまうと思うと、申しわけない気持ちがわいてきますのう」

「気にされるな」

水売りが全部で二十八文だというから、官兵衛は支払った。ありがとうございます、と水売りが深く頭を下げる。

「礼をいうのはこっちのほうだ。助かったぜ」

水売りと別れ、官兵衛たちは厳しい暑さのなかを歩き進めた。

五

ここですよ、と福之助がいったが、官兵衛はその前に足をとめていた。

眼前に、ほんの一刻ばかり前にくぐり抜けた山門が建っている。日の長い時季だというのに、太陽はすでに傾いてきているようで、先ほどははっきりと見えていた扁額の文字が、今は見えにくくなっている。立派でいかめしい門も影が濃くなってきたせいで、古ぼけた感じが強くなっている。

ときのたつ早さを思い知らされる。それでも、暑さはちっともやわらがない。太陽のめぐりとともに風がやんでしまっており、蒸してきていた。蟬たちもこの暑さにげんなりしているのか、境内から鳴き声はほとんど響いてこない。

いや、響いてこないのは、山門が閉まっているせいか。まるで官兵衛たちを拒絶しているかのように、寸分の隙《すき》もなくがっちりと閉ざされている。

門を閉めたのは、おそらく磐造だろう。官兵衛たちがやってくるのを予期して、入れないようにしたのだろうか。町方役人としては相手が寺の場合、門を閉じられてしまえば、どうしても二の足を踏む気分がある。寺は寺社奉行の差配の下にあるという思いは、ぬぐいようがないのだ。

しかし、ここでためらってはいられない。どうしても磐造に会っておく必要があった。なぜ人相書の男とはまったく関係ない若松道場で見たなどといったりしたのか、ききださなければならない。

腹に力をこめて、官兵衛は五段ある階段をのぼりはじめた。福之助と大蔵がついてくる。ちらりと振り返って見たが、のんびりした様子の福之助に対し、大蔵は厳しいまなこをしている。ゆっくりと歩を運びつつも、山門の向こうの気配を嗅いでいるようだ。

階段をあがりきった官兵衛は、門を押してみた。だが、閂《かんぬき》がはまっているらしく、門はきしむように動くだけだ。門の横にくぐり戸が設けられているが、こちらも桟《さん》がおり、あきそうな気配は一切《いっさい》ない。

だからといって、塀を乗り越えるわけにはいかない。そんなことをすれば、さすがに寺社奉行から咎《とが》めがあるだろう。それに、この寺の塀はひじょうに高くて、もともとそんな真似はできそうにない。忍びの者ならなんとかなるにちがいないが、自分たちには梯子《はしご》がなければまず無理だ。

官兵衛は、どんどん、と強く門を叩いた。今のところ、手としてはこれしかない。しばらく待ったが、なかから応《こた》えはない。もう一度、叩こうとしたとき、門をじっと見ていた大蔵が官兵衛を制するように口をひらいた。

「誰か来ますぞ」

官兵衛は耳を澄ませた。確かにきこえる。

「足音からして、先ほどの寺男のようにござるのう」

「どちらさまにございましょう」

門の向こうから声を発したのは、紛れもなく磐造である。官兵衛は名を告げた。

「ああ、これはお役人」

弾《はず》んだ声が届くや桟がはずされる音がし、くぐり戸がすっとひらいた。磐造が顔をのぞかせる。いかにも誠実そうで人のよさげな顔をしているが、油断はできない。なにを考えているか、知れたものではないのだ。

「いかがでしたか」

磐造が勢いこむようにきいてきた。目を輝かせている。

「人相書の男は、若松道場に出入りしていたでしょう」

確信のこもった声でいう。白々《しらじら》しいことを、と官兵衛は思った。にらみつけたくなるのを我慢し、できるだけ冷静な口調を心がける。

「その件で話をしたいと思って、また足を運ばせてもらった」

「ほう、さようにございますか」

官兵衛の声音に厳しさが宿っているのを覚り、少し不審そうな顔になる。

「お入りになりますか」

「うむ、入らせてもらおう。そのほうが落ち着いて話ができそうだ」

どうぞ、と磐造がくぐり戸を大きくひらく。大蔵が巨体を折り曲げてまず入り、おいでくだされ、という声をきいてから官兵衛は境内に足を踏み入れた。そのあとに福之助が続く。

先ほどと同じように、やや強い風が吹き渡って木々を揺らしていた。だが、あたりにこもる暑気を飛ばすまでには至っていない。

「あの、もしや、いなかったのでございますか」

磐造がくぐり戸を閉める。桟はおろさなかった。

「ああ、そういうことだ」

「そんな馬鹿な」

叫ぶような声を発して、磐造がきゅっと眉根を寄せる。石畳を踏んで、本堂のほうへとゆっくりと歩きだす。

「手前は、あの男を若松道場でまちがいなく見ました」

「門人たちにきいたが、人相書の男を見た者は一人としておらぬ。おぬしは嘘をついたのか、それとも――」

「嘘などついておりません」

必死の顔でいって、磐造が困ったように下を向く。

「もしや手前は見まちがえたのでしょうか。戸口を出てきた男は、人相書に描かれていた男だと思ったのですが」

　わけがわからないというように首をひねる。

「人相書の男は、若松道場と関わりはない。断言できる」

「せっかくお役に立てると思ったのですが、さようですか、手前の見まちがいだったのですか」

　肩を落として磐造が本堂の前で足をとめた。官兵衛たちも立ちどまる。大きく張りだした屋根で陽射しがさえぎられ、少しだけ暑さが遠のいた。

「磐造、おぬしは見まちがえたというのだな」

「はい、決して嘘などつきませぬ。そのようなことをして、手前にいったいどんな得があるというのでございましょう」

　官兵衛自身、迷いはじめている。怪しいと思ってこの寺に乗りこんでみたものの、確かに嘘をついたところで、磐造には得になることなどなにもなさそうだ。

　ふう、と磐造が息を漏らし、腰につり下げた手ぬぐいを使って額《ひたい》をこする。もっとも、汗などほとんどかいていない。暑さなどどこ吹く風といった、涼しげな顔をしている。

　この男は何者なのだろう、とふと官兵衛は思った。僧侶が汗をかかないのは納得できるが、寺男までもというのは腑に落ちない。

官兵衛は、はっとした。きつい視線を磐造に浴びせる。磐造は別に体をかたくするようなこともなく、平然と官兵衛を見返している。その態度には、傲岸《ごうがん》さすら覚えた。本性をあらわした感じだ。

この男はつまり忍びなのか。となると、人相書の男を見たという嘘に、なんらかの意味があるのではないか。

この場に、と官兵衛は慄然《りつぜん》として覚った。俺をおびき寄せるためか。

「どうやら気づいたようだな」

本堂のほうから声がかかった。きき覚えのある声だ。官兵衛は、さっとそちらを見た。大蔵と福之助も顔を向けている。

本尊の前に、一つの影が立っていた。本堂がひどく暗いせいで、顔の造作《ぞうさく》がほとんどわからない。官兵衛は懐に手を入れ、大事にしまってある十手《じって》を握ったまま男を凝視した。目が慣れるにつれ、暗さの幕が取れるように男の顔がじんわりと見えてきた。まちがいない、人相書の男だ。甚太郎という町人の言をもとに福之助が筆を執った人相書だったが、よく描けている。

どんぐりのような形をしたまなこに薄い唇、高い鼻、ふっくらとした頬。甚太郎は、鳥が羽ばたいているように耳が前を向いていましたよ、といったが、まさにその通りの耳をしている。

これだけ人相書がよくできていれば、本堂の男が焦るのも当たり前だろう。もしこうして姿をあらわさなかったにしても、官兵衛たちは、確実に男のもとにたどりついていたはずだ。それもそう遠くない将来に、である。

「あの野郎」

福之助が腕まくりをして、息巻く。

「旦那、ふんづかまえましょう」

だいぶたくましくなったとはいえ、福之助はまだまだなまっちろい腕をしている。この腕でやつをとらえるのはむずかしい。

大蔵がいつでも刀を引き抜けるように鯉口《こいぐち》を切り、官兵衛を守るようにのっそりと前に出てきた。

それとほぼ同時に男が本堂の床板を踏み、こちらに進んできた。はっきりと顔が見えるところまで来て、足をとめる。磐造を見て、すっと手をあげた。

それを合図に、磐造が音もなくその場を離れ、駆けはじめた。猿《ましら》のような身ごなしで、とめる暇《ひま》はなかった。磐造はあっという間に山門に達し、くぐり戸の桟をおろした。こちらに向き直り、にやりと笑った。

――くそっ、はめられた。

官兵衛の心に苦い思いが走る。

「ほう、我らを閉じこめるつもりでいるのかのう。つまり、ここで殺してしまおうという魂胆にござるのかのう」

大蔵がのんびりとした声音《こわね》をだす。

「四方を囲む塀があれだけ高いのは、そういうことにござろうのう。となると、次にあらわれるのは、当然のことながら……」

大蔵はわくわくしているようだ。その悠揚迫らぬ態度に、波立っていた官兵衛の心は落ち着いた。これなら大丈夫だ、生きてこの場を出られる、との思いが胸に満ちてくる。

いや、そんなのでは駄目だ。あの男を捕らえなければならぬ。

官兵衛たちをこの場におびき寄せたことを、後悔させなければならない。策士、策に溺《おぼ》れる。この言葉の意味を、牢屋でじっくりと嚙み締めさせなければならなかった。

一人、福之助だけは少しうろたえているようだ。腕まくりしていた袖が、力なく下がってきている。

「案ずるな」

官兵衛は励ました。

「俺たちは負けやしねえ。正義は必ず勝つもんだって決まっているんだ。いいか、福之助、こいつは、やつを引っ捕らえるこれ以上ねえ機会だぞ」

「さいですね。逃がすもんですかい」

福之助が男をにらみつけて、懐から十手を引き抜いた。気迫を顔にみなぎらせている。ときおりひ弱さを感じさせることがまだあるが、福之助はかなり男らしくなってきている。

本堂の男が懐から得物を取りだした。例の縄がついた棒手裏剣である。官兵衛を見て、目尻のしわを深めている。余裕の笑みを浮かべているのだ。

官兵衛は十手を離し、腰の長脇差《わきざし》に手をそえた。懐の十手は、捕物十手ではない。おのれの身分を示すような代物にすぎず、戦うのに適したものではない。ここは長脇差のほうがよい。だが、それでもやつは自分の手には負えないのではないか。頼りは、やはり大蔵ということになる。

「沢宮どの」

大蔵が声をかけてきた。

「あの男の面倒をしばらく見ておいてくれますかのう」

大蔵の目は人相書の男を捉えている。

「どういうことにござろう」

「ちと、大人数が出てきそうな気配にござるゆえ、わしはそちらのほうをまとめて世話しなければならぬ」

「大人数というと、やはり忍びの者どもでござろうか」

「そういうことになりもうそうのう」

大蔵がにこにことする。

「実を申せば、あの磐造という男が、お入りになりますか、といったとき、わしはなんとなくいやな予感がしたのでござるよ。貝地岳神社でまみえた忍びと同じ気配を嗅いだような気がしましたからのう。迂闊《うかつ》にも最初にここにやってきたときは、気づきませんでしたがの。にもかかわらず、沢宮どのが境内に入るのをなぜとめなかったかというと、おもしろそうなことが起きるのではないかと思ったからにござる」

官兵衛はその言葉をきいて、にこりとした。

「神来どのがおとめにならず、よかった」

「ほう、沢宮どの、余裕にござるのう。さすがにござるよ」

「いや、余裕などござらぬ。しかし、どのみち、やつとは遅かれ早かれ決着をつけねばならなかった。その機会がこんなに早くやってきたことに、それがし、意外にも心が躍《おど》っているのでござる」

　大蔵が破顔する。

「それだけ落ち着いていれば、十分にござろう。とにかくあの男を頼みもうしたぞ」

「まかせてくだされ」

　官兵衛は長脇差をすらりと抜いた。かすかに入りこむ光を弾いて、刀身が鈍いきらめきを帯びる。と同時に大蔵が官兵衛の背後に素早くまわった。敵は官兵衛の背後から来ているらしい。

「ほう、やっぱりあらわれたのう」

　大蔵のうれしそうなつぶやきが耳に届く。官兵衛はそちらに顔を向けようとした。

「おっと、沢宮どの、危のうござるぞ。今はあの男に集中してくだされ。少しでも油断すれば、棒手裏剣が飛んでくるゆえのう」

　官兵衛はごくりと唾をのみ、あらためて男を見つめた。男の右腕がわずかにあがっている。確かに今、棒手裏剣を投げつけようとしていたのではないか。危ないところだった。大蔵に注意されなければ、あっさりと殺られていたかもしれない。

「沢宮どのに教えておきますがのう、わしのほうには、十人ばかりの忍びがあらわれたのでござるよ。正確にいうと、十一人でござるがの。すべて正真正銘《しょうしんしょうめい》、本物の忍びにござる。あの磐造も、いつの間にやら忍び装束をまとってござる。もう顔を隠す気はないらしく、誰一人として、忍び頭巾《ずきん》はかぶっておらぬよ。おっと、この寺の住職も一緒にござるのう。なるほど、袈裟よりも忍び装束のほうがずっと似合っておるのう。おっ、まだ見覚えのある顔がいましたぞ」

大蔵が誰のことをいわんとしているのか、官兵衛はすぐさま解した。

「萩山神社が勧請されていると、この寺のことを教えた二人組の商人もまじっているのではござらぬか」

「さすがに沢宮どの、たいしたものにござるのう」

「となると、あの萩山神社の祠も、急ごしらえの偽物か」

とにかく、あの男らはこの寺に官兵衛を誘いこむことが目的だったのだ。もしかすると、大蔵もその的《まと》だったかもしれない。佩刀を奪うためだ。

しかし、この境内に閉じこめて殺すつもりでいるのなら、どうして最初の訪問の際に襲いかかってこなかったのか、という疑問がわく。襲う気なら、別にあのときでもかまわなかったのではあるまいか。

油蟬が鳴きはじめた。その最初の一匹が口火となり、次々にほかの蟬たちもかまびすしく鳴きだした。

その声で、官兵衛は思いだした。あのときは、ぐるりを取り囲む塀の普請の音が響いていた。つまり、まだ完全には態勢がととのっていなかったのではないか。

今はもうその音はきこえない。つまり、官兵衛たちが若松道場に行って戻ってくるあいだに、態勢はきっちり仕上がったというわけだ。この寺のどこを探しても、抜けられるような隙はないということだろう。

あの男は自信満々でいる。しくじりという言葉は頭にないはずだ。官兵衛は、本堂に一人立つ男をにらみつけた。なんとしても、捕らえなければならない。

「官兵衛どの、来ますぞ」

背後で大蔵がいった。福之助がそちらを見、はっと息をのんだ。

綱が断ち切られるような、びしっという音がした。同じ音がいくつも連続する。忍びたちから何本もの矢が放たれたのは、いわれずとも官兵衛にはわかった。

「動かれるな」

大蔵が厳しい声を発する。

「わしにまかせなされ」

びしり、ばしっ、という音とともに、矢が地面に叩きつけられているのがわかる。何本かは官兵衛の間近をうなりをあげて通りすぎ、本堂の階段に突き立ったりしたが、それらを大蔵はあえて打ち落とさなかったようだ。官兵衛や福之助に当たりそうな矢だけを刀で叩き落としたらしい。

「また矢がきますぞ」

今さっきと同じ音がまたも立ち、矢が襲いかかってきたのがわかった。大丈夫とわかってはいても、ついそちらを見たくなる。思い切り目を大きく見ひらいた福之助の顔が、官兵衛の視野の端に映りこんでいる。見たいという気持ちを抑えこみ、ここは大蔵のいう通り、目の前の男に集中しなければならない。大蔵がまかせておけというのだから、その言葉にしたがうほうがいい。

またも大蔵の刀が矢を的確に叩き落とし、打ち払った。官兵衛たちに当たりそうな矢は、一本たりとも通さないという大蔵の気迫が伝わってくる。

懲《こ》りもせずに三度目の矢が放たれた。そのときはじめて、本堂の男が動いた。手にした棒手裏剣を官兵衛めがけて投げつけてきたのだ。

落ち着け。自らにいいきかせて官兵衛はじっと見極めることに精神を集中した。あっという間に視野のなかで巨大になった棒手裏剣を、ここだ、と心中で気合をこめて長脇差で打ち払った。重い手応えとともに、がきん、と音がし、棒手裏剣が目の前ではねあがる。それがすっと引かれ、男のもとに戻ってゆく。男は難なく棒手裏剣を手にした。

官兵衛の背後では、大蔵がまたもすべての矢を打ち落とした。間髪いれず、再び忍びどもから矢が放たれる音が届いた。これが四度目だ。大蔵の疲れを狙っているのか。確かに十本以上の矢を打ち払うというのは、恐ろしいほど心が疲れるだろうが、大蔵は決して音《ね》をあげたりはしないだろう。神来大蔵というのは、そういう男だ。

背後で忍びどもが矢を放った直後、福之助が、あっと声をあげた。本堂の男の横に別の二人の忍びが音もなく立ち、例の男を含めた三人が同時に棒手裏剣を投げつけてきたのだ。

どうすればいい。官兵衛は瞠目した。今は三本の棒手裏剣を見極めるしかない。棒手裏剣はごていねいにこちらの顔、胸、腹と狙っていた。官兵衛としてはできれば身を伏せたかった。だが、そんなことをしたら、大蔵に当たってしまう。

官兵衛は、間に合わぬかと思いつつ、長脇差を横にさっと動かした。顔と胸を狙ってきた棒手裏剣はなんとか払いのけることができた。しかし、腹をめがけてきた棒手裏剣は柄で打ち払おうとしたものの、うまくいかなかった。やられたと思った瞬間、がちん、と鈍い音が立った。腹に刺さりそうになっていた棒手裏剣は官兵衛の足元に落ちていた。それがさっと引かれ、視界から消えてなくなった。どういうことだ、と官兵衛にはわけがわからなかった。

そばに福之助が立っている。顔は蒼白だ。唇を引きつらせているのは、どうやら笑おうとしているのだ。手にはかたく十手が握られている。その腕が細かく震えていた。

「おめえか、今の」

福之助ががくがくとうなずく。

「ええ、あっしですよ。信じられませんけど、うまくいきましたよ」

「助かった。感謝するぜ」

「来ますぞ」

大蔵の声が官兵衛たちにかかる。官兵衛たちは顔をあげ、本堂の男を見つめた。棒手裏剣を手に、そこに立ったままだ。平静を装ってはいるが、内心はいまいましくてならないのではないか。まさか今の攻撃をはねのけられるとは。悔しげなその思いが伝わってくるような気がする。

官兵衛の背後に位置する十一人の忍びたちが矢をあきらめ、斬りかかってきたようだ。

「迎え撃ちますぞ。沢宮どのたちは、そこを動かず、やつを抑えておいてくだされ」

大蔵がだっと走りだしたのが、足音で知れた。その動きを福之助が目で追っている。あっ、とまたも唇から悲鳴が漏れた。

「神来さま」

「どうした、福之助」

「神来さまが消えちまいました」

「なに」

「穴に落っこちたようです」

「なんだと」

「落とし穴です」

境内にはそういう穴がいくらでも掘ってあるのではないか。だが、穴が掘ってあるだけではあるまい。穴には先を鋭利にとがらせてある杭《くい》が何本も地に打ちつけられて、天を向いているはずだ。

そこに落ちたのだ、無事なはずがない。官兵衛は暗澹《あんたん》たる気持ちになった。大蔵は死んでしまったかもしれない。

「用心棒がいなくなってしまったな。沢宮官兵衛、この期《ご》に及んでは、もはやじたばたするな」

ふふ、と男が笑う。官兵衛は唇をなめた。

「そうはいくか。俺は往生際《おうじょうぎわ》の悪さで知られているんだ」

官兵衛は長脇差を正眼に構えた。背後では、忍びたちがそろそろと官兵衛に寄ってこようとしているのが気配からわかった。

いきなり、うっ、という声を官兵衛はきいた。ぎゃっ、という声がそれに続く。

「神来さまっ」

福之助が歓喜の声をあげる。

「生きてますよ、しかも忍びを二人も倒しました。いや、三人、四人」

落とし穴にはまり、体を杭に貫かれたはずの大蔵が生きている。官兵衛は見たくてしようがなくなった。その衝動に逆らわなかった。

大蔵が刀を猛然と振るっている。忍びたちは立ち向かおうとしているが、大蔵の気迫に押され、徐々に後退してゆく。大蔵が逃さぬとばかりに刀を振るう。血しぶきがあがり、忍びが音を立てて地面に倒れこむ。

残りが五人になって、ついに忍びたちは逃げはじめた。その際、一人が落とし穴に落ち、かすかな悲鳴を発した。百舌《もず》の速贄《はやにえ》となった姿が見えるようだ。

四人の忍びが塀を身軽に乗り越えてゆく。こちらに戻ってこないのを確信したらしい大蔵が、ゆっくりと本堂の男のほうに向き直った。刀を肩に載せて、見据える。

「さあ、やろうかの」

凄みのある声をだす。

「どうしてだ……」

男が顔をゆがめている。両側にしたがう二人の忍びも眉間《みけん》にしわが寄っている。同じ思いでいるのは明らかだ。

「どうして穴に落ちたのに、わしが死んでおらぬのか、知りたいのか、のう。たやすいことよ、落ちるときに刀を振るって、体に突き刺さりそうな杭をすべて断ち切ったからよ、のう」

大蔵が平然と説明する。そういうことか、と官兵衛は納得したが、常人には決してできる業《わざ》ではない。

「さあ、やろうかのう」

大蔵がずんずんと進んでゆく。

「引くぞ」

男が低い声を発した。二人の忍びがほっとしたようにうなずく。

「なんだ、逃げるのかの」

大蔵が走りだす。だが、男たちが身をひるがえすほうが早かった。大蔵が追いかけ、本堂の奥に消えていったが、すぐに首を振りつつ戻ってきた。

「まっこと、逃げ足が速いわ」

大蔵が境内を見渡す。落とし穴のものを合わせ、七体の死骸が残っている。

「忍びの風上にも置けんわ、仲間の遺骸を置いて逃げるとは。それにしても、意外にあっけないものでしたのう」

「神来さま、それ」

福之助が、大蔵の手にしている刀を指さしている。官兵衛も見た。刀身には血と脂《あぶら》が一杯につき、ぬめぬめとしていた。

「おっ、こいつは」

目を丸くした大蔵が、じっくりと刀を見る。刀身に、なにか絵のようなものが浮きあがっていた。

これをあの男は求めていたのか。

官兵衛の目は大蔵の刀身に釘づけになっている。

六

いったいどのような技巧が凝《こ》らされているのか。

とにかく大蔵の刀にはなんらかの細工が施《ほどこ》してあり、刀身が血を吸ったときに初めて、彫りこまれた絵が浮きあがるように工夫してあるのだ。

「地図ですかね」

福之助がじっと見ていう。まだ青い顔をしているが、忍びどもが退散したことで、だいぶ落ち着きを取り戻している。十手はいまだに握り締めたままだ。

「うむ、どうやらそのようだ」

糸よりも細い線で山や谷、川のようなものが描かれている。川の横を走っているのは一筋の道らしく、その道が山沿いにゆるやかに曲がったどん詰まりに、神社をあらわしているらしい鳥居が小さく記されていた。

「ひょっとして、この神社と思える場所に、穴山梅雪公の埋蔵金が隠されているんでしょうか」

「うむ、十分に考えられるな。いや、それしか考えられねえ」

官兵衛は目をあげ、福之助を見つめた。

「旦那、なんですかい」

福之助がうろたえ気味にきく。

「そんなに見つめられちゃあ、困っちまいますよ」

まったくこいつは、と内心で苦笑しながら、官兵衛は福之助から視線をはずした。

「なに、命を救われた礼をいっておこうと思ったまでだ。おめえには本当に助けられた。福之助、ありがとよ。正直、俺は覚悟しかけた。おめえがいなかったら、俺は今こうして話をしちゃいねえ」

三本の棒手裏剣が迫ってきた瞬間が、脳裏によみがえる。あの三本目の棒手裏剣が腹にめりこんでいたらと思うと、官兵衛は背筋がぞくりとなった。腋《わき》の下に冷や汗がにじみ出てくる。

そんな官兵衛の思いとは関係なく、福之助がにっこりとし、ほっと息を漏らす。

「本当にあっしが旦那を助けることができたんですかい」

「ああ、そいつは紛れもねえ」

福之助が顔を輝かせて続ける。

「もう無我夢中でしたよ。気づいたら、十手が伸びていたんです」

「福之助、もし俺がまた危なくなったら、その調子で頼むぜ」

「果たしてまた同じ真似ができるものか、心許《こころもと》ないものはありますけれど、できる限りのことは必ずします」

「うん、いい子だ」

官兵衛はごしごしと福之助の頭をなでさすった。福之助は目を閉じ、気持ちよさそうにされるがままになっている。

「あの沢宮どの、ところで、これはどこをあらわしている地図ですかのう」

それまで黙っていた大蔵が、割りこむようにきいてきた。その声が少し震えを帯びていることに、官兵衛は気づいた。大蔵はわずかに顔をゆがめている。

「この地図だけでは、これがどこなのか、特定するのは無理でござろうな。――神来どの、どうされた。気分でもお悪いのか」

「あまりよいとはいえませんのう」

大蔵の目は、境内に横たわる忍びたちの死骸に向けられている。

「相手がいくら非道の者どもであって、わしも怒りにまかせて刀を振るったとはいえ、人を殺すというのは、やはり気分がよいものとはいえませぬのう」

それをきき、官兵衛はすぐさま頭を下げた。

「申しわけない。この通りにござる」

大蔵が目をみはる。

「なぜ沢宮どのが謝るのでござるのか」

「それがし、神来どのを用心棒に頼み、巻きこんでしまった」

大蔵がゆったりとかぶりを振った。

「わしは巻きこまれたなどと思っておりませぬよ。そやつらはわしのこの刀も狙っていたのでござろうからのう。わしのほうこそ、この通りにござる」

逆に頭を下げてきた。

「本来、愚痴《ぐち》など漏らしてはいけなかったのでござるよ。用心棒を引き受けたときから、こういうふうになることは覚悟しておかねばいかんかった」

大蔵が軽く咳払いする。左手だけで、うーん、と伸びをした。右手の刀は、下を向いたままだ。

伸びをしたことで気分を変えたのか、大蔵がさっぱりした顔つきになった。

「沢宮どの、わしはもう二度と愚痴はいわぬゆえ、安心してくだされ。ひたすら仕事に励むことをお約束いたす」

大蔵の顔には、決意の思いがくっきりとあらわれていた。刀を掲げ、じっと目を据える。

「これは血がついたときのみ、こういうふうに地図が出てくるのですかのう」

官兵衛は顔を近づけ、じっくりと刀身を見た。かぶりを振る。

「血だけで、ということではないような気がするが。神来どの、この刀を手入れされたとき、このような絵は浮いてこなかったのでござるな」

大蔵が深くうなずく。

「手入れの際には必ず油を塗りますがの、そのときには、このような絵が彫りこんであることなど、まったく気づきませなんだのう。もっとも、手入れの油はこの血糊のようにたっぷりと塗るものではござらぬゆえ、絵が浮いてこなかったということが考えられもうすのう」

あの、と福之助がいった。

「この絵図を写してもかまいませんかい」

「ああ、それはもう。早くしてもらってかまいませんぞ、のう」

うなずいて、矢立を取りだした福之助が紙に手際よく写してゆく。できあがったものが刀身の彫りこまれたものと寸分たがわぬことを、官兵衛は確認した。

それを見届けた大蔵が懐紙を取りだし、なんのためらいもなく刀身をぬぐいはじめた。血糊が取れるにつれ、地図らしい絵が薄まってゆく。

すべての血糊をきれいにぬぐい去って、輝きを取り戻した刀を大蔵がいとおしむように鞘にしまう。赤く染まった懐紙は、袂に落とし入れた。大蔵がにこにこする。

「うむ、なにかすっきりしましたのう。刀が喜んでいるのが、わかりもうすぞ」

その通りなのだろうな、と思って官兵衛も笑みを浮かべた。境内をあらためて見渡す。

忍びどもの死骸は消えることなくその場に横たわっている。

「旦那、あの者たちはどうするんですかい」

福之助が眉を曇らせてきく。

「俺たちが勝手に埋めるわけにもいかねえ。寺社奉行に届け出るしかねえな」

「今月の月番のお寺社というと、松平《まつだいら》伊賀守《いがのかみ》さまでしたね」

福之助がすらすらといった。寺社奉行は譜代大名から選ばれ、定員はだいたい四人。月ごとに交代してつとめを果たしている。

「福之助、松平伊賀守さまのお屋敷の場所はわかるか」

寺社奉行は町奉行とは異なり、役宅はない。自分の屋敷がそのまま奉行所になる。

松平伊賀守は、信州《しんしゅう》で五万三千石を領する譜代大名である。二十七のときに寺社奉行に就任し、それからまだ二年しかたっていない。かなり若いが、このくらいの歳で寺社奉行になるのはさして珍しいことではない。他の大名では二十一歳で拝命した例もあるくらいだ。

「ええ、わかりますよ。ここからなら、けっこう近いですよ。しっかり案内させていただきます」

福之助が自信たっぷりに請け合う。

「ふむ、てえしたもんだ。どういう造りになっているのか、おめえの頭のなかを一度のぞいてみてえ」

海山寺をあとにする前に、官兵衛は死んだ忍びの顔を見ておきたかった。それと、身元が明らかになるような物を所持していないか、忍び装束を調べたかった。どこに落とし穴が掘られているかわからないので、十分に注意しつつ境内を進む。

大蔵が忍びたちに振るった斬り口は鮮やかとしかいいようがないもので、最初に目にした忍びは一刀のもとに体を袈裟に断ち切られていた。刀で斬ると、ほかの刃物で斬るよりも出血するというが、確かにこの血のおびただしさはすさまじい。

境内の至るところの土が泥と化し、色が変わっている。もしこの境内に小川がしつらえられていたら、今頃は血の川になっていたのではあるまいか。人の体というのは、血でできているのではないか。この光景を見ていると、そんな思いすらわいてくる。

官兵衛は次々に忍び装束を探っていったが、手裏剣などの得物はあったものの、身元につながるような物は誰も持っていなかった。死んだときに備え、その手の物は所持しないようにしていたのだろう。

見知った顔が官兵衛の目に飛びこんできたのは、あと四つの死骸を残したときだ。まずは、萩山神社という言葉が官兵衛たちの耳に届くように、わざと口にした商人を演じた二人だった。二人はここでも、主従のように寄り添い、折り重なっていた。その一間《いっけん》ばかり先で、住職の承連役をつとめた者も、一筋の血を口から垂らしてうつぶせていた。顔は横を向いており、右の目が虚空を見つめている。

落とし穴の一つに落ち、杭に体を貫かれていたのは、寺男の磐造として、官兵衛たちをこの場に引きこんだ男である。

哀れな、という思いが官兵衛の心を占めた。この者たちはいったいなんのために死んでいったのか。

いずれも思っていた以上に若い。商人の主従を演じた二人は、最初に会ったときはけっこう歳がいっているように感じたが、こうして見ると、両人とも、まだ二十代半《なか》ばといったところだろう。

この四人からも、身元が明らかになるような物は見つからなかった。

この者たちには、と官兵衛は死骸の群れを見渡して思った。夢はなかったのだろうか。やりたいことはなかったのか。こんなことで一つしかない命を散らし、悔いはないのだろうか。愛する者はいなかったのか。妻や子はどうなのか。もっと親孝行したいと考えたことはなかったのか。

もろもろの思いが浮かんでは消えていった。だが、いつまでもこの者たちのことを考えてはいられなかった。官兵衛は忍びたちに向けて合掌し、冥福を祈った。いくら自分たちを殺そうとした者たちとはいえ、できれば成仏してあの世に逝ってもらいたかった。死んでしまえば悪人も善人もない。

気づくと、大蔵も福之助も同じことをしていた。

合掌を解いた官兵衛たちは、山門に足を向けた。あけますよ、といって福之助がくぐり戸をひらく。大蔵が外の気配をうかがってから、くぐり戸に身を沈めた。

「どうぞ、おいでくだされ」

その声に応じて官兵衛は外に出た。うしろを福之助が続こうとして、とどまる。

「どうした」

「あっしが出ちまったら、くぐり戸が閉められませんよ」

官兵衛は、福之助のいわんとすることをすぐさま解した。

「おめえのいう通りだ。くぐり戸を閉めずにこの寺をあとにするわけにはいかねえ。参拝の者がなにも知らずに入ってきたら、たいへんなことになる」

くぐり戸から顔をだしたまま、福之助がにこりとする。

「旦那、たやすいこってすよ」

福之助の顔が消え、くぐり戸がぱたりと閉じられた。桟がおりる音がし、くぐり戸はあかなくなった。

「おい」

官兵衛は福之助に声をかけたが、応えはなかった。

「福之助、なにをしてやがるんだ。答えろ」

それでもくぐり戸の向こうからは、沈黙しか返ってこない。官兵衛はくぐり戸を押してみた。ぎしぎしとうなるようにきしむだけだ。塀は一丈もの高さがあるから、乗り越えることなど、とてもできない。

「あの野郎、裏門にでもまわったのか」

官兵衛は独《ひと》り言《ごと》をつぶやくようにいった。

「きっとまわったんだろう。しかし、あっちの門だって同じように閉じなきゃいけねえ」

今の福之助なら落とし穴に落ちこむようなへまを犯すこともなかろう、と官兵衛は気持ちを落ち着けてしばらく待った。やがて、なにかを断つような音が大気をわずかに震わせてきこえてきた。

「なにかを切っているんですかいのう」

のんびりとした声音でいって、大蔵が屋根だけが見えている鐘楼《しょうろう》のほうに目を向ける。官兵衛も音のきこえてきた鐘楼を見た。

「綱でも切っているようですの」

それをきいて官兵衛は、いま福之助がなにをしているか脳裏に描くことができた。綱を切るような音がやむと、すぐに、どすん、と重い音が立った。うっ、とうめき声が響く。すぐに、かすかな足音が近づいてきた。荒い息づかいもきこえる。よっこらしょ、という声とともに、ごつんと重い物が塀にぶつかるような音が官兵衛の耳を打った。その直後、ここですよという福之助の声がし、塀の上に顔が出てきた。

「おう、福之助どの」

大蔵が無邪気な声を発する。

「足の下にあるのは、もしや撞木《しゅもく》ですかいのう」

「ええ、さようです。綱を切り、撞木をここまで運んできたんです」

撞木を塀に立てかけ、その上に足をのせて思い切り手を伸ばせば、小柄な福之助でも塀のてっぺんに手が届くという寸法だ。手さえかかってしまえば、この高い塀でもよじのぼれるというわけである。

「能書きはそのくらいでいいから、福之助、早いとこ、こっちへ来な」

へい、と答えて福之助の顔がきゅっと赤くなる。次の瞬間、竹が一気に伸びたかのように塀の上に全身があらわれた。すぐに降りてくるかと思ったら、疲れ切ったようにくにゃりと横たわる。

「いやあ、こんな高い塀をのぼりきるのは、なんだかんだいって、やっぱりきついですねえ」

「福之助、どうするんだ。飛びおりるのか」

「ええ、そのつもりです」

「大丈夫なのか」

自分ならぞっとしない。足を折るまでには至らないかもしれないが、少なくともくじきそうだ。

「へっちゃらですよ」

福之助が平然といって、塀の上に腰かける。

「そのあたりに飛びおりますから、どいていてくださいね」

いうや、よっ、というかけ声とともに、勢いよく塀から手を離した。

「よし、わしが受けとめてしんぜよう」

大蔵がいきなり進み出て、両手をばっと広げた。わっ、と福之助が悲鳴をあげ、大きく目を見ひらいた。

次の瞬間、小柄な体は大蔵の腕のなかにすっぽりと包まれた。

「な、なにをするんですかい」

不意に叫び、福之助が身をよじって、大蔵から逃れようとする。

「どうした」

官兵衛は驚いて声をかけた。罠を逃れた獣のような素早さで、福之助が官兵衛のうしろにまわる。ぺっ、ぺっと唾をしきりに吐いている。

それで、福之助が大蔵になにをされたのか、官兵衛にはわかった。

唇を手のひらでぬぐった福之助が、顔をあげて大蔵をにらむ。

「神来さま、なにするんですかい」

大蔵が鬢をかく。

「いやあ、たまたまにござるよ。わしは別にしたくて福之助どのの口を吸ったわけではない」

福之助が口をへの字に曲げる。

「さて、どうですかね。神来さまがこんな真似をするのは、二度目ですから」

大蔵が意外そうにする。

「おや、二度目ですかいの。一度目はいつでしたかの」

えっ、と福之助が唖然《あぜん》とする。信じられないといった顔だ。

「神来さま、忘れてしまったんですかい。あれは、あっしが初めて唇を奪われたときだっていうのに」

大蔵がぱしんと自らの太ももを叩いた。

「おう、いわれてみると、そんなこともありましたのう」

「そんなこともありましたのう、じゃありませんよ。まったくもう。今度したら、あっしは許しませんよ。神来さま、おいしい物もおあずけですからね」

この言葉は、ことのほか効いたようだ。大蔵の顔色がさっと変わる。

「わかりもうした。福之助どの、もう二度とこのような真似はせぬゆえ、おいしい物をおあずけなどという悲しいことは、いわんでくれんかのう」

「神来さま次第ですよ」

「約束は守るとも。指切りげんまんをしておきますかのう」

「いえ、そこまでせずともけっこうです」

ようやく機嫌が直ったようで、福之助が矛《ほこ》をおさめた。

「ところで、こうして門を閉めてしまって、寺社奉行所の者たちを連れて戻ってきたときはどうするつもりですかの」

大蔵が疑問を呈すと、福之助がすぐさま言葉を返した。

「あの、神来さまには申しわけないですけど、その馬鹿力、いえ、大力であっしを持ちあげて塀の上にのせてもらえませんか。そのあとは、さっきの撞木の上に足をのせるつもりでいますから」

大蔵がにっこりとする。

「お安い御用にござるよ。福之助どのは小柄ゆえ、のせるどころか塀の向こうに放りこむこともできそうにござるのう」

「いえ、そこまでせずともけっこうですよ。投げこまれて、落とし穴に落っこちたくはないですからねえ」

福之助が大まじめに大蔵にいう。とにかく、これでここに戻ってきたときの問題は片づいた。

「ところで福之助、おめえ、刃物を持っているのか。撞木の綱を切ったというのは、そういうことだよな」

官兵衛は、福之助が十手以外の得物を手にしているのを目にしたことがない。

「ええ、持っていますよ。こいつです」

福之助が懐に手を突っこみ、匕首《あいくち》らしいものを鞘ごと取りだした。

「ほう、そんな物騒なもの、持ってやがったのか。自分で買ったのか」

福之助が首を横に振る。

「おっかさんがくれたんです」

「じゃあ、きっとそいつも上等な匕首なんだろうな」

「はい、そうではないかと思います。さっき初めて使いましたけど、切れ味はすばらしかったですから」

「ちょっと見せてくださらぬか」

横から大蔵が手を差し伸べてきた。手にして、すらりと匕首を抜く。刃渡りは一尺ほどか。けっこう長い。大きく傾いた太陽の光を浴びて、きらりと鮮《あざ》やかに輝く。刃文は互の目《ぐめ》で、整然と並んでいる。

大蔵が真剣な目を匕首に当てる。

「ほう、これは瀬田屋真吾《せたやしんご》作の匕首でござるのう。このように頭がそろった互の目の刃文のことを数珠刃《じゅずば》といいますがの、上方では名の知れた鍛冶《かじ》職人で、刀もいいものを打つと評判の人にござるよ」

「銘があるのでござろうか」

「いや、そのようなものはござらぬの。すばらしい技を持っているので、銘がなくとも、一目でそうとわかるものでござるよ」

大蔵が匕首を鞘におさめ、福之助に返した。

「値が張るだけでなく、瀬田屋真吾どのの作はそう出まわらぬゆえ、よく母御は手に入れることができたものですのう。苦労なさったのではないですかのう」

「値が張るというと、どのくらいですか」

福之助が大蔵にきく。

「まず二十両はくだりますまいよ」

なにっ、と官兵衛は驚いた。匕首に二十両以上の金がかかるなど、耳にしたことはない。やくざ者が懐にのんでいる匕首など、どんなによいものでもせいぜい一朱ほどではなかろうか。だが、福之助は平然としている。

「ふむ、おめえ、たいしたことはねえと思っている面だな」

官兵衛にいわれた福之助が、あわてて首を振る。

「いえ、そんなことはありませんよ」

「相変わらず嘘をつくのが下手な野郎だ」

官兵衛はにやりと笑って、ふっと軽く息を入れた。こんなところでときを潰している暇はない。

「福之助、早いとこ、寺社奉行の屋敷に案内してくれ」

承知いたしました、と福之助が官兵衛の前に立ち、張り切って歩きはじめた。


ひづめの音が官兵衛の耳を打つ。

大検使《だいけんし》が乗っている馬である。大検使とは寺社奉行の配下で、寺社における事件を扱う際の責任者だ。ただ、身分は幕臣ではなく、大名である寺社奉行の家臣である。

野袴をはき、割羽織《さきばおり》をまとい、陣笠をきりりとかぶっている。そのほかにも二人の供侍《ざむらい》、槍持《やりも》ち、草履取りや中間、手代などをしたがえている。

大きな事件でないと出役《しゅつやく》することは滅多にないが、さすがに十数人の忍びがあらわれて官兵衛たちを襲い、しかも七つもの死骸を残していったとなると、大検使自ら足を運ばざるを得ない。

大検使だけでなく、寺社役や小検使なども一緒に来ている。小検使も馬上で、槍持ちや草履取りをしたがえている。総勢で三十人に及ばんとする人数だ。

これだけの人数をそろえたがゆえに、海山寺に取って返すのに、官兵衛たちはかなりのときを要した。寺社奉行の屋敷に着いてから、ここまで戻ってくるのに、優に一刻はかかったのではあるまいか。

官兵衛は寺社奉行所の者たちに事情を説明するだけで、くたびれ果てそうになったが、苛立《いらだ》ちを抑えこみ、証拠の手裏剣を見せるなどして根気よく説くことで、なんとか人数をださせることに成功した。

もっとも、大蔵の刀にたっぷりと油をかけて、彫りこまれた絵図を見せたことが最も功を奏した。それだけで寺社方は色めき立ったのである。

日はとうに暮れ、江戸の町は夜が織りなす闇の衣にすっぽりと包まれている。

行列には、ずらりといくつもの提灯《ちょうちん》が掲げられている。提灯も一つでは心許ないが、これだけの数が集まると、煌々《こうこう》とまばゆくなるものだということを官兵衛はあらためて知った。次々に打ち寄せる闇の波を、難なく弾き返している。

やがて一行の足がとまった。暗さの海のなか、右手に海山寺の山門が提灯に照らされて、浮くように見えている。昼間見たときとは、だいぶ感じがちがう。造りが古いせいで、夜のほうがずっと薄気味悪く見える。門の屋根の下に幽霊が立っていても、なんら不思議ではない。

山門脇にいちはやくあがった福之助が、大蔵の力添えによって楽々と塀の上にのぼった。すぐにその姿が塀の向こう側に消えた。山門の閂がはずされる音がした。その直後、きしむ音を残して、門が大きくひらいた。

馬を降りた大検使が門をくぐる。落とし穴があることは事前に告げてあり、寺社奉行所の者たちは境内を少し入ったところで、ずらりと横に広がった。いくつもの提灯が高く掲げられ、境内に向けられる。

おおっ、というひそやかなざわめきが寺社奉行所の者たちから漏れ、深閑とした境内に吸いこまれてゆく。

あっ、と官兵衛の喉から声が発せられた。

そこにあるはずのものがなかった。

「なくなってる……」

福之助が呆然とつぶやく。

「あれま」

大蔵もあっけに取られている。

七つの死骸は境内に残されている。だが、いずれの死骸にも首がなかった。一つ残らず消えていた。

「しくじった」

官兵衛はうめいた。

「迂闊《うかつ》だった」

忍びたちの顔は最も大きな手がかりといってよい。顔から身元を手繰《たぐ》られることを、あの人相書の男はなにより怖れたにちがいない。忍びは死の間際に顔を火薬で潰すという話を軍記物で読んだ覚えがあるが、まさか首を切り取り、持ち去ろうとは、官兵衛は考えもしなかった。

「貴殿らがこの寺をあとにしたとき、どの死骸にも首はあったのですな」

大検使が官兵衛にただす。

「さよう」

「では、貴殿らがそれがしどもに知らせにまいったその間に、再び賊どもがこの寺に舞い戻ってきて、首を取っていったということでござろうか」

そういうことになりもうそう、といって官兵衛は深くうなずいた。唇を嚙み締めて、続ける。

「油断いたした。まさかやつらがここまでするとは」

「仕方ござるまい」

大検使が慰めるようにいう。

「もしそのようなことを予期して、この寺に人を残しておいたら、その者が犠牲になったかもしれぬゆえ」

やつらが死骸の首を取りに来るということではなく、この寺に人が入れないようにするために人を残していたら、それは福之助だっただろうか。自分には松平伊賀守の屋敷へ赴《おもむ》いて事の次第をつまびらかに説明する必要があり、その護衛として大蔵はついてくる。松平伊賀守の屋敷までの道はわからないとはいえ、道々きいてゆけばたどりつくのは、さしてむずかしいことではなかっただろう。

もし福之助をここに残していたら、今頃は骸《むくろ》にされていたかもしれない。一緒に行って本当によかった、と官兵衛は心からの安堵を覚えた。

「この寺の持ち主は誰にござろう」

官兵衛は大検使にたずねた。

「それがし、屋敷を出る前に、そのことは調べもうした。この寺は長いこと廃寺のままで、今のところ、持ち主が誰か判明してござらぬ。もっと詳しく調べれば、必ず判明いたそう。どういう事情かはっきりせぬが、とにかくこの寺を継ぐ者がなかったのは確かにござる」

「長いこと廃寺のままといわれたが、どのくらいのあいだにござろう」

「もう三十年以上になりもうす」

「そんなに長いあいだ、この寺は破れ寺だったのか」

あの男たちは、と官兵衛は思った。そのことを知っていたことになる。金をかけてこの寺に大規模な修繕、修理を施したのだろうが、そうしたところで、どこからも文句が出ないことも知っていたにちがいない。

だが、と官兵衛は再び思った。この寺の塀を高くしたり、庫裏や本堂を新たに建て直したりしたのは、本当に官兵衛や大蔵を殺すためだけだったのだろうか。自分たちをこの世から除くために大きく手を入れたのだと考えると、あまりに時間が少なすぎるような気がしてならない。

なにか別の目的のために、この寺を改築し直したと考えるほうが自然ではないだろうか。この寺を建て直している最中、官兵衛たちを抹殺《まっさつ》するのにここ海山寺が格好の場所であるとの判断がくだされ、そして誘いこんだ。そういうことなのではないか。

やつらがこの寺を改築した理由というのは、いったいなんなのか。官兵衛はしばし思案に暮れたが、明確な答えは見つからなかった。まさか、安住の地がほしかったなどという理由ではあるまい。落ち着いて暮らせる場所など、穴山梅雪の埋蔵金を見つけられれば、いくらでも手に入れることができるだろう。

大検使が提灯の明かりがうっすらと照らしている境内を見やる。

「首がないと、さすがに身元をはっきりさせるのは難儀なことにござろうな」

「申しわけない」

「いや、責めているわけではござらぬよ。身元につながるような物も、身につけていないといわれたな。それがしども一応、調べてみるが、あまり望みはござらぬであろうな」

大検使の命で配下たちが動きはじめ、死骸を本堂近くに集めて、次々に装束をあらためていったが、やはりなにも見つからなかった。襟元《えりもと》の返しの部分に文《ふみ》が縫《ぬ》いこまれていることがあると軍記物によく記してあるが、そういうものも一切なかった。

闇が深まってきたなか、作業は中止して翌朝明るくなってきてからのほうがよいのではないか、という意見も出たが、大検使はそれを許さず、今宵《こよい》のうちにすべて終わらせることになった。

境内の落とし穴が慎重に落とされ、暗い姿をあらわしてゆく。まるでその一つ一つが地獄につながる穴のように見える。

境内には、全部で十もの穴がうがたれていた。そのいずれにも、先端が鋭利になった杭が何本も打ちこまれていた。大蔵は見事に助かったが、落ちずにすんでよかった、と大蔵とはくらべものにならない腕でしかない官兵衛は胸をほっとなでおろした。

「ここは、人の立ち入りをしばらく禁じたほうがよろしかろうな」

配下たちの仕事ぶりを見守っていた大検使がそばに寄ってきて、官兵衛に告げた。

「そうしておいて、それがしどもでこの寺を徹底して調べてみることにいたす。なにか出れば、必ずお知らせするゆえ、待っていてくだされ。なにも出ずとも、きっとお知らせいたす」

「ご厚意、感謝いたします」

官兵衛は、皆川玄蕃《みながわげんば》と名乗った大検使に頭を下げた。

玄蕃が顔を寄せてきた。少し煙草《たばこ》のにおいがする。ときに沢宮どの、とささやくような声で語りかけてきた。

「神来どのの佩刀に彫りこまれていた地図は、穴山梅雪公の埋蔵金のありかを示すものではないかとのことでござったが、あれだけではあれがどこを指すのか、さっぱりわかりもうさぬな。埋蔵金のありかを知るためには、ほかにも手がかりを得る必要があるのでござろうか」

「そういうことにござろう」

官兵衛はふつうの声音で答えた。

「埋蔵金のありかを示す物は、いくつかの手がかりに分かれているのではないか、とそれがしは勘考いたす。この寺で我らを待ち受けていた者は、すでにそれらをそろえており、最後に神来どのの佩刀を手に入れることで、その仕上げをしたかったのではないでしょうか。まさか刀身に彫りこまれた地図が血糊やたっぷりの油で浮く仕掛けになっていることまで知っていたかどうか、不明にござるが」

それを受けて玄蕃がさらに声を低める。

「穴山梅雪公というと、黄金二千枚で織田信長公から命を買ったことで知られておる。いったいどのくらいの金がひそかに隠されていると考えておられる」

官兵衛は苦笑するしかなかった。

「それは、それがしにはさっぱりにござる。あまり興味もないゆえ」

「ほう、興味がないとおっしゃるか」

玄蕃が官兵衛の顔をのぞきこむ。

「欲のないことにござるな」

「皆川どのは、お知りになりたいのでござるか」

「もちろんにござる」

声が高くなった。すぐに咳払いして、声を殺して続ける。

「喉から手が出るほど、というのは、このようなときのことをいうのではないのか。しかも、埋蔵金は途方もない額であるのはまちがいない。沢宮どのがお見せくださった人相書の男をとらえれば、埋蔵金のありかを示すものがすべてそろうということにござるな」

「かもしれませぬ、といった程度でござるよ」

「さようか。だが、それがし、埋蔵金を是非とも手に入れたい。入れたくてならぬ」

顔に赤みを帯びさせて、玄蕃が首を大きく横に振る。

「むろん、それがしの腹を肥やそうなどという気は、毛頭ござらぬ。すべては我が家中のためにござる。我が殿はこれから大坂城代、京都所司代、若年寄、さらには老中になられるお方。金はいくらあっても足りぬゆえ」

　これは、幕府内で地位を上げてゆくのにも実力だけでは無理で、幕府の要人たちなどさまざまなところに金をばらまかなければならないことを意味している。

「出世するのもたいへんにござるな」

　官兵衛は、皮肉にきこえないように注意して口にした。唇をきゅっと引き結んで、玄蕃が顎を上下させる。

「致し方あるまいて。それがしも、若き殿がご出世されてゆくのを目の当たりにするのは、楽しみにござる。だが、それも先立つものがなければ、どうにもならぬ。こたびの埋蔵金の話は、正直申して、飛びつきたいくらいのことにござるよ」

「だが、もし手がかりをそろえて埋蔵金にたどりついたとしても、結局は公儀の手に渡ってしまうのではござらぬか。この話は、すでに町奉行もご存じのことゆえ」

　このことは、まずまちがいない。官兵衛は自らが寺社奉行所の者たちを説得している間に、福之助を町奉行所にいる新田貞蔵のもとに走らせていた。与力の新田貞蔵から町奉行に話が伝わっているのは、疑いようのないことである。

　大検使がむずかしい顔をする。

「さようか。町奉行がご存じなら、ご老中のお耳にももう届いているやもしれませぬな」

町奉行は老中の管轄下にある。町奉行は午前に千代田城に登城すると、すぐさま老中と打ち合わせを行い、さらに江戸の町の情勢、状況などを事細かに告げる。官兵衛は、さすがに老中にまでは伝わっていないと思ったが、そのことは黙っていた。

しばらく眉を八の字にしてうなり声をあげていたから、どうにもあきらめがたかったようだが、不意に玄蕃がさっぱりとした顔を向けてきた。

「仕方あるまい。できることなら、沢宮どのに目をつぶってもらい、我らの手で埋蔵金を探しだしたかったが、なかなか世の中、そうそううまくゆくものではござらぬな。埋蔵金など当てにせず、ここは家中の者どもで心を一つにし、がんばるしかあるまい」

玄蕃は気持ちの整理がついたようだ。

「だが、少しでもおこぼれにあずかりたいという思いは、やはり捨てきれぬ」

「察します」

官兵衛は玄蕃の心中を思いやり、言葉短く答えた。

忍びどもの身元につながりそうな手がかりがもし見つかったら知らせてくれるようにくれぐれも頼んでから、官兵衛は福之助と大蔵をうながして海山寺を立ち去った。

寺で起きたことは寺社方にまかせるしかなかった。

「大検使さま、惜しそうでしたね」

暗さがますます増してきた道を、提灯の明かりを頼りに歩きだしてしばらくしたとき、福之助がいった。あたりに危険な気配がないのは、官兵衛にもなんとなくわかった。大蔵は決して油断はしていないが、どこかくつろいでいる様子だ。

「気持ちはわかる。どれだけの埋蔵金なのか知りようもないが、仮に十万両だとして、おこぼれだけでも、相当のものになるのはまちがいねえ」

「十万両ですかい。そいつはなかなかたいしたものですねえ」

「十万両なら、さすがにおめえもたいしたものだと思うか」

「そりゃもう」

「福之助どのの家は、いったいどのくらいの家産があるのでござるか」

福之助がかぶりを振る。それに合わせて、提灯も少しだけ揺れた。人けのない道の両側に並ぶ家や塀、木々、植栽などが物寂しく浮かびあがる。一度、死んだようになっていた風がいつしか出てきていた。それが夏だというのにひんやりとして、秋風のような心地よさがあった。

「あっしにもわかりません。さすがに十万両はないとは思うんですがねえ」

「もしかしたら、それに近《ちけ》えものがあるっていうのか」

　驚きを隠さず、官兵衛はいった。

「あっしにもよくわかりませんけど、あるいは旦那のいう通りかもしれませんねえ」

「まったく、とんでもねえお大尽《だいじん》だな」

「あやかりたいものにござるよ」

「神来どのはあやかっておられるよ。福之助と一緒にいれば、うまいものにありつける」

「確かにそうでござるのう。わしは、金子《きんす》よりもおいしいもののほうがうれしいからのう」

「そういえば、おなかが空《す》きましたね」

「ぺこぺこにござるよ」

「俺もだ」

「どこかで小腹を満たしますかい」

「そうしよう。本来ならすぐにでも番所に戻ったほうがいいが、空腹を我慢することはねえ。それに、今日は一日忙しかった。少しは休んだほうがよかろうぜ」

「新田さまから紹介された伊賀者を訪ねるのは、明日にしますかい」

「ああ、さすがにこれから行く気にはならねえ。疲れちまった。もう俺も歳だな」

「そんなことはありませんよ。旦那は若いですよ。顔もつやつやしてますし」

「しかし、おめえくらいの歳の頃は、こんなにくたびれ果てるようなことはなかったぜ」

「腹が空いているせいですよ」

官兵衛はにこりとした。

「そういうことにしておくか。神来どの、蕎麦《そば》切りでよろしいかな」

「おう、よいですのう。京でも蕎麦切りはありますがのう、どうも上方の人間に合わせた味つけのような感じで、蕎麦切りに関しては、わしはこっちの醬油《しょうゆ》の濃い味つけと鰹節《かつおぶし》のだしが好みですのう」

「それはよいことにござるな」

官兵衛は本心からほめた。

「上方の者は、江戸にいても上方の味つけを恋しがる者がどうも多いように感じますからな。上方のだしは昆布が主らしいが、まことにござるか」

「まこともまことにござる。昆布も悪くはないですがのう、少し甘い感じがしますのう。あれは、うどんには実に合いますのう。蕎麦切りもあれがよいという人も少なくないですがの。爺もその一人にござった」

大蔵がしんみりとする。官兵衛はなんと言葉をかけていいか、わからない。

「神来さま、蕎麦切りを腹一杯召しあがって、元気をだしましょう」

福之助が明るい声で励ます。

「かたじけない。爺のことを思いだすと、すぐに涙もろくなってしまってのう」

「俊明さまのことを忘れろというのは無理でしょうけど、ほんと、元気をだしてくださいね。蕎麦切りは好きなだけ召しあがってかまいませんから」

「好きなだけですかいのう。十杯、食べてもよろしいかの」

「かまいませんとも。お好きなだけどうぞ」

「ありがたい話でござるのう。わしは、福之助どのと知り合い、いや、友垣になれて、本当によかったと思いますぞ」

「あっしのことを友垣だと思ってくださるんですかい。感激ですねえ。あっしも神来さまのようなお方と友垣になれて、これ以上のことはありませんや」

「俺も仲間に入れてくれるか」

「あっしは旦那とは主従ですから、友垣というわけにはいかないでしょうねえ」

「わしとは友垣ということで、是非ともお願いしたい。のう」

「お願いしたいのは、こちらのほうにござる」

「旦那、もしかしたら、あまり友垣がいないんじゃないんですかい」

官兵衛はにかっと笑った。

「ばれたか」

蕎麦屋はすぐに見つかった。さすがに食い物屋の二軒に一軒は蕎麦屋といわれる町だけのことはある。だしのにおいが外にこぼれだし、いっそう食い気をそそる。大蔵ももみ手をし、ほくほくと笑みを浮かべている。

官兵衛たちは、手招くように風に揺れる暖簾《のれん》をいそいそと払った。

七

海山寺はなんのために改築し直されたのか。

薄闇にぼんやりと浮かぶ天井を、官兵衛はにらみつけた。いま床に入り、枕元の行《あん》灯《どん》を消したところだ。

隣の間には、おたかが用心のために寝ている。いつまた人相書のあの男が官兵衛を襲ってこぬとも限らない。おそらく総力を結集したはずの海山寺での襲撃が失敗に終わったことで、そのおそれはかなり薄れたとはいうものの、用心に越したことはない。あの男は、敵の隙を衝《つ》くのが恐ろしくうまい。

耳を澄ませても、おたかの寝息はきこえてこない。夫だった剣客千秋余左衛門譲りの刀を抱いたまま、まんじりともしていないのかもしれない。いつものように妙な気を起こし、忍んでくるということは、今回に限り、まずないだろう。そのあたりの区切りはわきまえている女だ。

目を閉じると、視野は暗黒に包まれた。脳裏に海山寺の風景を思い起こす。建物のほとんどが古ぼけていた。そのなかで、ぐるりをめぐる塀は新しかった。あの高い塀はなにを目的につくられたのか。

あれは、と官兵衛は思った。境内に引きこんだ俺たちから逃げ場を奪い、殺害するところを外から見られなくするためだけのものだったのか。いや、ちがうのではないか。なにか別の目的があったのではないか。

考え続けているうちに、あれは拠点をつくろうとしていたのではないか、という思いが頭をもたげた。忍びたちの本拠をである。

江戸で五指に入る剣客の若松丹右衛門のもとで修行しつつ中間をつとめている晴吉の父は、釣りに行った八王子近くの山中で忍びどもの鍛錬しているところを見てしまい、それで殺害されたのではないか。

八王子近くの山中が忍びどもの鍛錬の場だったとして、人相書の男は、江戸に忍びどもの道場の意味を持たせた拠点を移そうとしていたのではないのだろうか。江戸でなにか企《たくら》みがあるのか。それとも、人相書の男たちはもともと江戸に在住しており、八王子のほうまでわざわざ足を延ばすのが、ただわずらわしくなってきたのか。

まだほかに理由はあるのかもしれないが、今のところ、考えられない。一丈というあれだけの高さの塀があり、門を閉じてしまえば、鍛錬している姿を見られることはまずあるまい。八王子の山中で一度見られてしまったことにより、鍛錬の場を江戸に移すことを考えはじめたのかもしれない。

それにしても、と官兵衛はあらためて思って目をあけた。目が冴《さ》えてしまっている。先ほどよりもずっとはっきりと天井が瞳に映りこむ。やつらが放った三本の棒手裏剣は、心底恐ろしかった。まざまざと記憶がよみがえる。今も背筋に寒けが走る。

その寒けがふっと遠のいた。官兵衛は闇に向かって微笑した。にこにことした色白の顔が目の前にある。まさかあの福之助に命を救われる日がやってこようとは、夢にも思わなかった。

この分なら、急死した八太の代わりを福之助がつとめられる日がくるのも、そう遠いことではあるまい。今も中間としてぐんぐん伸びている。それに、大蔵の存在も実に心強い。

自分には仲間がいる。官兵衛はその思いを強くした。そんなことを思案していたら、今日一日の疲れもあったか、目の冴えがじんわりと取れ、まぶたが重くなってきた。

心地よさのなかで官兵衛は再び目を閉じた。深い眠りの沼に引きずりこまれるのに、さほどのときは要さなかった。


怒りまくっているわけではなく、元気っぷりを見せつける気でもないのだろうが、朝から太陽はすさまじい輝きを見せている。まぶしすぎて、目を向けることなどできはしない。家々の屋根には陽炎《かげろう》の柱が揺れ、足元からは体を包みこむ熱気が立ちのぼってくる。

まだ朝の五つ（午前八時頃）すぎというのに、官兵衛はあまりの暑さにげんなりしている。それでもいつもの朝と変わりなく、侍、町人を問わず大勢の者が道を行きかっている。暑いからといって、日陰に横たわって舌をだしている犬のように仕事を休むわけにはいかないのだ。誰もが建物の陰を選んで歩いていた。道の先には、逃げ水がゆらゆらと見えている。

前を行く福之助の背中はぐっしょりと濡れ、腋の下からも汗がしみだしている。官兵衛のうしろについている大蔵はぜいぜいと荒い息を吐き、手ぬぐいを使ってしきりに汗をぬぐっている様子だ。こいつはたまらんのう、とつぶやく声が官兵衛の耳に届いた。

「ほんに江戸は暑いのう。海のそばときいていたから、もっと涼しいと思っていたのに、これはちと当てが外れたのう」

官兵衛はちらりと振り向き、大蔵に視線を当てた。

「京の暑さはものすごいときいたことがござるが、江戸のほうが暑うござるか」

大蔵が右手を振る。左手は刀を軽く握り、親指は鍔《つば》に置かれている。

「いやあ、京のほうがずっと暑うござる。わしは毎年、焼き殺されるのではないかと恐れていましたからのう。京の町は大好きですがの、夏のあいだだけは逃げだしたいと常に考えておりましたよ」

「ほう、逃げだしたくなるほどすごいものにござるのか」

「江戸も暑いですがの、まだ風がござる。京はまわりを山に囲まれた盆地にござるゆえ、風がまったくなく、まさに死んだというのがふさわしゅうござるの。それはそれはもう蒸し暑うござってな、夏のあいだはなにもする気にならぬのでござるよ。わしは少しでも涼しいところを求め、寝てばかりいましたのう。京の夏をたとえて蒸し風呂のような、とよくいいますがの、それはちと生やさしい感じがしますの。わしにいわせれば、熱々のとろみ汁の椀に町があり、住民たちはそのなかで泳ぎ暮らしているようなものにござるのう」

「熱々のとろみ汁にござるか」

官兵衛はそのさまを想像した。考えるだけで、汗が泉のようにわき出てくる。

「秋風が吹いて、とろみ汁を冷ましてくれるまで、じっと我慢の日々ですの」

「あっしも京へは是非とも行きたいと考えているんですけど、それでしたら、夏は避けたほうがよいってことですね」

大蔵が深々とうなずく。

「祇園で茶屋遊びをするのが夢といっていましたの。行くのなら、夏はよしたほうが賢明にござろうの。江戸の人に耐えられる暑さとは、とても思えんからのう」

「ところで、神来さまは江戸に来られて一年ばかりたっているんですよね」

福之助が大蔵に顔を向け、新たな問いを発する。

「神来さまは、江戸の夏は今回が二度目じゃないんですかい。去年の夏も、江戸はひどい暑さに見舞われれましたよ」

「ああ、いわれてみれば、その通りにござったのう」

大蔵が手ぬぐいで首筋をふいた。手ぬぐいは汗がしたたりそうになっている。

「去年のことなど、もうとっくに失念しておりましたよ。喉元すぎれば熱さを忘れる、というのは、こういうことをいうのかのう」

「苦しかったこともすぎてしまえば忘れてしまうというような意味ですから、だいたい合っているんじゃないんですかね」

「福之助、おめえ、なかなか博識だな。手習所で学問をがんばった口か」

「手習はおもしろかったですから、ええ、それなりにがんばりましたよ。旦那は手習所とか、行ったんですかい」

「手習所は行ってねえな。行ったのは私塾だ。師範には熱心に教えていただいたが、あまり伸びなかったな。学問が駄目ならばと、剣術の稽古には熱を入れたんだが、残念ながら剣のほうもほとんど伸びなかった」

「でも、仕事ができるんですから、いいじゃありませんか。御番所のなかでも切れ者として知られているし」

「切れ者といわれるほど、切れる頭は持ってねえさ」

「旦那、自分を卑下することはありませんよ。旦那はいい男だし、なにより女の人にもてるじゃありませんか」

「女にもてたことは一度もねえな」

「そりゃ、旦那が気づかないだけじゃないんですかい。旦那は意外に鈍いところがありますからねえ」

「鈍くて悪かったな。――福之助、まだか。もうだいぶ歩いたぞ」

福之助があたりの風景に目をやる。

「じきですよ。とうに四ッ谷に入っていますから」

あと少しときいて、官兵衛は気合を入れ直した。だが、太陽はさらなる猛威をふるっており、その熱気は地上のあらゆるものに火をつけるかのような勢いで、官兵衛は頭がくらくらしてきた。このままこんなに強い陽射しを浴び続けていたら、ぶっ倒れちまうんじゃねえかと内心で危惧《きぐ》しはじめたとき、福之助が足をとめた。

「こちらですね」

福之助はあまり広いとはいえない一軒の屋敷を、こぢんまりとした門越しに眺めている。

「千堂玄八《ちどうげんぱち》さまのお宅ですよ」

「おう、やっと着いたか」

「助かりましたぞ」

官兵衛と大蔵は、ほぼ同時に声をあげた。

いつしか大道をはずれ、小禄の武家屋敷のかたまる路地に入りこんでいたことを官兵衛は知った。こんなことにも気づかずにいたなど、よほど暑さにやられていたのだろう。

「あっしは伊賀忍者に会うのは初めてですよ。昨日、本物の忍びを目の当たりにしたばかりだっていうのに、なんかどきどきしますね」

「正直いえば、俺もだ。幼い頃から伊賀者には憬《あこが》れがあるものな。軍記物に出てくるような忍者なんか、この世にはもういねえのはわかっているんだが」

「わしも伊賀者には、惹《ひ》かれるものがありますのう」

門はひらいている。福之助が訪《おとな》いを入れた。応えはなかったが、失礼いたしますと声を放って、そのまま小さな敷石を踏んで屋敷の玄関に向かう。官兵衛と大蔵は、そのあとをついていった。

玄関であらためて福之助が、ごめんくださいというと、はい、と女の返事があり、廊下を静かな足音が近づいてきた。老境にさしかかろうとしている歳の女があらわれ、官兵衛たちを見るとにっこりとほほえみ、裾《すそ》をそろえて式台に正座した。

「いらっしゃいませ」

女は眉を剃《そ》り、お歯黒をしている。落ち着いた挙措《きょそ》が好ましい雰囲気を与えている。千堂玄八の妻女だろうか。ちらりと官兵衛に穏やかな視線を投げてきた。町方の役人が訪ねてくるなど珍しい、こんな暑さのなかいったいどんな用事だろう、と興味の色が浮いた瞳をしている。驚いているのだろうが、武家の妻女のたしなみか、ほとんど面《おもて》にあらわさない。

福之助が、ここには与力の新田貞蔵の紹介でやってきたことと、千堂玄八に会いたい旨《むね》をていねいな言葉で告げた。

「では、おあがりになって、少々お待ちくださいますか。主人はまだ寝ているのでございますよ。昨夜、友垣がみえて遅くまで熱心に話しこんでいたものですから。ただいま起こしてまいりますから、こちらの座敷においでください」

官兵衛たちは六畳間の部屋に招き入れられた。畳は古かったが、掃除は行き届いており、塵一つ落ちていない。おびただしい盆栽が置かれた庭に面した腰高障子が開け放され、濡縁《ぬれえん》を越えて風がゆったりと吹きこんでくる。深い庇《ひさし》に陽射しがさえぎられ、さすがに涼しさは覚えないまでも、座敷に暑さは入りこんできてはいなかった。

濡縁に横たわって盆栽を眺めたら、さぞ気持ちがよいのではなかろうか。

「今お茶をお持ちいたします」

「いえ、おかまいなく」

官兵衛はいったが、にこりと笑って妻女が立っていった。

「ここはさわやかですのう」

感極まったように大蔵がいう。

「ええ、いい座敷ですよ。あっしも気に入りました」

「持って帰りたいか」

「ええ、できればそうしたいくらいですよ」

廊下を滑《すべ》るような足音がきこえてきた。あるじがあらわれたか、と思ったが、顔を見せたのは先ほどの妻女だった。盆に三つの湯飲みをのせている。それを官兵衛たちの前に手際よく置いた。

「濃くいれたお茶を、土瓶《どびん》に入れて井戸水で冷やしたものです。どうぞ、お召しあがりください」

「これはありがたい」

「うまそうじゃのう」

「いただきます」

官兵衛たちは口々にいってひんやりとした湯飲みを手にし、茶を飲んだ。苦みのなかにほのかな甘みがあり、しかも冷たいこともあって、生き返る気分だった。

妻女はにこにこ笑っている。

「お気に召しましたか」

「それはもう」

「もちろんにござる」

「たいへんおいしくいただきました」

「おかわりをお持ちいたしましょうか」

妻女がいったとき、その背後に一つの影が立った。

「うむ、持ってきてあげなさい」

「はい、ただいま」

妻女が立ち、座敷を出てゆく。入れちがって影がのそりと敷居を越えた。一礼して、千堂玄八であると名乗り、官兵衛たちの前に座った。官兵衛たちは名乗り返した。

玄八も鬢には白髪《しらが》が目立ち、首筋や顎に深いしわができつつある。歳は妻女より少しいっているだろうか。碁石《ごいし》のようにまん丸の目をし、鼻筋が通り、微笑をたたえている口元はほどよく引き締められている。全体に聡明で温厚そうな人柄がほの見えていた。

「なんでも新田さまの紹介でみえたとか」

玄八が目を光らせていった。

「はい、千堂どののお力添えをいただきたいと思いまして」

官兵衛は懐から新田貞蔵の紹介状を取りだし、玄八に見せた。玄八が頭を一つ下げて受け取り、紹介状に目を落とす。

「ふむ、なるほど」

読み終えた玄八が顔をあげた。

「この書状によると、本物の忍びを探索するためにそれがしの話をききたいというようなことが記されておりますが、沢宮どのらはどうしてそのようなことを調べようとしているのでござろうや。本物の忍びというのが、それがしにはどうも合点がいかぬ」

当然の疑問といえた。官兵衛には、隠し立てする気など一切なかった。すぐさま口をひらき、穴山梅雪の埋蔵金にまつわることをまず語り、それがもとで昨日、本物の忍びに襲われたことも話した。

　玄八の目は大きく見ひらかれ、腰がわずかに浮いた。

「なんと、武田の重臣だった穴山梅雪公の隠し金にござるか。それを狙い、本物の忍びが暗躍しているとは……」

　むずかしい顔で首を振る。

「しかし、今の世に本物の忍びがいるとは、それがし、まったく知らなんだ。実際に襲われた沢宮どのたちの話を耳にした今でも、正直なところ……」

　その気持ちはわからないでもない。自身が忍びの末裔だけに伊賀者や甲賀者の現状を熟知しているせいで、本物の忍びがこの世に存在することが、官兵衛たちよりずっと信じにくいのだろう。

「こたびの一件で中心となっている人物は、この男にござる」

　官兵衛は懐から人相書を取りだし、玄八に見せた。玄八が受け取り、目を落とす。

「ご存じではござらぬか」

　玄八は真剣な表情でじっと見ていたが、小さく首を振った。

「いや、知らぬ男にござる。一度も会ったことはござらぬ」

　さようか、と官兵衛はいった。玄八が男のことを知っているのを期待していたわけではないから落胆はない。

「千堂どのが属されている伊賀衆でも、あるいは甲賀衆でもよいのでござるが、なにか妙な噂やおかしな動きをおききになったことはござらぬか」

「妙な噂やおかしな動き……」

「常と変わったような動きが、ここ最近の忍び衆にござらなんだか」

官兵衛にいわれて、眉根を寄せて玄八が下を向く。下唇に指で触れ、それを指で伸ばすような仕草をはじめた。考え事をするときの癖なのかもしれない。

玄八が考えこんでいる最中、妻女が茶のおかわりを持ってきた。官兵衛たちの前に湯飲みを置く。ちらりと玄八に視線を流した。

「あなたさま、またおやりになっていますわよ」

やさしい妻女の声に、玄八が目をあげる。

「あ、ああ」

下唇から指をそっと離した。どうぞごゆっくり、とにこりと官兵衛たちに笑いかけて妻女が座敷を出てゆく。腰高障子が音もなく閉まった。

背筋を伸ばした玄八が官兵衛、大蔵、福之助の順に目を当ててゆく。一巡して官兵衛に戻ってきた。なにかを思いだしたような鋭い光が、瞳に宿っている。官兵衛の胸は期待に高まった。

　玄八が口をひらく。

「妙な噂とはいいがたいのでござるし、これは忍びの組にとって当たり前のことでしかないゆえ、果たしてこたびの一件に関係あるのかどうか、それがしには判断がつかぬのでござるが」

　これは前置きでしかない。官兵衛は黙ってうなずきを返した。

「忍びの技の習得に熱心な者たちがいるという噂を、耳にしたことがござる。戦国の昔に活躍した先祖に比肩《ひけん》できる技を身につけようという者たちにござる。しかし、今も申しあげたが、このことは忍びの組の者であるなら当たり前のことにすぎぬ」

「だが、そのことに千堂どのが違和感のようなものを覚えられたというのは、今の忍び衆にそのような者は滅多におらぬということにござるか」

　玄八が頬に苦笑を刻んだ。

「沢宮どのは、はっきりいわれるお方でござるな。まあ、そのくらいでないと、町方はつとまらぬのであろうが」

「お気に障《さわ》りましたか。この通りにござる」

　官兵衛はこうべを垂れた。

「いや、顔をおあげくだされ。別に腹を立ててはおらぬゆえ」

玄八が手にした湯飲みをそっと傾けた。突き出た喉仏が生き物のように上下する。官兵衛たちも茶を喫した。

玄八が湯飲みを茶托に戻す。

「いつの世にも、本物の技を極めたいと考える者はいるもの。しかし、本当にそういう技を身につけた者は一人もおらぬ。この太平の世において、身を削り、命を削るような修行に耐えられる者は、おらぬということにござるな。人というのは、どうしても楽に流れてしまうゆえ」

「確かに」

官兵衛は静かに相づちを打った。しかし、その招きに応じた者がおり、本気で技の習得に取り組んだというのは、十分に考えられることだ。

「その噂はいつどこでおききになった」

玄八が庭へと目を向ける。孫を見るようないとおしげな瞳になっている。

「わしは盆栽が趣味でござってな、同好の士が何人かおる。あれは、もうどのくらい前になろうか。ふむ、もう二年ばかりもたとうか、友垣宅へ盆栽を愛《め》でに行った際、本物の技を極めぬかと甥《おい》っ子が誘われたと友垣がいっていたのでござるよ。わしは、またもそのような動きが出てきたか、とろくに気にもかけなんだし、二年も前のことゆえ失念してござった」

「千堂どの、その友垣の甥御どのは誘いを受けたのでござろうか」

官兵衛の脳裏に、海山寺の境内に横たわる七人の忍びの死骸が浮かんできた。友垣の甥があの一人ということはないだろうか。

玄八がゆっくりとかぶりを振る。

「いや、誘いは断ったそうにござる。半年ばかり前に婿《むこ》入りして、今は鉄砲玉薬組の同心にござる」

「婿入りしたということは、その甥御どのは部屋住だったのでござろうか」

「その通りにござる。三男でござった。それが三十俵三人扶持《ぶち》の御目見《おめみえ》以下とはいえ、当主の座におさまったのでござるから、運がよかったといえましょうな。だが、暮らしが苦しいのは、我らと変わりありますまい」

三十俵二人扶持の町方同心よりも若干多いが、副収入がない分、官兵衛たちよりもずっと生活は困窮しているにちがいない。

「その甥御どのは、いったい誰に誘われたのでござろう」

玄八が首をひねる。

「それは、それがしもきいておらぬ。本人にじかに会われたほうがよかろうな」

相変わらず太陽は激しく火を吐き続け、雲などその勢いの前に蹴散らされていたが、福之助はその暑さなど関係ないかのように張り切って前に立った。

「まずは、井無田比呂助《いむたひろすけ》さまのお屋敷に行けばいいんですね」

「ああ、千堂どのの友垣のほうだ。甥御の住みかをきかなきゃならねえからな。――だが、井無田どのの屋敷はここからすぐ近くとのことだから、きっと俺にもわかるだろうぜ」

福之助がにやりと笑う。

「旦那、あまり甘く見ないほうがいいんじゃありませんかい」

「そこまでいわれたら、是が非でも俺が案内してやろう。といいてえところだが、万が一があるからな、おめえにまかせるよ」

ほんの半町ばかり進んだところで、福之助の足がとまった。

「着きましたよ」

「もうか」

官兵衛は目の前の屋敷を見つめた。玄八の屋敷と同じ造りである。ここも門はひらかれていた。庭木に鋏《はさみ》を入れているらしい音が、静かに響いてくる。

玄八によると、比呂助も玄八と同様にすでに隠居の身だから、在宅しているのではないか、とのことだった。

「よし、いらっしゃるようだな」

門をくぐった官兵衛たちは、庭で盆栽の手入れをしていた比呂助に会い、甥のことをききだした。

鉄砲玉薬組の同心は、玉薬のおさめられた焔硝蔵《えんしょうぐら》を守ることが役目である。久阪《くさか》源四郎《げんしろう》という比呂助の甥は、四ッ谷の紀州《きしゅう》家下屋敷そばの焔硝蔵に詰めることが仕事で、近くに住んでいるという。

「源四郎は、今日は多分非番ではないですかな。屋敷にいると思いますぞ」

比呂助にも男の人相書を見てもらった。だが、比呂助も見覚えのない男だといった。深く礼をいい、官兵衛たちは久阪源四郎の屋敷に向かった。

比呂助の影響なのか、源四郎も庭で盆栽の手入れをしていた。

官兵衛たちは座敷に招き入れられた。ここでも冷たい茶がだされ、ほっと息をつくことができた。

源四郎は小柄で、背丈は五尺を切っている。だが、どこか猫の敏捷《びんしょう》さを感じさせる体つきをしており、動きが実にしなやかだった。このあたりは忍びの末裔という血脈を強く感じさせた。おそらく、と官兵衛は思った。この身ごなしを見こまれ、本物の忍びの技を身につけないかと誘われたのだろう。

官兵衛はあらためて名乗り、福之助と大蔵のことも紹介した。

「盆栽は、井無田どのに教えを受けられたからでござるか」

「その通りにござる」

源四郎がはきはきと答える。物怖《お》じすることなく、若い目がまっすぐ官兵衛を見ている。面長の顔に切れ長の目がのっている。一見、優男《やさおとこ》に見えるが、鼻が丸く、両唇が厚いせいで、愛嬌《あいきょう》のある顔という印象のほうがすぐに強くなってくる。好奇心が旺盛のようで、町方同心を初めて目にするかのような瞳で見つめていた。実際、こうしてじかに向き合うのは初めてなのだろう。歳は二十三、四といったところだ。

「こちらに婿入りできたのも、義父《ちち》上が盆栽の趣味をお持ちで、伯父《おじ》上の紹介があったからにござる」

「なるほど」

官兵衛はうなずいた。庭に板で棚が何段もつくられ、その上にずらりと盆栽が並んでいるが、婿入りして半年の源四郎があれだけの盆栽を集められるはずがない。

「盆栽は貴重な収入にもなりますし、ありがたい趣味にござる」

盆栽を育て、それを売って生活の足しにしている御家人は珍しくない。

「それで、町方のお役人がどのような御用にござろう」

官兵衛に真剣な視線を当ててきた。

官兵衛は、忍びの本物の技を身につけないか、と誘われたことがあるとききもうしたが、まことにござるか、とたずねた。

一瞬、虚を衝かれたような顔をしたが、源四郎はすぐに顎を上下させた。

「あれはもう二年以上も前の話にござる。それがなにか」

「それは、誰に誘われたのでござるか」

「友垣にござる」

「その友垣というのは」

源四郎の顔にためらいの色が生まれた。

「あの、どうしてそのようなことをおききになるのでござろう」

官兵衛は腹を決めた。

「他言無用にしていただくが」

官兵衛は千堂玄八にしたように源四郎にも、これまで起きたことを隠し立てすることなくすべてを語った。

官兵衛の話を熱心にきき続けた源四郎の目は大きくひらかれ、体は今やのけぞりかけている。

「いうまでもないことにござろうが、それがしの話はすべてまことのことにござる」

源四郎が気づいて座り直した。

「では、その穴山梅雪公の隠し金の一件に、それがしの友垣が関わっているやもしれぬとおっしゃるのでござるか」

「考えられぬことはないでしょうな」

うーむ、と腕組みをした源四郎がうなり声を発する。いかにも信じがたいといいたげである。

「この男が、こたびの一件の中心をなしている者にござる」

官兵衛は再び人相書を取りだした。一礼して手にした源四郎が凝視する。

「その男に見覚えはござらぬか」

官兵衛の問いに、源四郎が首を横に振る。

「申しわけござらぬが、見覚えはござらぬ」

返された人相書を折りたたみながら、官兵衛は小さく顎を引いた。人相書を懐にしまいこむ。

「今その友垣がどうしているか、ご存じか」

官兵衛は問うた。源四郎が目をあげる。

「誘いを断って以降、ほとんど会っておらぬゆえ、あまり知らぬのでござる。だが、もともと自分の屋敷にあまり寄りつかぬ男にござる。外に友垣をつくり、遊び暮らしていたようなところがござった。それがしも気にかけてはいもうしたが、今いったいどうしているのか」

源四郎が力なく何度も首を振った。

「その友垣も部屋住にござるか」

「さよう。それがしと同じ三男にござる。同じ部屋住同士、しかも同い年ということもあって馬が合い、幼い頃から親しくしておりもうした。同じ道場、同じ私塾に通った仲にござるよ」

幼なじみなのか、と官兵衛は思った。

「久阪どのはこちらに婿入りが決まったが、その友垣は部屋住のままにござるか」

「さよう。以前、ほとんど縁談などないようなことを、悔しそうに口にしておりました。もともとまじめな性格で、一所懸命、こつこつと技の習得に励み、実際に忍びとしてなかなかの腕前を誇っていたのでござるが、だからといってたやすく養子の口がかかるものではござらなんだ。養子の口は、運まかせみたいなものでござるゆえ……」

「その友垣の名を教えていただけますか」

源四郎が頬をふくらませた。ふう、と息を吐きだす。目に決意の色が見えた。

「沢宮どの、それがしは誘いに乗らずによかったということにござろうか」

「さようにござる。もし仲間入りしていたら、今頃は盆栽いじりもできなくなっていたにちがいござらぬ」

そうでござろうな、といって源四郎が深くうなずいた。

「貧窮のどん底にいるゆえ、大金に目がくらむのはわからぬでもないが、ふつうに暮らしている者を殺し、沢宮どのらを襲うとは、まったく馬鹿なことをしたものにござる。それがしの友垣は、海山寺ではかなくなったかもしれぬのでござるな」

「さよう。死んだ七人のうちの一人かもしれませぬ」

大蔵がうしろに控《ひか》えていることもあり、できればこの話題に触れたくはないのだが、こうして話をしていると、どうしても避けては通れない。

「その友垣の名を教えていただけるか」

わかりもうした、と源四郎ははっきりとした声音でいった。

「横井戸大吉《よこいどだいきち》という男にござる」

官兵衛は胸にその名を刻みこんだ。

「久阪どの、あと一つ、よろしいか。——横井戸大吉どのの親しい友垣がいれば、教えていただきたい」

官兵衛たちは、さっそく横井戸大吉のことを調べることにした。

だが、そのことを人相書の男に知られてはならない。横井戸大吉が海山寺で骸になっていないにしても、とかげのしっぽ切りを平然とするような男なのはまちがいない。大吉が口封じをされる恐れが十分にあった。

どうすれば人相書の男に知られることなく、秘密裡に横井戸家や大吉の友垣たちの探索を行うことができるか。

いったん、久阪源四郎の屋敷を離れ、目についた蕎麦屋に入り、昼食にした。刻限はもう四つ半（午前十一時）をまわっている。今日は特にときのすぎ方が早い。

官兵衛と福之助はざる蕎麦を二枚もらい、大蔵はその倍を頼んだ。そんなにいっぺんに頼んでは蕎麦切りが伸びそうだが、大蔵の食いっぷりはすさまじく、味が落ちる暇などまったくなかった。むろん大蔵にはそれだけでは足りず、さらに四枚の蕎麦切りが胃の腑におさまった。

「旦那、さっきからなにを悩んでいるんですかい」

食べ終えた官兵衛がむずかしい顔で蕎麦湯を喫していると、福之助が少し心配そうにきいてきた。官兵衛は、どうすればやつに知られずに調べを進めることができるか、それを悩んでいる、と告げた。それをきいた福之助が相好《そうごう》を崩した。そんな顔をすると、まだ手習所に通っている最中のいたずらっ子に見える。

「福之助、なにかいい考えがあるのか」

「あっしが行商人に化けて、伊賀衆、甲賀衆の屋敷をまわり、いろいろとききだしてきますよ」

「ききだすって、そんなことがおめえにできるのか」

「屋敷の当主に話をきくのは無理でしょうけど、台所で働く下女なんかに話をきくのは、そんなに難儀なことじゃないと思えるんですけど」

「ふむ、確かにな」

女のほうがおしゃべり好きだし、男よりも噂に通じている。噂やさまざまな風評を台所にまわってきくのなら、あの男に漏れる怖れもぐっと少なくなるにちがいない。

「うむ、いい案だな」

官兵衛がいうと、福之助が笑みを浮かべ、ほっとしたように息をついた。

「福之助、化けるとしたら、なんの行商人に化けるんだ」

「さいですねえ」

福之助が声をひそめる。

「うちは呉服屋ですから、女物の古着を格安で売ったらどうかと思うんですが」

「ちょっと待て」

官兵衛は高くなりかけた声を抑えこんだ。

「おめえ今、うちは呉服屋ですからっていったな。おめえの実家は、品川の旅籠の泉水屋じゃねえのか」

「えっ、ああ、さいでした。あっしの家は泉水屋でしたね」

福之助がのんびりという。照れたように鬢をさする。

「おめえ、嘘をついていたのか」

「嘘だなんてとんでもない。あっしの家は泉水屋でまちがいありませんよ。あっしはいま役になりきっていったんですよ。ただそれだけです。ねえ、旦那、古着屋ということでいきましょう。いい物をびっくりするような値段で売ってあげれば、どこの屋敷の下女も口が軽くなるにちがいありませんよ」

官兵衛は顎を指先でなでさすった。この若い中間はなにかを隠している。それはまちがいない。

「古着はどこから仕入れる。自分の家じゃねえのか」

福之助が苦笑してみせる。

「旦那、まだ信じていないんですかい。本当にあっしの家は泉水屋ですよ」

「俺には、おめえが口を滑らせたようにしか思えなかったがな」

「でしたら、神来さまはどう思いますかい」

助け船を求めるように福之助が大蔵を見る。蕎麦湯をうまそうに飲んでいた大蔵が、にこりとして福之助に顔を向けた。それから官兵衛に視線を転じてきた。

「福之助どのは、確かにちと怪しい感じはしますがの、今はまだ触れずにいてもかまわぬのではないですかの。そのうちきっと、話してくれるはずにござるよ、のう」

「神来さまのお言葉ですけど、話すことなどなにもありませんよ」

官兵衛はかぶりを振った。

「いや、そのうちおめえは話すさ。神来どののおっしゃる通りだ」

「ほんと、そんなことはありませんから」

官兵衛はそれに取り合わず、腕組みをした。

「行商人に化けるのはいいが、一人でおめえをまわらせるのは不安が大きいな」

「わしが用心棒につくことにいたしましょうかの」

大蔵が申し出る。

「でも、それでは旦那の身を守る人がいなくなってしまいますよ」

「神来どのがおめえの用心棒についているあいだ、俺はどこかにひっそりと身を隠しているつもりだ。それで駄目というのなら、おたかに用心棒として働いてもらえばいい」

「ああ、そりゃいいですねえ。おたかさんなら、きっと旦那を守ってくれますよ」

確かにな、と官兵衛はいった。

「おめえが行商人に化けるとなれば、神来どのも同じようにしなきゃまずいだろうが、そのあたりはどうなんだ。神来どのは行商人に化けられるのか」

「馬子《まご》にも衣装という言葉があるくらいですから、へっちゃらですよ。髷を見られるとお侍だというのがばれますから、ほっかむりをしてもらいます。神来さまにはあっしの見習ってことでついていただき、行商の最中、口をきかないようにしてもらえれば、ぼろが出るようなことは、いえ、偽者と露見するようなことはないんじゃないですかね」

「つまり、わしはひたすら黙っていれば、よいのですの」

「ええ、それでけっこうですよ」

大蔵がにっこりと笑う。

「そりゃ楽ちんでいいですのう」

「二人が行商人に化ける衣装は、どうするつもりだ」

官兵衛は福之助にたずねた。

「それにさっききいたが、売り物の古着はどうやって手に入れるんだ。おめえのことだから、本気で安く売り歩くつもりでいるんだろう。神来どのは今は触れずともいいとおっしゃったが、おめえの実家はやっぱり呉服の大店《おおだな》なんじゃねえのか。そこから新品を仕入れて、古着だって売る気でいるんじゃねえのか」

福之助があわてて手を振る。

「そ、そんな真似はしませんよ。し、新品を古着として売るだなんて、いくらあっしでもそんなことはできませんよ」

「おめえ、なに、つっかえてんだ」

「つ、つっかえてなどいません」

　ふむ、といって官兵衛は黙りこんだ。今のところは福之助にまかせるしかない。なにしろ、自分には行商人の真似などできないのだ。大蔵のように見習ということにしてもいいが、三人でぞろぞろと武家屋敷に入っていって噂を聞き込むのは、やはり目立ちすぎる気がする。大蔵だけでも目立つのだ。

　福之助がどういう手立てで行商人の衣装や古着を調達する気でいるのかは、この際、問わないことにした。黙ってすべてをまかせたほうが、うまくゆくような気がした。


　早くも翌日に福之助の聞き込みの成果が出た。

　横井戸大吉はこのところ、まったく屋敷に帰っていないそうだ。以前から屋敷には滅多に寄りつかなくなっていたが、横井戸家の奉公人が最後に大吉の姿を見たのは、もう一月《ひとつき》以上も前のことだという。大吉の特徴として、眉間に三日月《みかづき》のような形をした傷があるそうだ。幼い頃、子供同士の石合戦で負った傷跡とのことである。

　福之助は大蔵をともなって、大吉が親しくしていた友垣の屋敷も当たっている。久阪源四郎が口にした大吉の友垣は八人いたが、そのいずれもが部屋住だった。そのなかで、二人の行方がわからなくなっていた。その二人とも忍びの末裔にふさわしい敏捷さを有しているとのことで、おそらく大吉の誘いに乗ったものと思われた。

「まちがいねえな」

官兵衛は、福之助たちの調べのあいだ、店主に無理をいってずっと陣取っていた蕎麦屋の座敷の隅で断言した。

「その二人は、本物の忍びとしての修行を積んでいたんだ。これで横井戸大吉と合わせ、三人の部屋住がいなくなっているのがわかったが、この分なら、伊賀衆、甲賀衆のなかでまだほかにもいなくなっている者がいても、おかしくはねえ。福之助、よくやった。すばらしい働きだぞ」

「ありがとうございます。旦那にほめられて、あっしは天にものぼるような心持ちですよ」

行商人の形《なり》をしたままの福之助がうっとりとして官兵衛を見つめる。この野郎、また出やがった、と官兵衛はすぐさま視線を大蔵に流した。

「神来どのもご苦労にござった。慣れぬ行商人姿は、たいへんでござったろう」

大蔵がにこにこする。

「いやあ、なかなかおもしろいものにござった。こういうのもやってみると、楽しいものにござるな。わしにとって、とてもよい経験にござった」

　大蔵は町人の格好をし、まだほっかむりをしたままだ。それに気づき、静かにほっかむりを取った。畳の上でていねいに折りたたむ。

　官兵衛は右手をあげ、福之助たちから話をある程度きくまで待たせていた小女《こおんな》を呼んだ。小女が寄ってきて、大蔵と福之助に注文をきいた。福之助はざるを二枚、大蔵は五枚を頼んだ。五枚ときいて、小女が目を丸くする。

「蕎麦切りはこのお方の大の好物でな。あとでもう五枚もらうから、食べ終わる頃を見計らって持ってきてくれ」

　官兵衛の頼みに、まぶしそうな目をして小女がこくりとうなずいた。

「旦那は頼まないんですかい」

　福之助がきいてきた。

「俺の腹は蕎麦切りで一杯に詰まっている」

「えっ、そんなに食べたんですかい」

「ほかにすることもなかったんでな」

「本当においしそうに召しあがってくれるので、私もうれしくなりました」

　小女が横から口をはさむ。

「あっ、失礼いたしました」

あわてて座敷を去ってゆく。

「旦那は相変わらずもてますねえ」

福之助が、厨房《ちゆうぼう》のほうに消えていった小女を目で追って、うらやましそうにいう。

「もてたことなんか、ありゃしねえ」

官兵衛は素っ気なくいって、厳しい目をきらりと光らせた。

「屋敷から消えた部屋住は、総勢で十人を超えるはずだ。横井戸大吉は外で友垣をつくって遊び暮らしていたということだが、仲間には、あるいは忍び衆以外の御家人、旗本の部屋住もいるかもしれん。だが、七人も減った今、人相書の男と行動をともにしているのかどうか。いるとして、どこにひそんでいるのか」

旦那、と福之助が呼びかける。

「人相書の男は忍びなんでしょうか」

「あの男はちがうだろう。忍び衆は、伊賀衆、甲賀衆ともに組屋敷内で暮らしている。狭い世界といっていい。そのなかで顔がまったく知られていなかった。忍び衆以外の者と考えたほうがよかろう。だが、忍びとしての腕は確実に持っている」

「それでしたら、どこで忍び衆とつながりができたんでしょう」

「ふむ、その通りだな」

官兵衛は大きく顎を引いた。

「横井戸大吉が、外でつくった友垣の一人というのは、人相書の男かもしれんな」

「ああ、そういうことでござろうの」

大蔵が合点したような声をだす。

「外で結びつきができた二人は馬が合ったか、意気投合したか、なにかそういうようなことがあったということにござるかの」

官兵衛は微笑した。

「神来どの、探索のおもしろさに目覚められたか」

大蔵がにこりとする。

「どうもそのようにござる。沢宮どのや福之助どののあとについてゆくだけでござるが、次第に悪人のことが明らかになってゆくというのは、まさに快感にござる」

「それがしも、その快さを味わうのが楽しくて、探索に励んでいるようなものにござる」

なるほどのう、と大蔵がいった。

「それにしても、両者はどういう結びつきがあったのでござろうの」

「道場でしょうか」

福之助が張り切った声をだした。

「いや、道場なら久阪源四郎どのが人相書を見たときに気づかなければ、おかしい。久阪どのは横井戸大吉と同じ道場に通っていたからな」

官兵衛は福之助を見やった。ちょうどそのとき、お待たせいたしました、と蕎麦切りがもたらされた。先にやっつけたほうがよい、と官兵衛は福之助と大蔵に勧めた。

大蔵はありがたしといって、蕎麦切りをずるずるとやりはじめた。福之助もならう。話は中断し、官兵衛は二人が食べ終わるのをじっと待った。

大蔵が追加の五枚も平らげ、蕎麦湯を味わいはじめた。うまいですねえ、と福之助も蕎麦湯を楽しんでいる。

「話をはじめていいか」

官兵衛は福之助にいった。

「はい、もちろんです」

福之助があわてて蕎麦湯を飲み干し、蕎麦猪口《ちょこ》を畳に置く。大蔵は蕎麦猪口を口から離し、両手で握り締めた。

「福之助、横井戸大吉の屋敷で調べを行った際、これは、と思うようなことが出てこなかったか」

「これは、といいますと」

「屋敷の下女と話をしたんだろう。なにか興味を惹かれるような話はなかったか」

さいですねえ、といって福之助が大蔵と目を見合わせる。

「なにかありましたかね」

「そうですのう」

「大吉の部屋は見たか」

「ええ、台所近くの日当たりの悪い部屋でした。ちらりとのぞき見はしましたよ」

「部屋になにかなかったか」

福之助と大蔵が思いだそうとする。

「四畳半の部屋で、家財道具らしいものは文机くらいしかなかったような気がするんですけど、どうでしたかねえ」

いや、と大蔵がいった。

「文机のそばに、細長いものが壁に立てかけてありましたぞ」

「ありましたっけ」

「うん、あった。なにか古ぼけた袋に入れてありましたのう。どうやら長いこと触れられていない様子で、埃《ほこり》をかぶっているように見えましたがの」

大蔵がぽんと拳で手のひらを打った。

「あれは、三味線《しゃみせん》じゃなかろうかのう」

江戸ではどこの町内にも一人は必ず三味線の師匠がいるといわれるほど、はやっている。特に、男は美人の師匠目当てに入門する者があとを絶たない。競りが激しいだけに、束脩を安くして多くの入門者を募る師匠が少なくない。微禄の伊賀衆の部屋住ではそれでも苦しかっただろうが、横井戸大吉は一所懸命、習いに通ったのだろうか。そこで人相書の男に出会ったということなのか。

「でしたら、横井戸大吉さんがどこの師匠に習ったかわかれば、人相書の男につながるかもしれないってことですね」

福之助が張り切った声をだす。

「そういうこった。福之助、調べられるか」

「はい、できると思います。もう一度、横井戸屋敷を訪ねて、話をきこうと思います」

それしか手はねえだろうな、と官兵衛は考えた。

「旦那、これから行ってきます」

「いや、今日はよしな」

「どうしてですかい」

福之助は意外そうにしている。大蔵も同じ表情だ。

「横井戸屋敷の下女は今日、古着を買ってくれたのか」

「はい、買ってくれました。なかなかいいものを選んだと思います」

「だったら明朝、別の古着を持ってまた行くほうが自然だろう。怪しまれずにすむし、話をききやすいはずだ」

「下女に横井戸大吉さんの三味線の師匠について話をきけば、すむことじゃありませんかい」

「その通りだろうが、俺としては万全を期したいんだ。下手に焦って、これまでの調べが台なしになるようなことは避けたい。ことを急《せ》くと、いい結果が出ねえような気がしてならねえんだ」

福之助が納得したような顔つきになる。

「わかりました。旦那のいう通りにします」

「いい子だ」

官兵衛は白い歯を見せた。

「福之助、自分が感じている以上に、疲れているはずだ。今日は早めに家に帰ってゆっくりと休むことだ。しっかり疲れを取ってこい」

福之助がにっこりとする。

「はい、そうします」

八

福之助の調べで、横井戸大吉の三味線の師匠が誰だったか、翌朝の五つ半（午前九時頃）に判明した。

大吉は三年くらい前に思い立って、長唄を習いに出はじめたようだ。それから一年ばかり通って、あまり上達しないままにやめてしまったという。その間、数多い門人のあいだで、誰と親しくしていたか、ということもすぐに調べがついた。

宮部周太郎《みやべしゅうたろう》という無役の小普請《こぶしん》組の侍だった。三味線の師匠によると、二人はひじょうに馬が合ったそうだ。宮部周太郎は大吉より三つ年上の二十七だが、昔からの友垣のように親しかったらしい。今は周太郎も三味線を習いに来なくなって久しいとのことである。

師匠に人相書を見てもらったが、周太郎でまちがいないとのことだ。

やっと見つけだした。ここまで長かったが、地道な探索というのは、いつか必ず実を結ぶものだ。官兵衛の胸は喜びに満たされた。もっとも、喜んでばかりはいられない。これから宮部周太郎を引っ捕らえなければならない。それはそうたやすいことではない。

なにしろ、周太郎は宮部家八百石のれっきとした殿さまというのだから。無役の小普請組といっても、町方にはなかなか手をだしにくい厄介《やっかい》な存在である。

とはいっても、町奉行から老中に知らせが届けば目付《めつけ》の命令で、徒目付《かち》がすぐさま動くはずだ。自分たちの手で捕縛できないのは残念だが、宮部周太郎ほどの悪党は、誰が捕らえようととっととあの世に送りこんだほうがいいに決まっている。

宮部周太郎のことを官兵衛たちはさっそく調べた。宮部屋敷は市《いち》ヶ谷《やたに》町にあるが、そこに周太郎はいないのがわかった。

日頃の悪行が祟《たた》り、甲府勤番として甲府に赴任しているというのだ。それがおよそ一年ばかり前のことである。もっとも、赴任といっても、番士として甲府に行ったのであるから、ふつうならもう二度と江戸に帰ってくることはない。それが甲府勤番山流しといわれるゆえんだ。穴山梅雪の隠し金のことをつかんだのも、甲府に行ってからのことにちがいない。

だが、と官兵衛は思った。まちがいなく周太郎は江戸に舞い戻ってきている。この江戸におり、どこかでじっと身をひそめているのだ。

官兵衛たちは宮部周太郎がどんな男だったのか、近所の町人たちにひそかにきいてまわった。

悪評紛々というのは、こういう者のことをいうのだろうな、と官兵衛は感じ入ったくらいだ。周太郎は脅し、強請《ゆす》り、たかりなど武家の立場を利用して町人たちを食いものにしていたのである。押し込みや人殺しまでに手を染めなかったのが、なんとか改易をまぬがれることができた理由だった。

さらに町人たちに話をきいてゆくと、周太郎は一人で人の道を外す行いをしたわけではなかった。よく一人の男とつるんでいたという。

町人たちの話をきく限り、それは横井戸大吉ではないようだ。周太郎と同じくらいの年格好で、かなり太っていたという。その体つきでは、本物の忍びとなるのはさすがに無理だろう。このつるんでいた男というのは、いったい誰なのか。周太郎の友垣の一人であるのは疑いようがないが、この友垣が周太郎の居どころをつかむのに、鍵を握っているような気がして官兵衛はならなかった。

この男も旗本の部屋住ではないのか。おそらくそういうことなのだろう。太っているということは、かなり裕福なのはまちがいないのではないか。だが、旗本の部屋住で、裕福というのがあり得るのか。

ないわけではないだろう。よほどの大身か、親や兄が実入りのよい役職に就いている場合などだ。

官兵衛たちは市ヶ谷や四ッ谷を縄張としている同僚の同心に許しをもらい、界隈《かいわい》の盛り場を当たった。強請ったり、脅したりして得た金を周太郎はどうしていたか。悪行をしてまで金を得たいというのは、だいたい遊ぶ金ほしさというのが相場である。どうせあぶく銭だからと、周太郎たちは派手に遊びまわったのではあるまいか。

官兵衛たちは市ヶ谷御納戸《おなんど》町で、一軒の矢場を見つけた。『馬淵《まぶち》』という店で、この葉月《はづき》という名の矢取女が周太郎のなじみだった。

官兵衛は、葉月を店の外に連れだし、人けのない行き止まりの路地で向き直った。この手の女に話をきくのは、周太郎に漏れ伝わるおそれが強いだろうが、すでにかなり追いつめているという感触が官兵衛にはある。かまわぬ、と思った。

葉月は、歳は二十歳《はたち》を少しすぎたくらいか。化粧が濃く、脂粉のにおいが頭がくらくらしそうなほどきつかったが、目鼻立ちのととのったきれいな顔立ちをしていた。

ふつうの暮らしをしていたらここまで濃い化粧をせずともよいはずだが、裏の小屋で春をひさぐことを商売としている矢取女ならば、この程度は当たり前のことかもしれない。

「周さまとよく一緒にいた人ですか」

葉月が舌っ足らずな口調で官兵衛に問い返す。官兵衛の顔をなめまわすように、やや白目の大きい目で見ている。

「周さまと一緒にいたっていうのは、やさしすぎるいい方でしょうね。ほんと、あの人は周さまにべったりだったたですからねえ」

葉月はもったいぶったいい方をしたが、官兵衛は黙って待った。福之助はいい女だなあ、といいたげな顔で葉月を見つめている。大蔵はひたすらににこにこしている。

葉月が大蔵にちらりと視線を投げた。いったい何者かしらと思ったようだ。同心に中間がついているのはわかる。だが、浪人にしか見えない大蔵がなぜ同心と一緒にいるのか、そのことが腑に落ちないようだ。

「周さまにべったりだったのは武之進《たけのしん》さまですよ」

ようやく葉月が告げた。

「武之進というのは侍か」

「ええ、旗本二百四十石のご子息ですよ」

「姓は」

「色川《いろかわ》さまです」

「二百四十石というのは、まちがいないか」

「ええ、まちがいありません。本人からきいたんですから」

だが、二百四十石の家の者が裕福であるはずがない。旗本のなかでも、最も暮らしが苦しい石高ではないだろうか。

「ああ、その程度の石高なのに武之進さまが肥えていらっしゃるのが不思議だと、お役人は思っていらっしゃるのですね」

「まあ、そうだ」

官兵衛は素直に認めた。葉月がいたずらっぽく笑った。そうすると、したたるような色気が表情にあらわれ出た。ごくりという音が官兵衛の耳を打つ。うしろで福之助が喉を鳴らしたのだ。葉月が思わせぶりな目で福之助を見る。

「かわいい人」

「えっ、さいですかい」

「馬鹿、本気にするな」

「あたしは本気でいったんですよ」

「それよりも色川武之進のことだ」

「ああ、そうでしたね」

葉月が舌をだす。あまりいい色をしていなかった。健《すこ》やかな暮らしを送っているとはいいがたいはずだから、これは致し方のないことだろう。

「色川さまの家が富裕なのは、理由があるんです」

思わせぶりに葉月がいう。

「どんな理由だ」

「ご実家が金貸しをしているんです。利は一月に一分《ぶ》ということですよ」

年利で一割二分ということだ。高いことは高いが、無法というほどのものではない。このくらいなら、ほかの金貸しと大差はない。

「武之進という男は、色川家の跡取りか」

「いえ、四男です。跡はご長男が継いでいらっしゃいますよ。けっこう裏の稼業に精をだしていらっしゃるようで、いろいろな人にお金を貸しつけては、借金の形に地所や建物まで取りあげているってことですよ」

「ふむ、地所や建物までか。そいつはまた悪辣《あくらつ》だな」

それにしても、と官兵衛は思った。いったいいくら借りたら、地所や建物まで差し押さえられるところまでいってしまうのだろう。

「武之進は今も部屋住か」

「いえ、ちがいます。八王子千人同心の株をお父上に買ってもらい、そこの婿におさまっています」

千人同心といえば、元武田家臣や八王子近在の富農たちが甲州《こうしゅう》と武州《ぶしゅう》の国境を守るために、徳川家康によって八王子に置かれたのがはじまりである。暮らしは半士半農といってよく、平時は田や畑を耕して暮らしている。平同心が八百人ばかりおり、百人の組頭がその上に位置している。さらに十人の千人頭がおり、組頭や同心をまとめている。千人頭は二百石から五百石もの禄高をもらっているが、組頭は最高の禄をもらっている者でも三十俵一人扶持というから、官兵衛よりも低い禄高でしかない。その下の同心たちは、まさに微禄そのものといってよいだろう。

「色川というのは、千人同心のほうの姓か」

「ちがいます。千人同心のほうは、確か菅原《すがわら》さまといったように思います」

「菅原家というのは同心か、組頭か、それとも千人頭か」

葉月が首を傾け、思いだそうとする。

「確か、組頭といったような気がします」

それならば、まちがいなく元は武田家臣の家だろう。そういうことならば、と官兵衛は覚った。武之進が婿に入った菅原家には穴山梅雪の伝承や文書が伝えられており、そういうところから隠し金のことを探り当てたのかもしれぬ。

「周太郎と武之進はどういう知り合いだ」

官兵衛は新たな問いを放った。葉月が自らの頬にそっと手を当てた。そんなことをすると、ずいぶんと幼く見えた。厚化粧のために二十歳を超えているように見えるだけかもしれない。

「なんでも、道場仲間とのことでしたよ。小さな頃から同じ道場に通った仲だとききましたけど」

官兵衛は礼をいって、葉月と別れた。

「八丁堀の旦那、またいらしてね。今度はお客としてね」

葉月の舌っ足らずの声が追ってきて官兵衛は右手をあげたが、ここに来ることは二度とあるまいと思っていた。

「葉月さん、きれいでしたね」

感に堪えないというように福之助が、歩きながら首を何度か振る。

「気に入ったか」

「ええ、そりゃあもう」

「おめえ、けっこう惚れっぽいよな」

「そうですかね。気が多いとは自分でも思ってはいるんですけど」

「気に入ったんなら、通えばいいさ。向こうは商売だから、相手にしてくれるぜ。特におめえみてえな、一目でいいとこの坊っちゃんとわかる男は、歓迎される」

「金が歓迎されるんですね」

「まあ、そういうことになるかな」

「そういうのは、あっしはいやですねえ。やっぱりあっしの人柄ってものに惚れてくれないと」

「そういう女もいずれ出てくるさ」

「蓼《たで》食う虫も好き好きといいますからの」

「あっ、神来さま、それはどういう意味ですかい」

「言葉通りの意味ですがの」

「ひどいですよ」

「あれま、気に障ったかの。わしは悪い意味でいったんじゃなかったんだがの。だが気に障ったんなら、謝ろうかの。福之助どの、すまんことをいったの」

「いや、まあ、謝られるほどのことではないんですけど」

福之助、と官兵衛は呼んだ。

「番所まで連れていってくれ」

福之助が官兵衛を見あげる。

「はい、お安い御用です」

町奉行所に着いた官兵衛はまず同心詰所に入り、一通の文書を作成した。それから与力の新田貞蔵に面会を求め、これまでの顚末《てんまつ》を、先ほど書いたばかりの文書を添えて伝えた。

「ふむ、黒幕は宮部周太郎という旗本だったのか。へえ、甲府勤番かい。なるほど、山流しにふさわしい行いをしてきているな」

うーむ、とうなって貞蔵が腕組みをする。

「江戸に舞い戻ってきてやがるのか。穴山梅雪公の隠し金を手に入れたら、さっさと上方にでもふけるつもりでいやがるんだな。そういう気持ちがあるからこそ、甲府を抜けだすなんて畏《おそ》れ多い真似ができるんだろう」

「はい、それがしも同感です」

貞蔵が、信頼という文字がくっきりと浮き出ているような視線を当ててきた。

「あとは官兵衛、この周太郎と武之進、数人の忍び衆の部屋住どもがどこにひそんでいるか、それを突きとめればよいのだな」

「はい、そういうことになりましょう」

「よくここまでがんばったな。たいしたものだ。それで、隠れ家の見当はついているのか」

「いえ、ついておりませぬ」

「ずいぶんとあっさりいうではないか。だが、官兵衛、すでになにか考えがあるような顔をしておるぞ」

さすがに長いつき合いだけのことはある。官兵衛は微笑を漏らした。

「やつらの行方に関し、一つ考えがあります」

「いってみろ」

「武之進の実家である色川家は金貸しを営んでおります。借金の形に地所や居宅を取りあげることもあるそうですが――」

「差し押さえた家がいくつもあり、やつらはそのうちの一軒に隠れているのではないか、というのだな」

「はい。おそらくは、そこを根城に宮部周太郎はずっと動いていたのではないか、と思われます。海山寺も、あるいは借金の形で取りあげたものかもしれませぬ」

そういうことか、とつぶやくようにいって貞蔵が鼻の頭をなでた。

「そのあたりのことは、寺社奉行所のほうからまだなにも知らせてきてはおらぬが、確かに官兵衛のいう通りかもしれぬ」

貞蔵が一つ間を置く。

「どうすれば、その色川家が手に入れた地所や居宅を知ることができるか、ということだな」

「さようにございます」

「なにかいい案があるか」

「こういうのは、同業の者が詳しいものと、相場が決まっているといってよいのではないかと存じます」

「地所や家などを扱っている者か。存じ寄りの者はいるのか」

「はい、おります」

「わしが紹介してやってもよいぞ」

「話をきく者はできれば多いほうが。お願いいたします」

貞蔵が口にしたのは、三上屋《みかみ》という湯屋だった。

「湯屋がその手の商売をしているのでございますか」

「そうだ。湯屋にも株の売買があるのは知っておろう。三上屋というのは湯屋を二つ持っているのだが、二つ目の株を買ったときに、その手の商売に目覚めたようだ」

貞蔵が官兵衛を見つめてくる。

「おぬしの存じ寄りの者というのは」

「はい、口入屋《くちいれ》にございます」

「おぬしが懇意にしている口入屋で、その手の商売をしている者というと、川崎屋《かわさき》だな。ちがうか」

「よくご存じで」

「わしはおぬしの支配役ゆえ、知っているのは当然だ」

「畏れ入りました」

三上屋と川崎屋の二つを当たり、有益な話を伝えてくれたのは、三上屋のほうだった。三上屋のあるじは合造《ごうぞう》といい、もう六十をすぎている年寄りである。しわ深い顔をし、背も曲がりかけていた。総髪にした頭はすべて白髪で、日光を浴びると輝くのではないかと思えるほど鮮やかな銀色をしていた。目の色は真っ黒で、聡明さと若さを感じさせる光を宿していた。

「ああ、色川さまのことなら存じていますよ。出物の土地や家があると、必ずうちにもいってきましたからね」

「色川家がどういう地所や建物を有しているか、そのあたりはわかるだろうか」

「ええ、わかりますよ」

こちらが拍子《ひょうし》抜けするほど、あっさりといった。

「土地や建物の斡旋《あっせん》、周旋をしているところは、この広い江戸といっても、さして多くはないんですよ。同業の者がどんな物件を有しているか、そのあたりのことを常に把握していないと、この商売、後《おく》れを取ることになりますからね。後れを取ることは即、損を意味しますから。——ちょっと待っておくんなさい。いま取ってまいりますから」

軽《かろ》やかな身ごなしで腰をあげ、座敷を出ていった。

「取ってくるというと、なにをですかのう」

官兵衛のうしろに控える大蔵が、合造の去ったほうを見やっていう。

「色川家が所有している物件の一覧を書き留めたようなものがあるのでござろう」

「ああ、なるほど」

大蔵だけでなく、福之助もうなずいている。

合造は座敷に帰ってきた足取りも軽かった。

「こちらですよ」

合造が官兵衛に手渡してきたのは、一冊の薄い帳面だった。

「こいつを作成したのは半月ばかり前ですから、その後に色川さまが手に入れた物件があったら、それは載っていないんですが。ただ、それも二、三日待っていただいたら、はっきりさせますよ」

「では、見せていただく」

官兵衛は帳面をひらいた。ちょうど十の土地や建物のことが記されていた。場所、坪数、値段などがはっきりと書かれている。

「ほう、こいつはすごい」

「でも旦那、びっくりするほどの数はありませんね」

福之助がいうと、そりゃそうでしょうね、と合造がいった。

「貸した金の形として差し押さえたものばかりですからね、もともとそんなにたくさんありゃしないんですよ。地所を取りあげられるだけの大金を借りる者は、そんなにはいませんからね」

十の物件のうち、土地だけというのが四つあり、残りが建物付きの土地である。この六つのうちのどれかに、やつらがひそんでいるのは、まちがいないのではないか。

官兵衛の胸は高まった。いよいよ、という気がしている。

福之助が自分の帳面に、几帳面《きちようめん》な字で六つの家のことを書きこんでいる。まちがいないか、何度も確かめている。墨が乾くのを待って帳面を閉じ、懐に大事にしまった。


――ここだな。

官兵衛は確信を抱いている。

これまで四つの家をひそかに見てきたが、いずれも放置されているも同然で、人けがないのは一目見て、明らかだった。大蔵もどこの家でも人の気配がないか熱心に嗅いでいたが、すぐに無人であるとの結論をくだした。

官兵衛たちの目の前に、夏の長い日にもかかわらず、もう薄闇のなかに紛れこもうとしている一軒の家がある。そんなに広い家ではなく、せいぜい三部屋くらいしかないのではないかと思えるが、ここには濃密な人の気配が漂っている。ぐるりをめぐっているのは半丈ばかりの高さの生垣だ。枝折戸《しおりど》が設けられ、そこから入れるようになっている。

場所は市ヶ谷肴《さかな》町。牛込《うしごめ》御門から神楽坂《かぐらざか》をまっすぐのぼってくると、やがて左手に広がる町である。

大蔵も、ここにまちがいありませんぞ、といいきった。大蔵は一度、生垣のところでひざまずき、なかの気配を嗅いだのだ。

「この家に全員ひそんでおりますぞ」

大蔵によれば、七、八人がいるのではないかとのことだ。

「心がねじけたような、いやな気が満ちておりもうすよ。海山寺で感じたものとまったく同じ気でござる」

一刻も早く捕物に移りたく、官兵衛ははやっている。ここまできて、やつらを逃したくない。すでに裾はまくりあげ、長脇差の下緒で襷《たすき》がけもしてあり、頭に手ぬぐいで鉢巻も巻いていた。大蔵も袴の股立《ももだ》ちを取り、襷がけをしている。鉢巻はすぐにずり落ちてくるのでしないとのことだ。

もしやつらがこの家をあとにしようとしたときは、官兵衛は大蔵と二人で急襲するつもりでいる。大蔵が一緒ならば、なんとかなる。むろん、大蔵頼りにならぬように自身も奮戦する気でいる。

「それにしても、遅いな」

官兵衛はうしろを振り返った。さっきより濃くなった闇が視野をふさぐように立ちふさがっている。町奉行所に応援の者をよこすよう知らせるために使いにだした福之助がまだ戻ってこないのだ。福之助には、父の仇討に燃えている晴吉も連れてくるように命じてある。だが、町奉行所の捕り手たちも、晴吉も姿を見せない。近づいてくる提灯一つ、官兵衛の目には映らない。

「いや、もう来たようにござるぞ」

「まことか」

官兵衛は目を凝らした。

「どうやら御用提灯は消してやってきたようにござるな。やつらに感づかれないようにするためには、そのくらいの心配りは必要でござろうの」

官兵衛のまわりに捕り手の影が次々に浮かびあがった。まるで物《もの》の怪《け》がわいて出たようだ。総勢で三十人はいるのではないか。

官兵衛、とささやくような声で呼び、肩を叩いてきた者がいた。闇のなかでも、にこやかに笑っているのが知れた。

「新田さま。ご足労、ありがとうございます」

官兵衛は頭を下げた。

「仕事だ。官兵衛、顔をあげろ」

官兵衛はその言葉にしたがった。

「でかした。ついに見つけたな。まちがいないのだな」

「はい、まずまちがいないものと」

貞蔵は陣笠をきりりとかぶっている。騎馬も小者が引いてきている。槍《やり》持ちもいる。

「やつら、動いておらぬか」

「はい、家にいます」

「よし、かかるか」

「しばしお待ちください」

「どうして」

官兵衛はわけを告げた。

「ああ、その話は以前きいたな」

「はっ。あらためて申しあげますと、宮部周太郎に父を殺された晴吉という若者が若松丹右衛門どのの道場で中間として仕え、仇討成就を願っております」

「その晴吉がじき来るというのだな」

「はい、福之助を使いにだしましたので」

「そうか。わかった。では待とう」

「かたじけなく存じます」


四半刻ばかりたった。

おびただしい蚊《か》の襲来と戦いつつ、官兵衛たちはひたすら待った。

だが、晴吉や福之助はあらわれない。

「来ぬな」

貞蔵がちらりと家のほうに目をやった。かすかな灯《ともしび》が漏れこぼれている。まだ眠っていないのか、それとも常夜灯の役目をさせているのか。

「官兵衛、もう待てぬ」

はい、と官兵衛は答えた。官兵衛自身、じりじりしていたし、確かにこれ以上なにもせずにいるというのは士気にも関わる。その上、ときがたてばたつほど、不測の事態が起きるおそれが大きくなる。

「よし、乗りこむぞ」

はっ、と官兵衛は答えた。貞蔵が一歩前に出て、捕り手たちに合図しようとした。

「お待ちあれ」

低いが、鋭い声がかかった。

「来たようにござる」

大蔵にいわれて官兵衛は闇を透かし見た。ぼんやりとだが、今度は見えた。捕り手たちが来たときと同じように、提灯を消して近づいてくる影がいる。さすがに官兵衛はほっとした。

近づいてくる人影は三人ばかり。一人は福之助、もう一人は晴吉だろう。あとの一人は誰なのか。

「お待たせしました」

福之助の声が官兵衛の耳に届き、小柄な影が目の前に立った。

「本当に遅かったな。なにをしていたんだ。まさか道に迷ったんじゃねえだろうな」

官兵衛はささやき声でただした。

「いえ、これでも一所懸命急いできたんですよ」

福之助は夜目にも赤い顔をしている。息も少し荒い。

「ほう、そうだったのか。すまねえことをいった」

「まことお待たせして申しわけない」

しわがれた声がきこえた。押し殺してはいるものの、腹にずんと響くものがある。

福之助に代わって官兵衛の前に立ったのは、若松丹右衛門である。

丹右衛門が官兵衛に向かって、深く頭を下げてきた。

「沢宮どの、よく知らせてくれた。感謝いたしますぞ」

官兵衛は小さく笑いを見せた。

「いえ、約束ですから。それがしは晴吉どのが本懐を遂《と》げられるように尽力すると申しました」

「本当にかたじけない。福之助どのが道場にあらわれたとき、わしは涙が出そうになりもうした」

丹右衛門が、慈愛に満ちた目で晴吉を見やる。晴吉は股立ちを取り、襷がけをし、頭に鉢巻をし、いつでも戦いに入れる態勢をととのえている。鉢巻のせいなのか、表情がきりりとし、雄々しく見えた。

「晴吉、よくお礼を申しあげるのだぞ」

「はい。——沢宮さま、ありがとうございました。感謝の言葉もありません」

「厳しいことをいうようだが、その言葉は念願がかなったときまで取っておいたほうがよいのではないかな。容易ならぬ相手ゆえ」

晴吉がぐっと歯を嚙み締める。

「はい、よくわかっております。沢宮さまの骨折りが無駄にならぬよう、心して臨みます。見ていてくだされ」

瞳に闘志の炎がめらめらと燃えている。

「おう、神来どのではないか」

丹右衛門に声をかけられて、大蔵がにこにこする。

「神来どのも捕物に加わるのかな」

大蔵が大きく顎を上下させる。

「はい、そのつもりでおりもうす」

さようか、と丹右衛門がいった。

「新田さま、それがしも捕物に加えてくださらぬか」

貞蔵に向かって申し出る。丹右衛門と貞蔵が知り合いであるとは、官兵衛はこれまで知らなかった。だが、江戸で五指に入る剣客なら、町奉行所の与力とつき合いがあってもおかしくない。

「若松どのが加わってくれればまさに千人力だが、まことよろしいのか」

「むろんにござる」

きっぱりと答えて、丹右衛門が再び晴吉に目をやる。

「大事な弟子の仇討がなるかというときに、師匠が力を貸すのは当然のことにござる」

「わかりもうした。ご助力感謝いたします」

貞蔵が深くうなずいていった。

「だが若松どの、やつらを殺さずにお願いいたす。こちらが晴吉どのといわれるか、晴吉どのだけは仇討ということで、宮部周太郎を討ってもかまわぬが」

それはよくわかっておりもうす、と丹右衛門がいった。

その横で晴吉が深く顎を引いた。顔色がさすがに青くなっているのが、闇のなかでも知れた。唇も紫色に変じているのだろう。下顎のあたりがわずかに震えている。

「晴吉どの、仇討免状はお持ちか」

貞蔵がていねいな口調できく。

「はい、持っております」

晴吉が懐から一通の書状を取りだした。きっちりと油紙に包まれている。

「これにございます」

差しだしたのを、貞蔵がうやうやしく受け取る。

「これはわしが預かっておく。よろしいな」

「はい、よろしくお願いいたします」

晴吉が深々と頭を下げた。


家は静かなままだ。

やつらは眠りに就いたのか。

刻限はもう四つ近いのではないか。

官兵衛がそんなことを思ったら、どこからか鐘の音が、夜空に広がる雲を伝うように響いてきた。

馬上の貞蔵がちらりと見る。官兵衛はそれとわかる程度にうなずいた。

貞蔵が前を向く。右手に握られた采配が高く掲げられる。それを合図に御用提灯や龕灯にいっせいに火が入った。捕り手の誰もが慣れたもので、火打ち石の音はほとんど立たない。やがて闇のなかに灯りの列が浮きあがり、目にまぶしいくらいだ。

まだやっている煮売り酒屋でもあるのか、魚を煮ているらしい醤油だしのにおいがほんのりと漂ってきた。官兵衛には、それがずいぶんと平和なにおいに感じられた。

腹が鳴った。官兵衛は夕食をとっていないのを思いだした。

おのれはともかく、神来どのはさぞ腹を空かせているのにちがいあるまい。

だからといって、力が出ないというようなことはまずあるまい。大蔵は捕り手ではないから、今回は官兵衛と福之助の身を守ることに専心するのではあるまいか。だが、考えてみれば、宮部周太郎は大蔵の仇といえなくもない。俊明を手にかけたのは紛れもなく周太郎だからだ。

「かかれ」

低く抑えた声とともに采配が振られた。

「行くぞ」

捕物十手を手に官兵衛は福之助にいい、走りだした。同じように十手を握り締めている福之助はさすがにかたい顔をしているが、捕物はこれが初めてでないこともあるのか、身ごなしにぎこちなさはない。これなら十分やれる。

うしろの大蔵は、いつでも刀を抜けるように鯉口を切っている。さすがに厳しい表情を隠せずにいるのは、海山寺のことが頭をよぎっているためなのか。それとも俊明のことだろうか。

他の捕り手たちも、いっせいに走りはじめた。誰もが無言だ。家のなかに飛びこむまでは、決して口をひらかぬように厳命されている。ひたひたという足音だけが官兵衛の耳に届く。

町奉行所の小者がいちはやく枝折戸に近づき、さっとあけ放つ。閉まらぬように紐で素早く固定した。

官兵衛は先頭で枝折戸を駆け抜けた。小さな庭しかなく、夜空に屋根の影を浮かびあがらせた建物があっという間に迫ってくる。

どこが戸口なのかすでに調べはついているが、官兵衛にそちらに向かうつもりはない。正面に濡縁がぼんやりと見えている。雨戸が閉まっているが、わずかな隙間から灯りが細く漏れているのである。そこに人がいるのは疑いようがない。

濡縁に跳びあがるや官兵衛はためらうことなく、雨戸に体当たりを食らわせた。雨戸はきしんで悲鳴のような音を立てたが、倒れない。官兵衛はいったん下がり、もう一度体当たりをしようとしたが、背後から押しとどめられた。

「沢宮どの、わしがやりますぞ、のう」

大蔵が半身になって突進した。肩から雨戸にぶつかってゆく。簞笥《たんす》が倒れたような音が立ち、一枚の雨戸が向こう側に飛んでいった。

刀を抜き放った大蔵が部屋に突っこむ。部屋の灯りはすでに消えている。官兵衛が雨戸を一撃で破れなかったせいで、やつらに灯りを消す暇を与えてしまったのだ。

だが、すぐに御用提灯と龕灯の群れが追いかけてきて、そこが八畳の座敷であるのが知れた。座敷のまんなかで、仁王《におう》のように立つ大蔵の姿が照らしだされた。刀を右手に握り、座敷内を睥睨《へいげい》している。

おおっ。官兵衛は我知らず声を漏らした。大蔵の姿に、冒しがたい神々《こうごう》しさのようなものを感じたのだ。横の福之助も見とれ、声をなくしている。

この人はいったい何者なのか。殺された俊明どのは預かっているといったらしいが、誰からなのか。

無言の気合が頭のなかに響き渡り、官兵衛は我に返った。忍び刀を手にした男が口をぎゅっと引き結んで、大蔵に斬りかかってゆく。頭に響いた気合は、この男の発したものだろう。男は忍び頭巾はかぶっておらず、必死の形相《ぎょうそう》をしている。大蔵は刀をだらりとさげたまま、肉迫する男をただ凝視している。

神来どのっ、と官兵衛は叫びそうになったが、その声は喉の奥でとまった。大蔵がわずかに動いたかと思うと、男がなにかにつまずいたかのように畳の上で無様に転がったからだ。大蔵の刀の尖《せん》は天井を向いている。どうやら男の足を刀で払ったらしい。臑《すね》あたりを斬られ、男は転倒したのだ。傷口から血が出ている。相当痛いはずだが、それでも男は一言も発しない。もがくように必死に起きあがろうとする。大蔵が男に歩み寄り、拳で殴りつけた。がつ、と音がし、男の顔がゆがんだ。一瞬、呆《ほう》けたような表情になり、それからどすんと肩から畳に落ちた。

寝返りを打つように横倒しになった男は気絶している。大蔵が男の右手を蹴った。忍び刀が畳を転がり、腰高障子に当たって動きをとめた。

大きく息をついて、官兵衛も座敷に入った。いきなり左側の襖を突き破って斬りつけてきた男がいた。

この男も忍び刀を手にしている。忍び頭巾はかぶっていない。官兵衛は捕物十手で応じた。刀を受けとめると、重い衝撃が腕に伝わった。

それに負けることなく、十手をぎりと横にねじる。刀が下を向く。男が刀を引こうとする。官兵衛はそれにつけこんで前に進み、男の急所を蹴りあげた。

男が寸前でかわしたために足は空を蹴ったが、すぐに官兵衛は十手を引き戻し、男の肩を打った。骨が砕けるような音がし、男の口が貝のようにぱかりとあいた。すさまじい痛みが襲っているのだろうが、声をあげるのだけは必死にこらえている。これも本物の忍びを目指した者の矜持《きょうじ》なのか。

官兵衛は捕物十手で、男の右手を容赦《ようしゃ》なく打った。男が耐えきれずにうめき、手を離れた刀が畳で力ない音を立てる。宣兵衛はそれを蹴った。刀は濡縁のほうに転がり、地面に落ちていった。

捕縄を手にした福之助が、二人の男をあっという間に縛りあげた。二人を芋虫《いもむし》のように畳に転がす。落ち着いた手際だ。

戸口からも捕り手たちが入りこんだようで、そちらからも喧噪や怒声がきこえてきた。御用、御用という声も届きだした。

宣兵衛は福之助を見た。福之助は大丈夫です、というようにうなずいてみせた。顔は引きつっていない。うなずき返して宣兵衛は次の間に進んだ。ここでも二人の男が襲ってきた。宣兵衛は大蔵の助力のもと、二人を冷静に叩きのめした。捕物十手を肩に受けた二人の男は床に崩れ落ち、苦しげに這いずるだけだ。それを他の捕り手たちが手際よくふんじばった。

宣兵衛たちはさらに進んだ。大蔵が腰高障子を音高くあける。

宣兵衛の目に飛びこんできたのは、畳の上に立つ三人の男の姿である。二人は忍び刀を構えており、まんなかの一人は棒手裏剣を手にしている。縄がついた例の棒手裏剣である。大勢の捕り手たちが敷居際から龕灯や提灯の光を浴びせている。

宣兵衛に気づき、宮部周太郎が憎々しげな視線をぶつけてきた。宣兵衛は表情を動かすことなく見返した。

「きさまか。きさまがここを突きとめたのだな。やはりきさまを殺しておくべきだった。きさまを殺せなかったのが、しくじりだった。くそう」

「宮部周太郎、それにしても、よく江戸を逃げださずにいたものだ」

「目的を達せず逃げられるか」

「目的というのは穴山梅雪公の隠し金のことだな。まだ手に入ると思っているのか」

「当たり前よ」

周太郎が吠える。龕灯や提灯に照らされたその顔は、ひどく醜悪《しゅうあく》でゆがんで見えた。

「いったいどれだけの金が埋蔵されているか、きさま、知っているのか」

「知らんな。興味もない」

「百万両はくだらんのだぞ」

「ほう、そいつはすごい。だが、そんな金を手に入れてどうするつもりだ。使いきれんだろうが。穴山梅雪公も、ほとんど使うことなく死んでいったぞ」

「使いきれずともかまわぬ」

「天下のために埋蔵金を使う気になっていたら、あるいは探し当てられたかもしれぬが、私欲のためでは無理だ。宮部周太郎、残念だったな」

くっ、と周太郎が唇を嚙む。

周太郎たちが対峙《たいじ》しているのは、晴吉と丹右衛門である。晴吉が刀を正眼に構え、そのかたわらにいる丹右衛門はまだ刀を抜いていない。

家のなかは静まり返っている。官兵衛たちが倒した四人のほかは、目の前にいる周太郎たちが最後なのだ。大蔵がいっていたが、この家にいたのは全部で七人なのだろう。

「宮部周太郎、父の仇、覚悟せよ」

周太郎が晴吉を見て、ふふと笑いを漏らす。

「ことここに至って、うぬの親父など知らぬといったところで仕方ないな。確かにうぬの親父を殺したのは、俺だ」

晴吉がぎりと歯を嚙み締めた。

周太郎が官兵衛に目を転ずる。

「寺男を演じた磐造には、うぬらを海山寺で屠るために若松道場で俺を見かけたとわざといってもらった。そのほうが話が信憑《しんぴょう》に足るものになるからな。道場に出入りしているという男がこやつの仇であるとは、さすがのうぬも見抜けなかったはずだ」

確かにあの磐造の虚言があったからこそ、不審に思い、海山寺に戻ったのだ。

いきなり周太郎が晴吉めがけて棒手裏剣を投げつけた。晴吉の刀が動いたが、空を切った。胸に突き刺さると見えた瞬間、晴吉がかろうじて体をひらいてかわした。棒手裏剣は晴吉の左腕をかすめていき、すぐに引き戻された。

「覚悟っ」

叫びざま、晴吉が周太郎に向かって突っこんでゆく。

「笑止」

周太郎がまたも棒手裏剣を投げつける。両側の二人も晴吉に向かって棒手裏剣を放った。三本の棒手裏剣が晴吉にまっすぐ向かってゆく。周太郎の棒手裏剣を晴吉はなんとか払いのけたが、あとの二本に刀は間に合わない。しかし、その二本は鉄の音を残して、畳に叩きつけられた。丹右衛門が足を踏みだしざま、棒手裏剣を打ち落としたのだ。

周太郎が棒手裏剣を引き戻す。両側の二人も同じようにしたが、戻ってきたのは縄だけだった。肝心《かんじん》の棒手裏剣は縄を断ち切られ、畳に転がったままだ。

鉄の音がした以上、丹右衛門の刀は棒手裏剣を打ったのだろうが、ほとんど同時に縄も切っていたのである。しかも二本の棒手裏剣に同じことをしたのだから、いったいどれだけの速さで刀が動いたものか。刀の動きを見極めることができたのは、大蔵くらいのものではないか。

だが、あまりの技のすごさに呆然としている暇はない。周太郎は晴吉にまかせるとしても、他の二人はさっさととらえたほうがよい。

官兵衛は突進し、捕物十手を振りおろした。振りおろす寸前、眼前の男を目にして、こやつは横井戸大吉ではないかという気がした。本物の技を身につけないか、と忍び衆の部屋住たちに声をかけていった男である。まちがいなかった。眉間に三日月の形をした傷跡があったのだ。

捕物十手はよけられた。忍び刀の抜き打ちが襲ってきた。官兵衛はそれをかろうじて避けた。

「沢宮どの」

大蔵が進み出て、官兵衛を守るように立ちはだかる。大蔵を見て一瞬、男がひるみを見せたが、覚悟を決めたように大きく足を踏みこみ、忍び刀を胴に払ってきた。

大蔵はその斬撃をよけなかった。ただおのれの刀を袈裟に振りおろしただけだ。次の瞬間、男ががくりと膝を折った。手のうちから刀がこぼれ落ちる。男は右手の甲を左手で押さえている。血がにじみ出てきており、畳を濡らしはじめていた。大蔵の刀は男の手の甲を打ち据えたのだ。男の刀は大蔵が部屋の外へと蹴飛ばした。

ほぼ同時にもう一人の男は、前に音もなく進んだ丹右衛門があっけなく始末した。ふくらはぎを斬られ、畳に尻餅をついたまま立ちあがることができない。振りまわそうとした忍び刀も丹右衛門の刀にあっさりと絡め取られた。丹右衛門が刀を無造作に振ると、忍び刀は庭に向かって鳥のように飛んでいった。がしゃん、と地面に落ちた音が伝わる。

あとは晴吉が周太郎を倒せば、すべてが終わるというところまできた。官兵衛に手だしする気はない。それは大蔵も師匠の丹右衛門も同じだろう。いや、大蔵はどうだろうか。周太郎は俊明の仇なのだ。だが、厳しさのなかに平静さを宿したその面を見る限り、他の者と同様、手だしする気はないようだ。ただ、もし晴吉が窮地に陥《おちい》ったら、助けに入るという気持ちは最も強いのではないか。

「覚悟っ」

もう一度いって、晴吉が刀を振りおろす。懲りもせずに周太郎はまたも棒手裏剣を投げてきた。それを晴吉が払いのける。その隙を衝くように周太郎が刀を抜き払い、胴に振ってきた。晴吉がそれを受けとめる。鍔《つば》迫《ぜ》り合《あ》いになった。周太郎がぐいぐいと押す。鍔迫り合いは突き放されたほうが不利だ。

だが、晴吉はこらえきれず、突き放された。そこを見逃さず、周太郎が刀を振る。かろうじて晴吉がかわしたが、体勢がかすかに崩れた。周太郎の振りおろしが間を置かずに襲いかかる。晴吉がそれを弾き返す。

体勢の崩れはさらに大きいものになった。次の振りおろしには耐えきれないのではないか。そんな危惧が官兵衛の胸に広がったが、まだ大丈夫という思いが手だしをさせなかった。

周太郎の斬撃が容赦なく晴吉の体を刻もうとする。だが、晴吉はそれを大きく跳びすさることで、かわした。おのれっ、と周太郎は怒号を発する。さらに強烈な振りおろしを見舞おうとする。周太郎の腋の下の近くに、大きな隙ができた。それがくっきりと官兵衛の目に映りこむ。

むろん、丹右衛門のもとで厳しい稽古を積んできた晴吉が見逃すはずがなかった。その隙に向かって刀を突きだす。そのとき周太郎がにやりと笑った。晴吉の刀を軽々とかわし、がら空きになった胴に刀を振りこんでゆく。

危ないっと官兵衛の口から声が出かかったが、晴吉は体をそらし、ぎりぎりで刀をよけた。周太郎が大きく踏みこむ。袈裟懸けに斬ってゆく。今度こそよけられないように見えた。

息を詰めた瞬間、鉄が弾かれる音が響き、周太郎の刀がはねあがった。見ると、大蔵が立ちはだかっていた。くっと唇を嚙んだ周太郎が突っこんでゆく。刀を真っ向上段から振りおろしていった。大蔵はすっと横に動いた。刀が空を切る。周太郎が胴に振った。これも大蔵は難なくかわした。周太郎はしゃにむに刀を振ってゆく。攻勢を続けていないとやられることがわかっているからか。周太郎の目は真っ赤で、歯がむきだしになっている。周太郎から余裕はまったく失せている。大蔵は周太郎の斬撃を紙一重でよけている。見ているこちらがはらはらする。

だが、大蔵がかわし続けているうちに周太郎の斬撃からは明らかに速さと切れが失われてきた。周太郎は荒い息を吐きはじめている。大蔵はまちがいなく、周太郎の疲れを誘っているのだ。頃合いと見たか、大蔵がさっと晴吉に視線を当てた。

「晴吉どの」

大蔵の呼びかけに応じ、晴吉が前に進み出た。

「覚悟っ」

いい放って周太郎に斬りかかる。周太郎はかすかによろけるようにうしろに下がって、晴吉の刀を避けた。そこを晴吉が刀を振りかざして突っこむ。周太郎が体勢をととのえようとしたが、足が畳の上をずると滑った。大蔵の刀を受けた男の血に足がのったのだ。

晴吉の刀が斜めに弧を描く。

肉を断つ音がわずかにきこえた。ううっ、とうめきが周太郎の口から漏れた。肉と着物を破って血がざざっと噴きだし、腰高障子を激しく濡らした。

周太郎は刀をそれでも振りあげようとしたが、そこにとどめの突きが見舞われた。串刺しにされた周太郎は血走った目で晴吉を見た。晴吉の刀から逃れようと身じろぎしたが、もうその力すらないようだ。周太郎が官兵衛に視線を移してきた。その瞳が悔しげにゆがみ、宿っていた光が失せかけた。その目にまた力が戻ったのは、大蔵の刀を見たときだ。血に濡れた大蔵の刀には例の地図がまたあらわれていた。

「なるほど、そういう秘密だったのか……。俺はまた、鞘のなかに文書《もんじょ》が隠されていると思うていたわ」

周太郎が力なくうなだれる。同時に、体を突き通った刀が晴吉の手で引き抜かれた。その勢いのまま周太郎が両膝を畳につき、前のめりに倒れていった。ごろりと横倒しになったために顔の半分が見えているが、瞳は虚空を見つめ、もはや息をしていない。

「見事だ」

丹右衛門が感嘆の声を放った。

「よくぞ、やった」

晴吉が我に返る。刀を自らの背後に引いた。はあはあと荒い息を吐いている。

「はっ、ありがとうございます。お師匠のおかげで、本懐を遂げることができました」

「わしのおかげなどではない。皆さまのおかげだ」

丹右衛門がいいきかせるようにいった。

「はっ、皆さまのおかげで、無事、父上の仇を討つことができました」

大蔵は刀を手にしたまま、にこにこしている。福之助が拍手する。捕り手たちも全員がそれにならった。

ひときわ大きな拍手をしているのは新田貞蔵である。ゆっくりと近づいてきた。

「晴吉どの、ようやったな。すべてこの新田貞蔵が見届けた。顚末《てんまつ》は町奉行に告げ知らせることになるが、正々堂々と仇を討った姿は見事以外の言葉が見つからぬ」

その言葉を受けて、晴吉がこうべを垂れる。

「ありがとうございます」

九

捕らえられた六人の忍びは、斬罪に処された。宮部家は取り潰しになった。

一連の事件の発端は、八王子千人同心の組頭の家に婿に入った色川武之進が、菅原家の古刀の鞘から古文書を見つけだしたことだ。その文書には、穴山梅雪の隠し金としか思えない記述があったのである。武之進はそのことを、最も親しい友である宮部周太郎に伝えた。その文書に繰り返し目を通した周太郎は穴山梅雪の隠し金があることを確信し、あと二本の刀に隠された文書と絵図がそろわないと隠し金の在りかがはっきりしないことを読み取った。

一本は少なくとも甲府にあるのが知れた。もう一本の所在ははっきりしなかったが、ここは前に進むしかない。

周太郎は自ら進んで甲府勤番となれるように悪行を繰り返し、念願がかなうや甲府の町を調べまわった。甲府のとある寺にその刀があることが知れると、闇夜に忍びこみ、和尚らを殺してそれを奪った。やはり文書が一振りの刀の鞘に隠されていた。

その文書を読み解くと、どうやら京の萩山神社というところにおさめられている近峰宗六という刀に最後の鍵が隠されているらしいのがわかった。その刀を奪えれば、穴山梅雪の隠し金にたどりつける絵図を手中にできるはずだった。

それで甲府勤番の組頭に病の届け出をだし、一人、京へと足を運んだ。萩山神社はすぐにわかったが、そこに目当ての近峰宗六という刀はなかった。神来大蔵が持ちだしていたからだ。

宮司に話をきくと、どうも江戸に向かったのではないか、ということだ。当方でも、江戸の知り合いに頼んで捜しているが、見つからないという。それで周太郎も江戸に帰ることにした。

神来大蔵はなかなか見つからなかったが、江戸の武具屋を丹念に当たってゆくと、神来大蔵を知っている主人に巡り合うことができた。それで、大蔵が貝地岳神社というところに世話になっているのが知れた。

どうやら大蔵は神社の宝物庫に刀を預けているのがわかり、周太郎は最も親しい友垣であり、真の忍びの力を身につけるべく修行していた横井戸大吉に刀を盗み取ってくるようにいった。むろん、大吉には穴山梅雪の隠し金のことは打ち明けてあり、手が必要になったときには大吉の仲間の忍びたちの合力もあおぐ手はずになっていた。

これまで必死に研鑽《けんさん》を積んできた忍びとして、腕試しのよい機会ということで大吉たちは勇んで向かったが、大蔵に邪魔立てされて、しくじった。

その後、萩山神社の宮司俊明という男が周太郎の屋敷近くをうろつきはじめた。どうも自分が一兵衛という偽名を使って萩山神社を訪ねていったことで、大蔵の身になにか起きるのではないかと案じはじめたようなのだ。一兵衛を捜しだすことで、大蔵を見つけだす手がかりも得られるのではないかと考えたのかもしれない。まさか京から出てくるとは思わず驚かされたが、それ以上に周太郎はいやな気分に陥った。萩山神社を訪ねた際、自分の屋敷が市ヶ谷谷町にあることを、つい口を滑らせてしまったことを思いだしたからである。これは大きなしくじりではないか、しくじりを帳消しにするのには、殺すしかない。周太郎にとって俊明の登場は、破綻の兆《きざ》しにしか思えなかった。

俊明を亡き者にしたことで気持ちは晴れるはずだったが、逆に沢宮官兵衛という切れ者の同心を引っ張りだす結果になった。そのことを周太郎はひどく後悔した。

これらはすべて、斬罪になる前に横井戸大吉が話したものだ。

一連の罪には問われなかったが、金貸しをしていた色川家は、武士にあるまじき行いということで、改易の憂き目に遭った。

海山寺には一応、持ち主はいた。だが、遠く播磨《はりま》の住人で、山寺の年老いた住職だった。自分が海山寺を相続したことになっているとも知らず、そのことをきかされて相当驚いたらしい。

長年ほったらかしになっていた海山寺に改修を加え、塀を高くするなどしたのは、官兵衛が思った通り、横井戸大吉たちに、そこを忍びたちの修行の場としようという思惑があったからだ。晴吉の父を殺めるなど、八王子での修行がしづらくなったのである。

それは穴山梅雪の隠し金のことを大吉たちが知る前のことだというから、本物の技を極めようとする思いは、最初は純粋なものだったのだろう。

だが、周太郎たちの狙いはもっと大きく膨らんでいった。大船をつくって海外に出、自分たちの国をつくるというものだ。そのためにも、梅雪の隠し金が是が非でも必要だったのである。周太郎たちのこの大きな目的は、戦国の頃に海外へ渡って活躍した忍びたちの話に影響を受けたものらしい。理想はいい、と官兵衛は思った。だが、やり方がまちがっていた。だからこんな結末を迎えたのだ。

「ところで、隠し金は見つかったんですかのう」

官兵衛がなじみにしている料理屋『坂吉《さかきち》』で酒を飲みながら、大蔵がきく。福之助も興味深げな顔を官兵衛に向けてきた。

「いや、残念ながら見つからなかったそうにござる」

大蔵が不思議そうにする。

「だが、すべての材料はそろったのでござろう。わしの刀の地図も、御番所の方が写し取っていきましたぞ」

宮部屋敷や周太郎たちがひそんでいた家は家探しされ、穴山梅雪の隠し金に関する文書は全部とどのった。

隠し金が百万両にも及ぶと知って色めき立った幕府の要人たちは甲斐国に大勢の人を派遣し、地図の場所を当たらせた。だが、神社があったと思える場所は五十年以上も前に鉄砲水で流され、今はもう昔の地形など跡形もなくなっていた。

この事の顚末は、新田貞蔵が教えてくれたのである。

「というと、隠し金も流されたか、深くうずもれてしまったということにござるか」

「そういうことにござる。地中深く、今も長い眠りについているということにござるな」

「誰か、埋蔵金の眠りを覚ます者が出てくるのだろうかのう」

「後世、あるいは誰かそういう人が出てくるかもしれませんな。再び鉄砲水があって、そのときは逆に埋蔵金が地上にあらわれるかもしれぬし」

「黄金がごろごろしているところに行き当たる人ということにござるのう。それはまた運のよい人にござるのう。わしも、そういう目を見たいものにござるのう」

「だが、そんな大金を持っても、幸せになれるかどうかわかりませぬぞ」

大蔵が深くうなずく。

「確かにのう。分相応というものがあるしのう」

官兵衛の脳裏に、神々しかった大蔵の姿が浮かんできた。

「神来どのは……」

いいかけて、言葉をとめた。

「なんですかの」

「ああ、いったいどういう出自《しゅつじ》なのかと思ったのでござるが」

大蔵が首をひねる。同時に手のうちの杯もひねった。空になった杯を福之助が満たす。

「前にも話しましたけれど、正直わしにもよくわからんのでござる。爺はなにも話してくれなかったし」

俊明のことが会話に出てきても、大蔵はあまりしんみりとしなくなった。これは悲しみが薄れたというわけではなく、官兵衛たちの酒がまずくならないようにと気を遣っているのであろう。

「それにしても、神来さまと若松さまの対決はすごかったですねえ」

福之助が声を弾ませていう。

「ああ、すごかった」

「互いに一刻以上、身じろぎしない対決なんてあっしは初めて見ましたよ。それがまったく退屈でなかったですからね、それもまた驚きでしたよ」

二人から伝わる迫力がびんびんと伝わり、官兵衛は背筋が常にぞくぞくとしていた。まわりに連なって座っていた門人たちも同じだっただろう。

「あっしは瞬《まばた》きするのも惜しいくらいでしたよ。そうしたら、一気に気が満ちたというのか、お二人が間合を詰め、竹刀を振り合った」

そのときのことはありありと脳裏に描ける。官兵衛には相打ちに見えたし、審判役の若松道場の高弟もそういう判断をくだした。だが、大蔵はちがった。

「でも神来さまは、わしの負けでござる、とおっしゃったんですよね」

「実際、わしの負けでしたからの。ほんのわずかでござるが、若松どのの竹刀のほうがわしの面を打っていた。あれが真剣だったならば、そのわずかな差でわしは死に、若松どのは生きた。そういうことになっておりもうそうの」

だが、実際には大蔵は勝っていたのではないか。官兵衛はそんな気がしてならない。この前の勝負では、きっと丹右衛門に花を持たせたにちがいない。丹右衛門もあるいはそのことがわかっているかもしれない。なにしろ、大蔵の強さは底知れないのだ。

素知らぬ顔で大蔵が鯖《さば》の煮つけに箸《はし》をのばす。

「ああ、もう鯖が出てきているんですのう。秋が近いということにござるのう。秋になると、人恋しくなるのう」

大蔵が遠くを見る目になった。

「ああ、会いたいのう」

「えっ、誰にですかい」

「おなごでござるよ」

「ええっ、神来さま、好きなおなごがいるんですかい」

「わしにそういうおなごがいたら、おかしいですかいの」

「いえ、そんなことありませんけど。あの、名をきいてもかまいませんかい」

「椿《つばき》どのにござる。朝野《あさの》椿。わしが師範代をつとめていた道場に道場破りで来たおなごにござる」

「道場破りですかい」

福之助が意外そうに目をみはる。

「椿さんという人は、何者なんですかい」

「それがわからぬのでござるよ。ああ、会いたいのう」

「でしたら、あっしが見つけだしましょう」

「まことにござるか」

「ええ、おまかせください」

「おめえ、金に物をいわせるのか」

福之助が官兵衛を見る。

「いけませんかい」

「かまわねえけどな。おめえ次第だ」

福之助は少し考えていた。

「わかりました。あっしが自分の力でその椿さんを見つけだします」

「福之助どの、頼りにしていますぞ」

「おまかせあれ」

その後、ぐいぐいと飲んだ大蔵が潰れ、宴《うたげ》はおひらきになった。酒には強いはずの大蔵が潰れたのは、やはり俊明を失った衝撃がいまだに薄れないからだろう。

駕籠を呼ぶという福之助を制し、店のなかで官兵衛は大蔵を背負った。背骨がきしみ、腰のあたりに痛みが走ったが、官兵衛はかまわず外に出て夜道を歩きはじめた。

「旦那、大丈夫ですかい。へっちゃらだ」

「重てえさ。だが、へっちゃらだ」

福之助が気がかりそうな目で見ている。

「旦那、声がかすれてますよ」

「そりゃそうだろう。胸が押し潰されているからな」

息も荒くなってきた。

「あの、旦那。こんなときにきいていいのかわからないですけど」

「いいよ。なんでもききな」

「じゃあ、お言葉に甘えさせてもらいます。俊明さまの江戸での知り合いというのはわかったんですかい。俊明さまは、そちらに逗留されていたんですよね」

「ああ、そいつはようやくわかった。俊明さんは赤坂《あかさか》のほうの河桃《こうとう》神社というところに世話になっていたそうだ。俊明さんが戻ってこないということで、寺社方、町方双方にとうに届けをだしていたそうだが、その知らせは俺たちのほうになかなかあがってこなかったんだ。俊明さんの遺品は神来どのが引き取ったよ」

「さいでしたか」

「やっぱり重てえな」

「あっしが代わりますよ、といいたいところですけど、あっしじゃあ、潰れちまいますからねえ。やっぱり駕籠を呼びますかい」

「いや、いい。俺は神来どのに世話になった。これも恩返しの一つだ」

「今夜は旦那の屋敷に泊めるんですね」

「ああ、そのつもりだ。神来どのにふつか酔いがなかったら、明日、おたかと対決してもらおうと思っている」

「えっ、ついに立ち合うんですかい」

福之助が顔を輝かせる。

「あっしも見に行っていいですかい」

「ああ、来ればいい。きっとおもしろい対決が見られるぞ」

とはいっても、やはりおたかは大蔵に勝てまい。それでも、好勝負になるのは紛れもない。

よっこらしょ、と官兵衛は大蔵を背負い直した。大蔵はぐっすりと眠ったままだ。安心しきったように体重をかけてくる。その重みが官兵衛にはむしろ心地よい。

「ああ、いい月ですねえ」

福之助が空を見あげている。

「ああ、まったくだな」

夜空にぽっかりと満月が浮かんでいる。雲はほとんどなく、星も一杯だ。官兵衛たちと一緒に月も動いている。青白い光が、地上のものすべてをいとおしむようにやわらかく降り注いでいた。

「満月を見ると、幸せな気持ちになるのは、どうしてでしょうかね」

「満ち足りた感じがするからじゃねえか。今みてえな気分だ」

月の光は、道を行く三人の姿を穏やかに包みこんでいる。

（この作品は「小説ＮＯＮ」誌に「地獄の鞘」と題し、平成二十二年一月号から平成二十三年六月号まで連載されたものに、著者が大幅に加筆修正したものです）

野望と忍びと刀

一〇〇字書評

切・り・取・り・線

購買動機（新聞、雑誌名を記入するか、あるいは○をつけてください）

□（　　　　　　　　）の広告を見て	
□（　　　　　　　　）の書評を見て	
□ 知人のすすめで	□ タイトルに惹かれて
□ カバーが良かったから	□ 内容が面白そうだから
□ 好きな作家だから	□ 好きな分野の本だから

・最近、最も感銘を受けた作品名をお書き下さい

・あなたのお好きな作家名をお書き下さい

・その他、ご要望がありましたらお書き下さい

住所	〒				
氏名		職業		年齢	
Eメール	※携帯には配信できません		新刊情報等のメール配信を 希望する・しない		

この本の感想を、編集部までお寄せいただけたらありがたく存じます。今後の企画の参考にさせていただきます。Eメールでも結構です。

いただいた「一〇〇字書評」は、新聞・雑誌等に紹介させていただくことがあります。その場合はお礼として特製図書カードを差し上げます。

前ページの原稿用紙に書評をお書きの上、切り取り、左記までお送り下さい。宛先の住所は不要です。

なお、ご記入いただいたお名前、ご住所等は、書評紹介の事前了解、謝礼のお届けのためだけに利用し、そのほかの目的のために利用することはありません。

〒一〇一 - 八七〇一
祥伝社文庫編集長　坂口芳和
電話　〇三（三二六五）二〇八〇

祥伝社ホームページの「ブックレビュー」からも、書き込めます。
http://www.shodensha.co.jp/bookreview/

祥伝社文庫

野望《やぼう》と忍《しの》びと刀《かたな》　惚《ほ》れられ官兵衛《かんべえ》謎斬《なぞき》り帖《ちょう》

平成23年 9月10日　初版第1刷発行

著　者　鈴木英治《すずきえいじ》
発行者　竹内和芳
発行所　祥伝社《しょうでんしゃ》
東京都千代田区神田神保町 3-3
〒101-8701
電話　03（3265）2081（販売部）
電話　03（3265）2080（編集部）
電話　03（3265）3622（業務部）
http://www.shodensha.co.jp/

印刷所　図書印刷
製本所　図書印刷
カバーフォーマットデザイン　中原達治

Printed in Japan ©2011, Eiji Suzuki ISBN978-4-396-33706-3 C0193

祥伝社文庫　今月の新刊

西村京太郎　**十津川警部　二つの「金印」の謎**
十津川警部が古代史と連続殺人の謎を解き明かす。

石持浅海　**君の望む死に方**
作家大倉崇裕氏、感嘆！『扉は閉ざされたまま』に続く第二弾。

三羽省吾　**公園で逢いましょう。**
日常の中でふと蘇る過去。爽やかな感動を呼ぶ傑作。

佐伯泰英　**野望の王国**
「バルセロナに私の王国を築く」嘯く日系人らしき男の正体は!?

小池真理子　**間違われた女**　新装版
新生活に心躍らせる女を恐怖の底に落とした一通の手紙…。

鳥羽　亮　**真田幸村の遺言**　(上)奇謀　(下)覇の刺客
戦国随一の智将が遺した豊臣家起死回生の策とは。

鈴木英治　**野望と忍びと刀**　惚れられ官兵衛謎斬り帖
鍵は戦国時代の名刀、敵は忍び軍団。官兵衛、怒りの捜査行！

井川香四郎　**花の本懐**　天下泰平かぶき旅
娘の仇討ちに将軍の跡目争い、財宝探しの旅は窮地の連続。

岳　真也　**浅草こととい湯**　湯屋守り源三郎捕物控
続発する火付けと十二年前の惨劇。瓜二つの娘を救え！

芦川淳一　**夜叉むすめ**　曲斬り陣九郎
旗本屋敷で出くわした美女の幽霊!?　痛快時代人情第三弾。